길 없는 길

崔仁浩

장편소설

최인호 장편소설

길 없는 길 4

1판 1쇄 발행 | 1993년 3월 15일
1판 27쇄 발행 | 2001년 11월 11일
2판 8쇄 발행 | 2007년 6월 20일
3판 7쇄 발행 | 2013년 6월 14일
4판 2쇄 발행 | 2014년 2월 20일
5판 1쇄 발행 | 2020년 3월 20일

지은이 | 최인호
펴낸이 | 정태욱
펴낸곳 | 여백출판사

등 록 | 2019년 11월 25일 제 2019-000265호
주 소 | 서울시 성동구 한림말길 53, 4층 [04735]
전 화 | 02-798-2368
팩 스 | 02-6442-2296
E-mail | yeobaek19@naver.com

ISBN 979-11-90946-12-4 04810
ISBN 979-11-90946-08-7 (전4권)

길 없는 길

崔仁浩

장편소설

4

하늘가의 방랑객

여백

말년에 경허 선사가 주석하던 해인사 방장실.

경허 선사가 쓴 해인사 선실의 퇴설당 현판.
퇴설당 시절 경허는 무애행의 절정기였다.

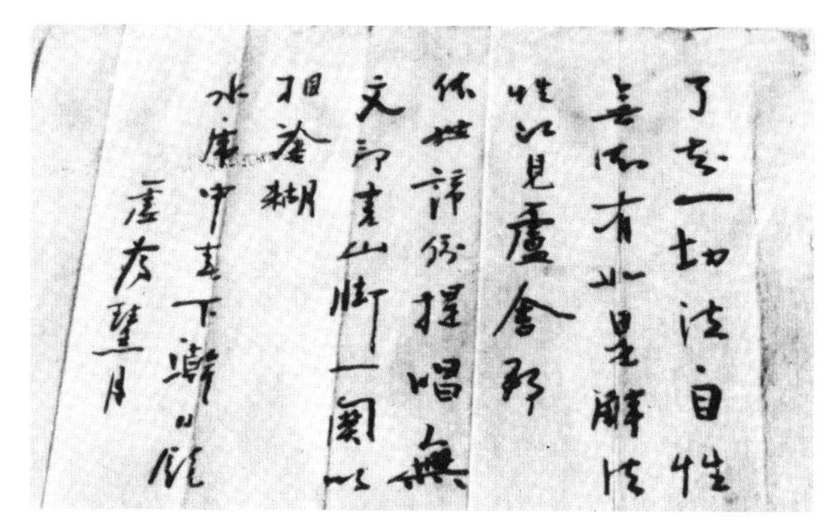
了知一切法自性
無所有如是解法
性卽見盧舍那
依世諦倒提唱無
文印靑山脚一關以
相塗糊

경허 선사가 혜월 스님에게 내린 전법송.

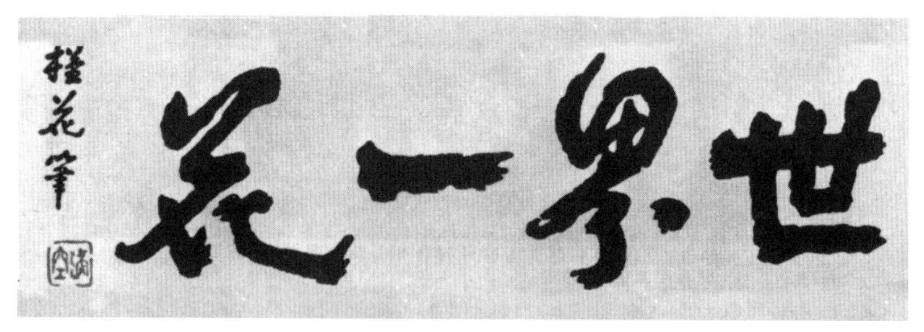

8·15 해방 소식을 듣고 무궁화 꽃송이로 쓴 만공의 유묵 '세계일화'.

만공 노사가 시자들과 함께 찍은 최후의 사진.
오른쪽으로부터 진성(眞性), 수업(修業), 노사(老師), 성오(性悪), 수련(修蓮).

차례

진흙소의 울음

휘두르는 채찍은 수운향을 떨치고
안개비는 아득한데 길은 더욱 멀어라
고마워라 언덕길에 좋은 경치 있나니
물에 뜬 떨어진 꽃 온 개울에 향기롭다.
— 대각 의천 / 빗속에 말을 타고 가면서

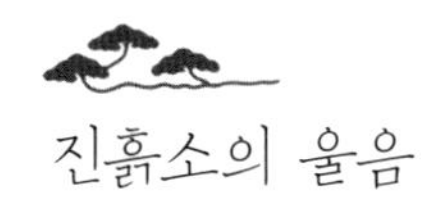

진흙소의 울음

1

차가 고속도로에 접어들었을 때부터 나는 이 같은 악천후의 날씨에 해인사를 가려고 마음먹었던 내 여행에 대해 약간의 후회를 하였다.

수년 만의 폭설이라고 라디오에서는 계속 반복하여 방송을 하고 있었다.

어제 하루 종일 내렸던 눈이 도로 위에 그대로 쌓여 있었으며, 그런데도 여전히 굵은 눈발이 쏟아지고 있어 쉽사리 그칠 낌새가 전혀 없어 보였다. 대구를 거쳐 가는 길보다 김천과 거창을 거쳐 해인사로 가는 길이 보다 빠른 지름길이라는 동료 교수의 안내를 듣고 그 길을 택해 여기까지 남행하여 내려온 것이었다.

그러나 그 길은 지름길이긴 하였지만 깊은 산과 계곡으로 이어진 산간의 협로였으므로 어제처럼 한꺼번에 엄청난 양의 눈이 쏟아져 온 도로가 눈으로 뒤덮일 경우에는 오히려 우회하더라도 고속도로와 같은 큰길을 거쳐 가는 편이 좋았을 것이라고 나는 줄곧 후회하고 있었다.

경부고속도로 위에서부터 희끗희끗 눈발이 내리더니 김천에서 차를 세웠을 때는 완전히 폭설로 변해 있었다.

좀처럼 폭설이 내리지 않는 영남 지방이었지만 워낙 산과 산으로 둘러싸인 산맥의 골이 깊은 산간지방이기 때문이어선지 내리는 눈발은 무차별의 기총소사와도 같았다.

온 산과 들에 눈이 덮이고 온 산야가 새로 바른 창호지처럼 도배되었으며 좁은 산간도로는 오가는 차량의 숫자가 많지 않고 드물었으므로 이내 눈이 덮였다.

길가 한켠에 차를 세우고 타이어에 체인을 감았지만 굵은 체인도 쏟아지는 눈발 위에서는 아무런 소용이 없었다. 자동차 바퀴는 계속 도로 위에서 스케이트를 지치듯 미끄러지고 있었으므로 좀처럼 앞으로 나아갈 수 없었다.

출발할 때에는 하루 만에 해인사에 도착할 수 있으리라 예정하였었는데 어쩔 수 없이 해인사에서 가장 가까운 도시인 거창에서 차를 세울 수밖에 없었다.

눈은 계속해서 내리고 도로는 완전히 통행이 끊겼으며 밤은 쉽사리 내려 사위는 칠흑 같은 어둠이었다. 악전고투 끝에 거창에 다다랐을 때 검문을 하던 순경이 온몸에 눈발을 뒤집어쓴 눈사람이 되어 내게 물었다.

"도대체 어길 가십니까."

내가 면허증을 제시하면서 '해인사로 간다'고 대답하자 순경이 어이가 없다는 듯 웃으면서 말하였다.

"아니, 이 눈길에 말입니까."

내가 자신 없게 고개를 끄덕이자 그는 단호한 목소리로 말하였다.

"길이 막힌 것은 아니지만 시간이 바쁘지 않으시다면 날이 밝은 내일 아침에 길을 떠나시지요. 여기서부터 해인사까지는 거리는 얼마 안 되어 짧은 거리지만 워낙 첩첩산중이라 산이 깊고 험해 눈발이 더 많이 쌓여 있을 겁니다. 여기서 하루 묵고 밝은 아침에 떠나시지요."

친절한 순경의 권유를 마다할 이유가 없었다. 나는 이미 그 거친 눈길을 헤치며 예까지 달려오느라 온몸이 지쳐 있었기 때문이다. 하룻밤을 묵을 참한 여관을 안내해 달라고 내가 청하자 순경은 친절하게 여관을 가르쳐 주었다.

나는 그 여관으로 찾아가 전혀 생각지도 않게 낯선 곳에서의 하룻밤을 머무르게 되었다. 산간도시에 있는 작은 고을답지 않게 여관은 정갈하고 깨끗했으며 더운물도 잘 나왔다.

피로를 풀 겸 욕조 속에 더운물을 잔뜩 담아 피부가 벗겨질 만큼의 뜨거운 목욕을 하고 나는 거리로 나왔다. 저녁을 걸렀으므로 안내 창구에 앉아 있는 여인에게 어디 한 끼 먹을 수 있는 식당을 안내해 달라고 말하자 여인은 내게 숙박계부터 써달라고 청하였다. 숙박계에 주소와 이름을 명기하자 여인은 말하였다.

"어디예. 이 산동리에서 먹을 만한 식당이라꼬 무에 있겠씸니꺼. 눈에 띄는 아무 데나 골라 들어가시소."

목욕을 끝내고 밤거리로 나오니 여전히 굵은 눈발이 퍼붓고 있었다. 사람이 다니는 길만 빼놓으면 발목이 빠질 만큼의 많은 적설이 온 거리를 뒤덮고 있어 키 낮은 집들은 무거운 짐을 진 사람들처럼 허리가 잔뜩 굽어 있었다.

공기는 코가 쨍하고 눈물이 나올 만큼 찼지만 그러나 한 점의 티도 없이 깨끗하였으므로 마치 산소 마스크를 쓰고 호흡을 하는 느낌이었다.

먹을 만한 식당을 찾아 천천히 걸어가는 동안 문득 아빌라의 성녀 테레사가 말한 유명한 금언 하나가 내 머리 속에 사금파리처럼 반짝였다.

'인생은 낯선 곳에서 머무르는 여인숙에서의 하룻밤.'

낯선 곳의 여인숙에서 하룻밤을 머무르며 나는 경허가 가야산 해인사에서 지내면서 지은 시 한 수를 줄곧 떠올리고 있었다.

지나간 영고들 모두가 괴롭구나
가야산 속에 들어앉아 깊은 이치 찾아볼까
꽃피는 곳 새의 노래 하염없는 이 마음
밝은 달 맑은 바람 도의 벗 부족함 없고
더구나 가비라성 보계 장엄 둘러 있고

법황의 지극한 방편 어리석은 중생을 제도하니
지금부터 이 납승은 이곳을 보수하며
이 산을 지키다가 이 몸 늙어지기를.

已過榮枯等是辛　伽倻山裸討幽眞
鳥歌花笑心無限　月白風清道未貧
況有維城莊寶界莊嚴　應將皇極度迷淪
從今一衲重重補　不下雲岑老此身

— 가야산

해인사의 주산(主山)인 가야산에 머무르며 지은 경허의 이 시처럼 경허는 말년에 주로 이 해인사에서 가야산을 지키다 몸이 늙어진, 자신의 표현대로라면 '들늙은이 가련한 중(野老憐僧)'이 되어 버렸다.

33세 때인 1881년, 보임하던 천장암에서 활연대오하였던 경허는 그 후 20년 간 호서 지방을 떠나지 않았다.

이 무렵의 경허를 그의 인생에 있어 제1기라 할 수 있다면, 이후 해인사를 중심으로 한 생활을 제2기에 해당하는 황금 시절이라 할 수 있을 것이다.

1899년 봄.

그러니까 기해년(己亥年), 광무 3년. 경허는 해인사로부터 조실로 초대를 받고 마침내 호서지방을 떠나 영남으로 물병과 주장자를 들고 자리를 옮긴다.

이때 그의 나이 51세로, 그로부터 5년 뒤 스스로 종적을 감춰 행방불명될 때까지 주로 이 가야산 해인사에 머무르면서 승려 생활의 말년을 보내게 되는 것이다.

비록 해인사에 머무른 기간은 5년에 불과한 짧은 세월이었지만 경허가 이 기간 중 보여준 승려로서의 활약은 마치 광풍과도 같은 것이었다.

경허의 선풍(禪風)은 가야산에서 지은 시의 구절처럼 말년에 늙은 몸으로 부처의 진리인 불법이 마치 칠보(七寶)로 장식된 일산(日傘)인 보계장엄(寶界莊嚴)처럼 둘러 있는 이 가야산에 머무르면서 절정에 이르고 있었던 것이다.

그의 선풍은 해인사를 중심으로 한 영남 일대와 조계산 송광사를 중심을 한 호남 일대로 확산되어 나갔으며 비록 5년의 짧은 기간 동안이었지만 이 모든 곳에 경허의 선풍이 미치지 않은 곳이 없을 정도였다.

경허가 5년 동안에 머물렀던 절만 훑어보아도 우선 영남 지방으로 금정산 범어사, 수도산 청암사, 영취산 통도사 내원사 백운암 표충사, 사불산 대승사, 불명산 윤필암, 팔공산 동화사 파계사 등이 있고, 호남 지방으로는 송광사를 비롯하여 지리산 화엄사 천은사 백장암 실상사 영원사 벽송사 쌍계사, 동리산 태안사, 덕유산 송계암 등 전 남한 일대에 경허의 선풍이 미치지 않은 곳이 없을 정도였다.

이처럼 5년 동안에 호남과 영남의 거의 모든 사찰에 선풍을 대진(大振)함으로써 당대의 선지식으로서의 역할을 충분히 하였으면서도 또한 그의 빛나는 시인으로서의 문재는 가위 절정에 이르고 있는 것이다.

경허가 근세 말 최고의 선승으로 손꼽히고 있으면서도 또한 근대 선시의 최고봉으로 손꼽히는 것은 그가 남긴 절창의 명시들 때문이다.

그가 남긴 뛰어난 선시들은 대부분 해인사 시절 이후에 쓰여진 것들이다.

그러니까 50세 이후에 쓰여진 그 뛰어난 시들로 경허는 고승으로 불리기도 하지만 노래 부르는 가객(歌客)으로도 불리고 있는 것이다.

그렇다.

나는 승려로서의 경허를 보기 위해 해인사를 찾아가기보다 가객으로서의 경허를 만나기 위해 이 눈발을 헤치고 해인사를 찾아가고 있는 것이다.

즉흥시인.

나는 경허를 당대 제일의 도승이라고 부르기보다 뛰어난 풍류시인, 즉 예인(藝人)으로 부르고 싶은 것이다. 그 즉흥시인인 경허를 만나기 위해 나는 해인사를 찾아가고 있는 것이다.

낯선 거창에서 하룻밤을 머무른 후 다시 길을 떠났지만 간밤에 내린 눈은 그대로 쌓여 있었고, 날이 밝자 또다시 굵은 눈발이 쏟아지기 시작하였으므로 도로 사정은 엉망이었다.

고속도로 위로 나오자 다행히 도로 사정은 좀 나아졌지만 그것도 잠깐뿐, 해인사로 들어가는 사잇길에서 차를 내리자 다시 첩첩산중이었다.

바퀴에 체인을 감았지만 간밤에 내린 눈이 매서운 강추위로 온통 얼어붙어 있었고 그 위에 또다시 눈이 내려 쌓여 있었으므로 완전히 빙판이었다. 해인사에 이르는 산길은 결코 짧지 않은 먼 거리여서 눈길에 차가 미끄러지면 차를 세우고 트렁크를 열어 삽으로 흙을 뿌린 후 다시 출발하곤 하였다.

그러나 도로 사정이 나빠 앞으로 나아가는 데는 악전고투였지만 주위의 눈 덮인 설경만은 장관이었다. 온 산과 온 계곡은 완전히 눈에 덮여 그대로 한 폭의 그림과도 같았다. 도로 옆에 위치한 집들은 돌을 주워다 쌓아 올린 돌담들이 대부분이었는데 두터운 눈의 우산을 쓰고 허리 굽은 꼬부랑 할머니들이 되어 있었다.

멀리 암벽이 병풍처럼 둘러 서 있는 특이한 모습의 산정이 보였으며, 그것이 바로 내가 찾아가고 있는 해인사의 주산인 가야산이었다.

뾰족뾰족한 바윗돌들이 나란히 늘어서 있는 가야산정의 특이한 모습에 대해 일찍이 우리나라 인문지리학의 선구자 이중환(李重煥)은 그가 지은 명저 《택리지(擇里志)》에서 다음과 같이 평하고 있는 것이다.

'경상도에는 석화성(石火星)이 없다. 다만 합천에 있는 가야산만이 끝이 뾰족한 바윗돌들이 나란히 늘어서서 마치 불꽃이 공중으로 솟는 듯하고 대단히 높고 수려하다. 동구(洞口)에 무릉교(武陵橋) 홍류동(紅流洞)이 있어 바위에 부딪히는 시냇물과 반석

이 수십 리나 계속되고 있다.'

이중환의 표현대로 뾰족한 바윗돌들이 나란히 늘어서서 마치 불꽃이 공중으로 솟는 듯한 석화(石火)의 산, 가야산의 눈 덮인 산정이 내 눈을 정면으로 찌르고 있었다.

간신히 산문에 이르는 무릉교를 건너 계곡으로 들어가는 산을 굽돌아 나간 순간 나는 차를 멈추고 넋을 잃은 채 눈앞에 펼쳐진 설경을 바라보았다.

그 어느 산, 그 어느 계곡, 그 어느 산문, 그 어느 사찰에서도 볼 수 없는 설경이었다.

도저히 그 풍경은 이 지상에서 마주칠 수 없는 별천지의 모습이었다. 일찍이 도연명(365~427)은 평생을 작은 벼슬에 종사하다 41세에 이르러 상관 순시 때에 출영을 거절하고 '나는 다섯 말의 쌀〔伍斗米〕을 위해 향리의 소인에게 허리를 굽힐 수 없다'며 고향으로 돌아가는 그 유명한 〈귀거래혜사(歸去來兮辭)〉를 지었다.

그 노래의 내용은 다음과 같다.

돌아가자
정원이 황폐해지고 있거늘 어찌 돌아가지 않겠는가
이제껏 내 마음 몸 위해 부림받아 왔거늘
무엇 때문에 그대로 고민하고 홀로 슬퍼하는가
이미 지난 일은 돌이킬 수 없음을 깨달았고

장래의 일은 올바로 할 수 있음을 알았으니
실로 길 잘못 들어 멀어지기 전에
지금이 옳고 지난날은 글렀음을 깨우쳤네
배는 흔들흔들 가벼이 출렁이고
바람은 펄펄 옷깃을 날리네
길 가는 사람에게 갈 길 물으면서
새벽빛 어둑어둑함을 한탄하네
멀리 집을 바라보고는 기쁨에 달려가니
하인들이 반겨 맞아 주고 어린 자식들 문에서 기다리네
오솔길엔 풀이 우거졌으나 소나무와 국화는 그대로 있네
아이들 데리고 방으로 들어가니
술통에 술이 가득하네
술병과 술잔 가져다 자작하면서
뜰 앞 나뭇가지 바라보며 기쁜 얼굴 짓고
남창에 기대어 거리낌없는 마음 푸니
좁은 방일망정 몸의 편안함을 느끼네
뜰은 날마다 돌아다녀 바깥 마당 이루어지고
문은 있으나 언제나 닫혀 있네
지팡이 짚고 다니다 아무데서나 쉬면서
때때로 고개 들어 먼 곳을 바라보니
구름은 무심히 산골짜기에 피어오르고
새들은 날기에 지쳐 둥우리로 돌아오네
해는 뉘엿뉘엿 지려 하는데도

외로운 소나무 쓰다듬으며 그대로 서성거리네
돌아가자
세상 사람들과의 인연을 끊자
세상과 나는 서로 등졌으니
다시 수레를 몰고 나아가 무엇을 얻겠는가.

고향으로 돌아간 도연명은 63세에 이르러 숨을 거둘 때까지 괭이를 들고 밭을 갈면서 한평생 가난과 병고에 시달리며 살았다. 생애의 마지막에 도연명은 깨달음에 이르러 도(道)를 이루었다. 그리하여 육체(形)와 그림자(影)와 정신(神)이 서로서로에게 타이르는 일종의 선시를 남기고 그 시 앞에 다음과 같은 서문(序文)을 남겼다.

'귀한 자와 천한 자, 현명한 자와 어리석은 자 모두가 아귀다툼을 하면서 삶을 아끼고 있는데 이는 매우 어리석은 짓이다(貴賤賢愚 莫不營營以惜生 斯甚惑焉).'

비록 몸은 구차하고 병들어 가난하였지만 그의 마음은 항상 높은 이상의 유토피아를 꿈꾸었다. 그리하여 말년에는 이 지상에 없는 지상 낙원을 그려냈는데 이를 '무릉도원'이라 하였던 것이다.

해인사의 산문으로 들어가는 계곡을 가로지르는 다리의 이름을 '무릉교'라 하였던 것은 바로 도연명이 말하였던, 이 지상의 세계에서는 만날 수도, 볼 수도 없는 별천지의 선경 무릉도원을 이 다리를 건너면 만날 수 있다 하여 그렇게 명명하였던 것은 아닐까.

한겨울이라 계곡을 흘러내리는 물은 그대로 얼어붙어 있었다. 계곡마다 늘어선 기암괴석의 바윗골 사이로 흘러내리다 그대로 굳어 버린 촛농처럼 굳어 있었다. 비록 물은 흘러내리지 않더라도 결빙된 계곡의 물은 그대로 얼음의 폭포를 이루고 있어 장관이었다.

그러나 무엇보다 내 마음을 사로잡은 것은 소나무였다.

나는 무엇보다 소나무를 좋아하고 있었다. 산에 가도 소나무가 없는 산을 가면 혼백이 빠져 버린 껍데기의 산을 보는 것 같았다. 내가 깊은 산을 가고, 깊은 절을 가는 것은 살아 있는 소나무를 보고 싶은 개인적인 욕망 때문이었다. 그러나 세속의 파도가 점점 깊은 산으로 밀려 들어오고 있었으므로 깊은 산도, 깊은 절도 점점 저잣거리처럼 붐비고, 그 증거로 소나무가 점점 병들고, 온실에서 분재로 키운 소나무처럼 나약해지고 생기가 없었다.

그러나 해인사로 들어가는 계곡에서 바라본 소나무들은 지금껏 내가 보아온 병든 소나무들이 아니었다. 소나무들은 엄청나게 온 산을 덮고 있었는데 한 그루 한 그루가 싱싱하게 살아 있었다. 살아 있는 조선의 소나무였다.

어느 것 하나 살아 있지 않은 것이 없었다. 하나하나 살아서 팔을 휘두르고, 두 다리를 치켜들어 고함을 지르고, 근육을 자랑하며 용틀임을 치고 있었다.

그 수만 그루의 소나무들이 어느 것 하나 똑같은 자세를 취하고 있는 나무들이 없었다. 저마다 독특한 자세를 취하고 허공을 향해 기세를 뽐내면서 우뚝우뚝 솟아오르고 있었다. 저마다의 무사들처럼 보이고, 저마다의 선비들처럼 보이고 있어 마치 한바탕 기마전 놀이라도 벌이고 있는 것처럼 보였다.

더더욱 장관이었던 것은 갑자기 내 눈앞에서 장렬하게 전사하듯 소나무 하나가 엄청난 굉음을 내며 쓰러져 버린 것이었다. 소나무들은 모두 연이틀 내리는 폭설을 맞고 있었다. 지난 겨울내내 내리는 눈을 그대로 녹일 새 없이 오면 오는 대로 받아들어 모두들 엄청난 양의 눈을 등에 지고 있었는데도 이에 대한 불평이나 힘들어 하는 기색도 전혀 없이 한결같이 씩씩한 모습들이었다. 그러나 그중에서도 눈의 하중(荷重)을 있는 그대로 이를 악물고 참고 인내하다가 정히 못 견딜 것 같으면 그대로 단숨에 스스로 꺾여져내리곤 하였는데 이를 '설해목(雪害木)'이라 하였다.

한마디의 신음소리도 없이 있는 힘껏 참아내리다 더 이상 견딜 수 없는 경지에 이르러 마치 자결하여 깨끗하게 숨을 거두어 버리듯 두 동강이가 나면서 쓰러지는 소나무의 모습을 우연히 마주친 순간 내 몸 속으로 전율이 흘렀다.

여전히 눈은 내리고 있었으며 마지막 토해 내는 설해목의 비명은 온 계곡을 흔들어 메아리쳤으며 눈 덮인 산 속에 잠들어 있던 산새들은 일제히 일어나 어지러이 떠다녔다.

나는 더 이상 차를 타고 들어가지 않기로 결심하였다. 듣기에는 산문에서부터 해인사에 이르는 길이 10여 리라 하였는데 이 비경을 차를 타고 지나기에는 너무나 아까웠다. 걸어서 가자고 나는 생각하였다. 한결 공터에 차를 세워두었다. 내려올 때 차를 가져가면 그만이라고 생각하였다. 낡은 고물차라 내버려두어도 누가 가져갈 사람도 없고 탐을 낼 사람도 없었으므로 나는 미련 없이 차를 버렸다.

워낙 눈이 많이 내린 탓인지 오가는 사람도 없고 차량의 통행도 끊겨 있었다. 깊은 산 속에는 오직 나 혼자뿐이었다.

눈발이 조금 약해져 끊겼다가는 다시 생각난 듯 날리긴 하였지만 기세는 많이 꺾여 있었다. 그러나 하늘은 여전히 잔뜩 흐려 있었으며 여간해서는 갤 것 같지 않았다.

그야말로 적막강산(寂寞江山)이었다. 그 적막강산의 정신을 깨우기라도 하는 듯 죽비(竹篦)소리처럼 이따금 부러져 쓰러지는 설해목들의 마지막 비명이 으악 으악— 적막을 꿰뚫고 있었다.

움직이는 모든 것은 소리를 내게 마련이었다. 그러나 온 천지에 폭설이 내리고 있었는데도 소리는 전혀 없어 소리가 없는 세계를 이루고 있었다. 오히려 바람이 이루어내는 소리들을 내리는 눈들이 깨끗이 지우고 있었다.

미련 없이 차를 버리고 나는 해인사로 들어가는 산문을 오르기 시작하였다.

깊은 절이라고 하더라도 사람들은 창기(娼妓)와 같은 사하촌(寺下村)들을 이루고 있게 마련이었다. 그래서 이따금 그 부락으로 올라가는 관광버스들이 이 깊은 산중에도 오르고 있는 것이 보였으며 때문에 관광객들은 시도 때도 없이 산사를 습격하고 있는 공비들과 같아 보였다.

산길을 오르던 나는 오른쪽으로 뻗어 올라간 계곡을 보았다. 그 계곡은 한눈에도 빼어난 절경을 이루고 있었다. 그 계곡의 오른쪽 석벽에는 시 한 수가 새겨져 있었다. 그 내용은 다음과 같았다.

중첩한 산을 호령하며 미친 듯 쏟아지는 물소리에
사람의 소리는 지척 사이에도 분간하기 어렵고
시비의 소리 귀에 들릴까 언제나 두려움에
흐르는 물을 시켜 온 산을 모두 귀먹게 하였구나.
狂噴疊石吼重巒 人語難令咫尺間
常恐是非聲到耳 故教流水盡籠山

바위 위에 새겨진 시를 훑어내려가는 동안 나는 그것이 최치원이 천년 전에 지은 명시임을 알게 되었다. 그래서 사람들은 이 시가 새겨진 돌을 치원대(致遠臺) 혹은 제시석(題詩石)이라 부르고 있는 것이다.

이곳에서 왼편의 시내 위에는 최치원이 지은 시 중에서 '흐르는 물을 시켜 온 산을 모두 귀먹게 하였구나' 하는 구절에서 '농산(籠山)'의 단어를 빌려와 '농산정(籠山亭)'이란 정자가 소나무숲 사이에 서 있었고 그 앞에는 최치원을 기념하는 석비가 세워져 있었다.

그 석비에는 '고운선생둔세지(孤雲先生遯世地)'란 글씨가 새겨져 있다. 글자 그대로 최치원이 세상을 버리고 숨어 살던 곳이라는 뜻을 나타내고 있는 비명인 것이다.

그렇다.

해인사는 신라 말 최대의 문인이자 선비였던 최치원이 세상을 버리고 은둔하여 살다가 신선이 되어 버린 장소로도 유명한 곳이 아닌가. 마치 도연명이 41세에 이르러 관직을 버리고 고향으로 돌아가 괭이로 땅을 파고 농사를 짓고 살면서 유유자적 명시를 남겼듯이 해인사의 이 계곡은 최치원이 말년에 세상을 버리고 숨어 살다가 마침내 선객이 되어 버린 바로 그 계곡, 이름하여 홍류동(紅流洞)이 아닐 것인가.

최치원과 해인사는 뗄래야 뗄 수 없는 깊은 인연을 맺고 있다. 《삼국사기》의 열전에는 최치원에 관한 기록이 자세하게 나오고 있다.

그 기록을 대충 압축하여 보면 다음과 같다.

'최치원의 자(字)는 고운(孤雲) 혹은 해운(海運)이며 경주 최씨의 시조이다. 신라 헌안왕(憲安王) 원년인 857년에 경주의 사량부(沙梁部)에서 태어났으며 돌아간 날짜는 분명히 알려진 바가 없다. 그의 가문은 육두품(六頭品)에 속해 있었는데 이는 당시의 왕족이었던 진골 바로 밑에 해당하는 것이었다. 어려서부터 총명하고 학문을 좋아했던 그는 경문왕(景文王) 8년, 12세 나이로 당나라 유학길에 오른다. 그때 그의 아버지 견일(肩逸)은 '10년 동안 공부하며 과거에 합격하지 못하면 내 아들이 아니다' 라는 엄한 훈계를 남겼다고 전하고 있다. 아버지의 훈계대로 최치원은 입당한 지 6년 만에 과거에 급제하였다. 20세의 나이로 급제한 최치원은 당나라 선주(宣州) 율수현위(溧水縣尉)에 발탁되어 그곳에 있으면서 당대의 문필가들과 문학을 논하고 유학, 노장, 불교 등 모든 학문을 두루 섭렵하였다. 특히 최치원이 문필가로서 이름을 드날리게 된 것은 황소(黃巢)의 반란 사건이 있은 직후 종사관(從事官)이 되어 반란군을 규탄하는 〈격황소서(檄黃巢書)〉라는 명문을 남기고부터였다. 황소의 난이란 당나라 말기에 일어난 대농민반란으로 중앙관료의 탐관과 환관들의 횡포가 겹쳐 지배력이 흔들리고 인민에 대한 수탈이 강화되어 토호들이나 상인층도 반왕조의 경향으로 돌아서자 마침내 소금 상인이던 산동(山東)의 황소가 난을 일으켜 한때는 낙양(洛陽), 장안(長安)을 함락하고 스스로 대제(大齊)라는 이름의 정권을 세우기도 하였다. 이로써 당나라는 근본적으로 멸망하는 계기가 되었는데 최치원이 지은 문장은 황소를 규탄하는 격서로서 이를 읽은 이극용(李克用) 등 지방의 호족들이 왕조를 도와 토벌군으로 나서게 하였던 명문으로, 이 격문은 그의 이름과 함께 중국의 정사인 《신당서(新唐書)》 예문지(藝文志)에 실려 있다. 헌강왕(憲康王) 11년 봄에 7년 동안 머물러 있던 당을 떠나 귀국한 최치원은 중국에 있을 때 지은 자신의 시문들을 종합하여 《계원필경(桂苑筆耕)》 20권을 완성하였다. 뿐만 아니라 기울어 가는 신라의 국운을 바로 지키려는 자신의 정치개혁 구상을 담은 시무십여조(時務十餘條)를 당시의 왕인 진성여왕에게 바쳤으나 이는 받아들여

지지 않았다.'

《삼국사기》는 최치원의 말년에 대해 다음과 같이 기록하고 있다.

'고국으로 돌아온 최치원은 난세를 만나 행세하기가 자못 곤란하고 또 걸핏하면 비난을 받으니 스스로 불우함을 한탄하고 다시 벼슬에 나갈 뜻이 없었다. 그래서 산 속의 풀과 강과 바다를 소요 방랑하며 사대(謝臺)를 짓고 송죽을 심으면서 서책으로 베개를 삼고 풍월을 읊었으니 경주의 남산(南山), 강주(剛州)의 빙산(氷山), 협주(陜州)의 청량사, 지리산의 쌍계사와 같은 곳들이 모두 그가 놀던 곳이었다. 최후에는 가족들을 데리고 가야산 해인사로 들어가 은거하였는데 형제인 두 승려 현준(賢俊) 및 정현사(定玄師)와 더불어 도우(道友)를 맺고 한가롭게 놀다가 노년을 마쳤다.'

최치원의 최후에 대해 기록한 신빙할 만한 자료는 없다. 그의 죽음은 다분히 전설적이다. 전해 오는 바에 의하면 해인사와 홍류동 계곡에서 숨어 살던 어느 날 그는 숲속에 갓과 신발을 남겨둔 채 자취를 감추어 버렸다고 전한다. 후세의 사람들은 그가 산속에서 신선이 되었다고 하는데 그가 일찍이 노래하였던 〈입산시(入山詩)〉에서 다시는 세속의 어지러움 속에 뛰어들지 않겠노라고 맹세하였듯 다시는 세상에 나오지 않은 채 신비로운 최후를 마쳤던 것이다.

스님이여 청산이 좋다고 말씀 마시오
산이 좋다더니 어이 산을 벗어나리요
시험해 보시오 뒷날에 내 자취를
한번 들면 청산에서 안 돌아오리.
僧乎莫道青山好　山好如何更出山
試看他日吳踪跡　一入青山更不還

나는 눈 덮인 홍류동 계곡을 물끄러미 바라보았다. 이제는 길 옆에 바짝 다가선 계곡이 되어 버렸지만 천년 전에 우리나라 최고의 문인이자 학자였던 최치원이 자신이 노래하였던 시처럼 한 번 들어가서 다시는 돌아오지 않고 그대로 신선이 되었던 바로 그 청산, 그 계곡이 아닌가.

도연명이 '무릉도원'을 꿈꾸었다면 최치원은 이 홍류동 계곡에서 유토피아를 꿈꾸었고 불정토를 꿈꾸었던 것이다.

나는 절로 머리가 끄덕여졌다.

그래, 그래.

이 산 속에서는 천년이 어제와 같구나. 이 산 속에서는 천년이 건듯 불어왔다 사라지는 한 줄기 바람이로구나. 이 청산에서는 천년이 저 바윗돌 위에 새겨진 시 한 수에 불과하구나. 한 발짝만 나선 저 세속의 거리에선 천년 동안 세 개의 왕조가 멸망하는 억겁의 세월인데도, 그가 퍼뜨린 경주 최씨의 후예들이 수백만의 아들과 딸을 이루고 있는데도 그 시조인 최치원은 아직도 홍류동 계곡에서 홀로 노닐고 있구나.

홍류동 계곡을 노래한 사람은 최치원 한 명만으로 그치지 않는다. 서산 대사 청허(淸虛)도 해인사를 찾아 홍류동을 지나다 그 뛰어난 절경을 바라본 후 노래를 한 수 짓는다.

홍류동은 봄, 여름, 가을, 겨울 사시사철 어느 때에도 빼어난 풍광을 보이고 있지만 문자 그대로 절경을 보이는 때는 아마도 가을 풍경일 것이다. 만추에 홍류동 계곡을 지나던 서산은 탄식하듯 시 한 수를 읊어 보인다.

동풍이 한번 지나간 뒤에
떨어진 꽃이 개울에 가득 붉다
산은 흰구름 밖에 나왔는데
중은 저녁볕 속으로 돌아오누나.
東風一吹過　花落滿溪紅
山出白雲外　僧歸夕照中

서산의 수법제자 사명(四溟)은 말년에 스승이 죽자 묘향산으로 가서 상례를 치르고 병이 나 해인사를 찾아와 이곳에서 입적하여 숨을 거둔다. 광해군 3년(1610) 8월 26일. 열반에 들기 직전 사명은 해인사에서 다음과 같은 노래를 읊는다.

요즈음엔 병이 많아 약해진 몸 서러운데

친한 벗들도 반이나 이미 다 없어졌다
오직 구름과 솔과 사슴만을 벗하여
첩첩한 이 산중에서 혼자 늙어 가나니.
邇來多病頭龍鍾　親友凋雰半已空
獨存雲松鹿與麋　暮年相伴老重峰

가객으로서의 경허도 가야산 시절 이 절경의 홍류동을 바라보고는 다음과 같은 노래를 한 수 짓는다.

어떤 이는 물이라 하고 어떤 이는 산이라 하네
산은 구름 속에 묻혔고 물은 돌 사이로 흘러내린다
대광명체여 걸림도 끝도 없어
앞가슴 풀어헤치고 아득히 바라보니
물과 더불어 산이로구나.
孰云是水孰云巒　巒入雲中水石間
大光明體無邊外　披腹鮎看水與山

잠시 기세가 약해졌던 눈발이 다시 굵어졌다. 홍류동 계곡은 온통 쏟아져내리는 눈발로 백류동 계곡을 이루고 있었다.

2

갈 길이 멀어 미련 없이 홍류동 계곡을 뒤로하고 산문을 오르다 말고 문득 나는 이 해인사 시절 경허가 남겼던 이해할 수 없으면서도 가장 유명한 행장 하나를 떠올렸다.

그날도 이렇게 엄청난 눈이 해인사를 오르는 산길에 덮여 있었을 것이다.

온 강산에 눈이 내린 어느 겨울날.

볼일로 산 아래 내려갔다가 돌아오던 경허는 눈 덮인 산길에서 이상한 광경 하나를 보게 된다. 당시 경허는 눈길에 미끄러지지 말라고 짚신에 새끼를 칭칭 꼬아 묶은 뒤에 주장자를 들고 산길을 오르고 있었는데 길가 한 섶에 뭔가 꿈틀거리고 있는 것이 보였다.

이상하다 싶어 다가가 물끄러미 들여다보았더니 눈을 온통 뒤집어쓴 사람이었다. 경허는 무슨 일인가 눈발을 헤쳐 보았는데 그러자 남자도 아닌 여자의 모습이 드러나 보였다.

길을 지나다 눈발을 맞고 추위와 싸우다 지쳐 동사 직전에 놓여 있는 여인의 모습이었다.

그 길로 경허는 얼어 죽어 가는 여인을 업어 메고 산길을 올랐다고 전해지고 있다.

당시 경허가 머무르던 조실은 오늘날에도 해인사에 남아 있는 퇴설당. 경허는 그 여인을 업고 퇴설당 안으로 들어갔다고 전해지고 있다. 이 모습을 본 사람은 단 한 사람. 경허의 수법제자 만공 한 사람뿐이었다.

경허가 죽어가는 여인을 어떻게 하였는지는 모르지만 어쨌든 그 여인은 죽음 직전에서 살아났다. 아마도 빳빳하게 얼어붙어 버린 여인의 몸을 경허는 자신의 몸으로 녹이고 체온을 되살려 주었을 것이다.

문제는 그 죽어 가던 여인을 기사회생(起死回生)시킨 것에 있지 않았다. 여인이 되살아난 뒤부터 큰일이 벌어지기 시작하였던 것이다. 여인은 정상적이 아닌 정신이 돌아 버린 미친 여인이었다. 아마도 이 마을에서 저 마을로, 저 마을에서 이 마을로 떠돌아다니며 밥술이나 얻어먹는 거렁뱅이 광녀임이 분명하였던 것이다. 비럭질하는 도중에 눈을 만나 그만 산길에서 얼어 죽게 되었던 것을 지나던 경허가 우연히 보고 업어다 체온으로 녹여 살려준 것이었다.

정신이 든 이 광녀는 자기가 좋아서 경허가 예뻐해 주는 줄만 알고 가지도 않고 그대로 방에서 자고 먹고 하였다.

난처해진 것은 그의 제자 만공.

만공은 이 놀라운 일을 사내의 대중들에게 알리지 않으려고 문밖에서 꼭 지키고 있다가 누가 조실스님인 경허를 만나러 오면 '스님께서 지금 주무십니다' 하고 물리거나 '스님께서 지금 아프십니다' 하고 막았으며, 끼니때면 광녀분의 공양까지 방안에 들여놓고 하였던 것이다.

그러나 하루 이틀도 아니고 열흘 가까이 도무지 이해할 수 없는 일이 계속되자 만공은 더 이상 이대로 미봉할 수만은 없다고 결심하였다.

자신의 방에 여인 하나를 숨겨두고 열흘 가까이 머무르고 있다는 사실이 해인사 안으로 퍼져 나가면 이는 보통 일이 아니었기 때문이다. 그래서 만공은 때만 되면 문밖에서 스승을 낮은 소리로 부르곤 하였다는 것이다.

"스님, 스님."

그러면 안에서 열흘 이상 꼼짝도 않으면서 스승 경허의 같은 대답 소리만 들려오곤 하였다.

"누구냐."

"접니다. 만공입니다."

"무슨 일로…."

"드릴 말씀이 있어 찾아왔습니다."

그러면 방안에서는 한결같은 대답 한소리뿐이었다.

"가거라. 내가 들을 말이 없다."

번번이 물러서던 만공은 그러나 이렇게 물러설 수만은 없다고 생각하였다. 왜냐하면 벌써 열흘 이상 조실스님이 보이지 않아 사내 대중들이 의아하게 생각해서 병문안이라도 하려고 떼를 지어 퇴설당 안으로 찾아들 만큼 긴박한 사태가 벌어지게 되었기 때문이다.

하는 수 없이 만공은 다시 찾아가 조실 방문을 두드리며 말하였다.

"스님, 스님."

그러나 안에서는 대답 소리가 없었다. 한참을 부르던 만공은 그래도 안에서 소리가 없자 궁금증이 일었다. 그래서 신발을 벗고 문을 열고 퇴설당 안으로 들어섰다.

당우(堂宇) 안에는 뒤엉켜 있는 한 쌍의 남녀 모습이 보였다.

석양 무렵이라 어슴푸레한 저녁빛으로 자세히 살펴볼 수 없어 몇 발짝 다가가보았더니 경허는 광녀에게 자신의 팔을 베개 삼아 베도록 내주고 자신은 그 여인의 치마폭에 다리를 척 걸친 채 코를 골면서 잠을 자고 있었다. 여인도 경허의 팔을 베고 편안히 잠들어 있었다.

두 사람이 너무나 곤히 잠들어 있어 하는 수 없이 만공은 그대로 스승의 잠이라도 깨울세라 발뒤꿈치를 들고 방을 나오려는데 새삼스레 방안을 진동하는 고약한 냄새에 신경이 쓰였다. 만공은 견딜 수 없는 그 악취가 도대체 어디서 나는가 이해할 수 없었다. 그래서 돌아서려던 발길을 멈추고 그 고약한 냄새가 나는 방향을 찾아 다가가기 시작하였다. 그 냄새는 분명히 한데 엉킨 채 코를 골며 잠들어 있는 두 남녀의 몸에서부터 풍겨오고 있었던 것이다.

도대체 무슨 일인가, 어리둥절하여 행여 깰세라 조심스레 다가가 살피던 만공은 그 고약한 냄새가 바로 그 미친 여인의 몸에서부터 풍겨오는 사실을 깨닫게 되었으며 그 여인의 잠든 모습을 본 순간 하마터면 비명을 지를 만큼 크게 놀랐다.

그 여자의 얼굴은 코와 눈이 분간할 수 없을 만큼 썩어 있었으며 손가락도 떨어져 나가고 없었다. 미친 여인은 한센병(나병)에 걸려 있었던 것이다. 코는 떨어져 나가 구멍만 뚫렸으며 걸친 옷은 고름에 절어 올이 안 보일 정도인데다가 머리카락도 모두 빠져 민대머리의 괴물이었다. 살이 썩어 가는 고약한 악취가 풍겨 나오고 있어서 만공은 도저히 코를 들고 서 있을 수가 없었다.

어떻게 이럴 수가 있단 말인가.

어떻게 스승 경허는 이렇게 나병에 걸려 썩어 가는 미친 여인과 한방에서 열흘 이상이나 밥을 먹고 함께 잠을 자고 살을 맞댈 수 있단 말인가.

그 길로 스승이 잠들어 있는 방을 도망치듯 물러나왔으면서도 만공은 쉽사리 마음을 진정시킬 수가 없었다. 마지막으로 저녁 공양 두 사람분을 경허의 방으로 들였다가 물리기를 기다려 만공은 비장한 각오를 하고 퇴설당 앞으로 찾아갔다고 전해지고 있다.

이대로 두었다간 정말 상상도 할 수 없는 큰일이 벌어질 것이다.

만약 조실스님인 경허가 미친 여인을 방안에, 그것도 나병에 걸려 온 뼈와 살이 썩어 가고 있는 여인을 부둥켜안고 방안에서 열흘 이상 뒹굴고 있다는 소문이 번져 나가게 되면 사내 대중들은 스승 경허를 온전한 사람이라고 생각지 않을 것이다.

사람들은 스승 경허를 엽기적인 일을 좇아다니는 변태적인 사람이라고 생각할 것이며 마침내 경허를 미친 사람으로 생각할 것이다.

비장한 각오를 하고 간 만공은 방문 앞에서 조심스레 스승을 불러 보았다.

"스님, 스님."

그러자 방안에서 경허의 목소리가 들려왔다.

"누구냐."

"접니다. 만공입니다."

"만공이 무슨 일로…."

"드릴 말씀이 있어 찾아왔습니다."

방안에서는 한결 같은 경허의 대답 한소리가 날아올 뿐이었다.

"가거라. 내가 들을 말이 없다."

"그래두 들으셔야 합니다."

절대로 물러서지 않으리라 결심하고 찾아온 만공이었으므로 준엄한 스승의 목소리에도 물러서지 않고 맞서 나갔다.

"도대체 무슨 말인데…."

그제야 틈을 보이면서 경허가 물어 말하였다.

"방안에 여인을 들인 지 벌써 열흘이 지났습니다. 사내 대중들이 모두 이상하게 생각하고 있습니다."

만공은 말을 이어 내려갔다.

"조실스님을 모두 궁금하게 생각하고 있습니다. 그래서 떼를 지어 찾아와 문안 인사라도 드린다고 법석들입니다. 이제는 제발 거두시고 여자를 내쫓기 바랍니다."

만공이 충정 어린 목소리로 얘기하고 끝을 내자 방안에서는 한동안 말이 없었다. 긴 침묵 끝에 경허가 불쑥 물었다.

"정히 그러한가."

"정히 그러합니다."

"만공 자네도."

"저도 그러합니다."

그러자 방안에서 혼잣말처럼 중얼거리는 경허의 목소리가 들려왔다.

"그럼 할 수 없군. 만공 자네까지 정히 그러하다면 할 수 없는 일이로군. 그러나 오늘 밤이 아니라 내일 새벽이야. 만공 자네가 여인을 동구 밖까지 바래다주시게."

"알았습니다, 스님."

만공은 천천히 조실을 물러나왔으나 그날 밤 한숨도 잠을 이루지 못하였다고 전해지고 있다. 여인을 쫓아내는 데 급급하여 간신히 승낙을 얻어내긴 하였지만 나병에 걸린 여인과 마지막으로 작별을 나누며 살을 맞대고 있을 스승의 모습을 떠올리자 갑자기 만공은 도저히 스승의 법력을 따를 수 없구나 하는 절망감을 느꼈다고 생전에 한탄하면서 술회하였던 적이 있다.

자신은 여인의 냄새마저도 견디지 못하였다. 그런데도 스승 경허는 그 여인을 열흘 이상이나 품속에 안고 있지 않으셨던가.

마침내 새벽예불이 시작되기 전 만공은 다시 스승의 방을 찾아갔다고 전해지고 있다.

"스님, 스님."

예불이 시작되면 온 가람이 모두 깨어나는 법. 예불을 올리기 전 남의 눈에 띄지 않게 여인을 절 밖으로 쫓아내리라 생각한 만공은 스승의 방문을 두드렸다.

"누구냐."

"접니다. 만공입니다. 날이 밝았습니다. 좀 있으면 예불이 시작될 것입니다."

"시간이 벌써 그리 되었나."
"그렇습니다, 스님."
"알겠다."
만공은 문밖에 서서 기다렸다.
어디선가 새벽을 알리는 닭소리가 들려오고 있었고 겨울 밤하늘엔 밝은 달빛이 충만하였다. 하늘엔 은하의 별무리가 남북으로 길게 흘러내리고 있었다. 잠시 후 열흘 이상이나 굳게 닫혀 있던 경허의 방문이 소리 없이 열리고 그 미친 여인이 보퉁이 하나를 들고 나왔다.
잘 가거라 하는 일체의 작별 인사도 없이 그대로 방문이 닫혔으며 만공은 여인이 나오자마자 행여 남의 눈에 띌세라 여인을 데리고 경내를 빠져 나왔다.
그 여인은 제정신이 아니고 실성한 사람이었는데도 평소와 달리 음전하고 다소곳하였다.
간신히 그 누구의 눈에도 띄지 않고 경내를 빠져 나오자 만공은 일단 마음이 놓여 길게 한숨을 쉬었다고 전해지고 있다. 그제야 눈 덮인 밤길을 걸어 여인을 동구 밖까지 바래다주면서 만공은 찬찬히 여인을 뜯어 보며 어째서 스승 경허가 그처럼 이해할 수 없는 무애행을 하였는지 궁리해 보았다.
스승 경허는 저 썩어 가는 육체를 지닌 여인을 열흘 동안이나 곁에 두고 살을 맞대었다. 너는 그러할 수 있겠는가. 스승 경허는 제정신이 아닌 미친 저 여인을 열흘 동안 밥을 먹여 주고 함께 다정히 말을 나누었다. 너는 그러할 수 있겠는가. 스승 경허는 코가 떨어져 나가고 눈썹이 없고 입마저 헐어 버린 나병에 걸린 여인의 얼굴을 들여다보면서 그 헝클어진 머리카락을 손으로 빗질하여 단정히 빗겨 주곤 하였다. 너는 그러할 수 있겠는가. 스승 경허는 동냥질하며 이 동리에서 저 동리로 떠돌아다니는 거렁뱅이 여인이 눈에 덮여 죽어 가게 되자 그 여인을 업고 방안에 들여다가 체온으로 녹여 살려 주었다. 너는 그러할 수 있겠는가. 스승 경허는 고름이 흘러내리는 여인의 몸을 혀로 핥았으며 오물로 뒤범벅되어 있는 여인의 몸을 서로 맞대어 살을 나누었다. 너는 또한 그러할 수 있겠는가.

네 눈에는 그 여인의 거렁뱅이로서의 모습과, 환자로서의 모습과, 그 뼈와 살이 썩어 가는 모습과, 손가락이 떨어져 나가고 고름이 흘러내리는 모습과, 미친 여인으로서의 행색과 그 숨소리와, 견딜 수 없는 악취만이 보이고, 들리고, 냄새 맡아지고 있을 뿐이었다. 그러므로 너는 그 여인을 제대로 보지 못하였다. 그러나 스승 경허는 그 여인을 하나의 인간으로 바라본 것이다.

네가 본 것이 다만 하나의 형상과 색(色)에 불과하다면 스승 경허는 그 여인에게서 법신(法身)을 본 것이다.

이때의 심정을 만공은 먼 훗날 다음과 같이 술회한 적이 있었다.

"나도 경허 스님처럼 이 여인을 데리고 하룻밤만이라도 잠잘 수 있을까 생각하였다. 도저히 나는 그렇게는 못할 것 같다고 생각하였다. 그러자 나는 몹시 부끄러워졌으며 스승을 뛰어넘을 수 없다는 절망감을 느끼기도 하였다."

여인을 동구 밖까지 바래다주고 도망치듯 해인사로 돌아온 지 며칠 후 만공은 기회를 보아 경허에게 다음과 같이 물었다.

"어째서입니까, 스님."

밑도 끝도 없는 만공의 질문에 경허는 다만 이렇게 대답하였다고 전해지고 있다.

"그 여인이 거렁뱅이가 된 것은 전생에 고대광실의 왕비였기 때문이며, 그 여인이 미쳐 버린 것은 전생에 지나치게 총명했기 때문이며, 그 여인이 나병에 걸린 것은 지나친 미모로 뭇사람들을 미혹시켰기 때문이며, 그 여인의 몸에서 흘러내린 고름은 전생에 온몸에 발랐던 화장수이며, 그 여인의 몸에서 풍겨오는 악취는 전생에 온몸에 바르던 향수에서 풍겨 나오던 아름다운 향내였다."

해인사 시절.

승려로서의 마지막 시절인 52세 무렵에 일으킨 이 이해할 수 없는 나병환자 여인과의 무애행을 고비로 경허는 서서히 변해가기 시작한다. 확인된 바는 없지만 여인으로부터 경허는 고질적인 피부병을 옮았다고 전해지고 있다. 나병은 아니었지만 여인으로부터 치명적인 피부병을 옮았으므로 이를 고치기 위해 찾아간 의원으로부터 다음과 같은 처방법을 들었다고 한다.

'닭똥으로 소주를 달여 개고기와 곁들여 먹으면 효과가 있을 것입니다.'

승려로서의 마지막 해인사 시절, 경허의 주량과 육량(肉量)이 무서운 속도로 늘어가 뒷날에는 술과 고기가 그에게 있어 몸의 일부분처럼 되어 버린 것은 그 여인으로 인해 옮은 피부병 때문이라는 것이 거의 정설로 알려지고 있는 것이다.

그리하여 이 무렵의 경허는 아예 바랑 속에 술병과 개 다리를 넣고 다녔으며 생각나면 길거리에서도 개고기를 구워 먹기까지 하였다고 전해지고 있는 것이다.

3

산길은 두 갈래로 나뉘어져 있었다.

넓은 길은 포장된 길로 사하촌으로 가는 도로이고 사찰로 이르는 길은 비탈길로 가파른 경사를 이루고 있었다. 이처럼 깊은 겨울에도 관광객이 있는지 버스들이 이따금 털털털털 체인 감긴 바퀴소리를 내면서 촌락으로 이르는 도로를 오가고 있었다.

나는 가파른 산길을 오르기 시작하였다.

단추를 잠그고 옷깃을 여미어도, 매서운 강풍이 옷 속으로 스며드는 설한이었는데도 산길을 오르느라 이마에 땀이 배일 정도로 몸은 더웠다.

산길을 오르던 나는 문득 대각 의천(大覺 義天 : 1055~1101)의 절창 한 수가 떠올랐다. 대각국사 의천은 해인사와 뗄래야 뗄 수 없는 깊은 인연을 맺고 있는 고려 최대의 왕사로 이른바 천태종의 중흥조(中興祖)로 알려져 있다. 천태종이라 함은 중국 수나라 때 절강성 천태산에서 지의(智顗)가 창립한 종파로 《법화경》을 기본으로 하는 종지(宗旨)인데 그는 어느 날 비 오는 해인사를 찾아가면서 다음과 같은 빼어난 시를 한 수 짓는다.

휘두르는 채찍은 수운향을 떨치고
안개비는 아득한데 길은 더욱 멀어라
고마워라 언덕길에 좋은 경치 있나니
물에 뜬 떨어진 꽃 온 개울에 향기롭다.
行行鞭拂水雲鄕 烟雨溟濛路更長
多識武陵佳景在 落花紅泛一溪香

— 빗속에 말을 타고 가면서(雨中行次馬上口占)

대각 의천이 천년 전에 지은 시처럼 물이 흐르고 구름이 떠도는 수운향(水雲鄕), 해인사를 찾아가는 산길은 비록 멀었지만 고마워라, 산길에는 굽이굽이 좋은 설경이 펼쳐지고 있음이었다.

대각 국사 의천은 고려 11대 왕인 문종의 제4왕자로 탄생하였다. 속성은 왕(王)씨, 휘는 후(煦), 자는 의천(義天)이었다. 문종 9년(1055)에 태어나 11세가 되었을 때 영통사(靈通寺)의 난원 왕사(爛圓 王師)를 스승으로 하고 출가하였다.

원래 총명하고 슬기로워 뛰어난 재질을 가졌던 의천은 구도열의 역시 대단하였다. 자신의 견식을 넓히고자 송(宋)에 유학하려 하였지만 아버지인 문종에게 거절당했고, 부왕이 돌아가자 형인 선종에게 다시 청하였으나 대왕의 대제(大弟)란 귀중한 몸으로 바다를 건널 수 없다고 해서 역시 거절당했다.

그러나 마침내 30세가 되던 선종 2년(1085) 4월, 제자인 수개

(壽介) 등 두 사람만 데리고 미복(微服)으로 상선(商船)을 타고 송나라로 밀항하였다.

14개월 동안 중국 각지를 순력(巡歷)하였지만 그 짧은 기간에 보여준 의천의 활동은 실로 경이적인 것이었다. 그는 화엄학을 배우고 천태학을 대담하고, 심지어 범학(梵學)까지 공부하는 등 불교의 모든 분야에 대해 섭렵하였으나 그의 가장 귀중한 업적은 불경장소(佛經章疏) 3천여 권을 수집하여 온 것이었다.

어머니인 태후(太后)가 아들인 그를 그리워하자 귀국한 의천은 흥왕사(興王寺)에 머무르면서 그곳에 교장도감(教藏都監)을 설치하고 계속해서 송, 요(遼), 일본 등에서 서적을 모아 무려 1,010부 4,740여 권의 경전을 간행해 낸다.

말년에 해인사에 물러나 있으면서 의천은 〈물러나 해인사에 있으면서(海印寺退居有作)〉라는 제목으로 다음과 같은 시를 짓는다.

1

뜻을 굽혀 여러 해를 서울에 붙어 살며

교문의 그 공업을 못 이룬 것이 부끄러워라

그때에 행한 도는 한갓 헛된 수고일 뿐

어찌 이 임천에 들어 스스로 즐김만 할 것인가.

屈辱多年寄帝京　教門功業恥無成

此時行道徒勞爾　爭似林泉樂性情

2

일이 글러 몇 번이나 길이 탄식하였던가
여러 해 동안 임금과 어버이 은혜 갚을 길이 없었다
가련하구나 젊은 마음 어제와 같건마는
어느새 사십 년을 헛되이 보내었다.
事去幾回興歎息 年來無計報君親
可憐小壯心如昨 不覺鎖磨四十春

3

부귀영화는 그 모두 봄날의 꿈이요
모이고 흩어짐과 살고 죽음은 물 위의 거품이다
극락 세계에 노니는 마음 그것 하나 말고는
생각하면 추구할 일 한 가지인들 있겠는가.
榮華富貴皆春夢 聚散存亡盡水漚
除却栖神安養外 算來何事可追求

실의에 빠져 해인사에 은거하였던 대각 국사는 다시 국왕의 부름을 받고 왕사인 흥왕사에 머무르고 있다가 숙종 6년(1101) 47세의 아까운 나이에 입적하고 만다.

원효의 사상을 계승하였다고 해서 원효 보살이라고까지 불리던 의천이 없었더라면 민족의 유산인 대장경은 이루어질 수 없었을 것이다.

대각 의천이 '수풀 속에 숨어 있는 샘'이라 하여 임천(林泉)으로 부른 해인사. 또한 부귀영화는 한갓 봄날의 꿈이요, 살고 죽음은 물 위의 거품이라 탄식하며 극락 세계인 안양(安養)에 노니는 마음, 그것 하나밖에는 취할 것이 없다고 노래한 대각 의천의 표현대로 안양으로 불린 해인사.

나는 바로 지금 그 수운향으로, 임천으로, 안양을 찾아가고 있는 것이다.

완만한 경사는 갑자기 몇 가닥의 숲길로 나누어지면서 다시 가팔라지기 시작하였다. 언덕 너머로 우뚝 선 일주문(一柱門)이 보였다.

일주문이 눈에 띄자 비로소 속계로부터 단절된 총림(叢林)이 가까워진 느낌을 나는 받았다.

일주문의 처마 밑에는 가로로 단 편액(扁額)이 내걸려 있었는데 그 현판에는 다음과 같은 글씨가 씌어져 있었다.

'가야산 해인사(伽倻山 海印寺).'

나는 머리를 들어 일주문 처마 밑에 내걸린 편액을 우러러보았다.

해인사.

문자 그대로 바다 위에 도장을 새기는 곳, 바다 위에 도장을 찍는 곳.

화엄경에 나오는 해인삼매(海印三昧)에서 비롯된 이름 해인사. 부처님이 깨달아 들어간 선정을 이름하여 해인정(海印定). 바다에 풍랑이 쉬면 삼라만상 모든 것이 모두 그대로 도장이 찍히듯 바닷물에 비쳐 보인다는 뜻으로 모든 번뇌가 끊어진 부처님의 정심 속에는 과거, 현재, 미래의 모든 업이 똑똑하게 나타나 보인다는 화엄사상의 골수.

우리의 마음속에는 바다가 들어 있다. 한없이 깊고 넓으며 아무런 걸림도 없이 끝이 없는 무애무진(無碍無盡)의 바다가 들어 있다.

이 바다는 미친 욕망의 파도와, 어리석음의 폭풍과, 분노의 격랑으로 항상 날뛰고 있다. 이 미친 파도와 미친 바람이 멈추어질 때 바다는 고요해지고 잔잔해질 것이며, 그러하면 우주의 모든 모습이 바다 위에 그대로 비쳐 보여 바다 위에 도장이 찍힐 것이다.

그 누구의 마음속에도 깊은 바다가 들어 있다. 그 바다는 무엇이든 받아들이나 좁아지지 않으며, 그 무엇이든 받아들여도 맛을 잃지 않고 언제나 한 맛이다. 바다가 끝없는 바다로 보일 때에는 오직 잔잔하게 가라앉아 있을 때뿐이다. 미친 바람과 성난 파도로 흔들리고 있을 때는 다만 보이느니 포말(泡沫)뿐이다.

포말은 바다의 물거품에 불과한 것.

미친 바람과 성난 파도를 잠재우려면 탐욕과 어리석음과 성냄의 삼독(三毒)을 버려야 한다. 그리고 나서 청정한 계(戒)를 지니고 선정을 닦으며 지혜를 닦아야 한다.

부처는 일찍이 구리성(拘利城) 북쪽의 한 나무 아래에 머무르면서 다음과 같이 말하였다. 이것이 《장아함경(長阿含經)》을 이루고 있다.

"너희들은 마땅히 계를 지니고 선정을 생각하며 지혜를 깨달아라. 이 세 가지를 잘 지키는 사람은 덕망이 높고 명예가 드날리게 될 것이다. 음란한 마음과 성내는 마음과 어리석은 마음과 잡된 생각이 없어질 것이니 이것을 일러 해탈(解脫)이라 한다. 이 계행이 있으면 절로 선정이 이루어지고 선정이 이루어지면 지혜가 밝아지리니, 이를테면 흰 천에 물감을 들여야 그 빛이 더욱 선명하게 되는 것과 같다. 이 세 가지 마음이 있으면 도를 어렵지 않게 얻을 것이고 일심으로 부지런히 닦으면 이 생을 마친 후에는 청정한 곳으로 들어갈 것이다.

만약 계, 정, 혜의 삼행을 갖추지 못하면 윤회에서 벗어나기 어려울 것이다. 그러나 이 세 가지를 갖추면 마음이 저절로 열려 문득 천상, 인간, 지옥, 아귀, 축생들의 세상을 보게 되고 온갖 중생들의 생각하는 것도 알게 될 것이다. 이는 마치 시냇물이 맑아야 그 밑의 모래와 돌자갈들의 모양을 환히 들여다볼 수 있는 것과 같다.

깨달은 사람은 마음이 밝으므로 보고자 하는 것이 다 드러난다. 도를 얻으려면 먼저 그 마음을 깨끗이 해야 한다. 마치 물이 흐리면 그 속이 보이지 않는 것과 같다."

부처의 말대로 나 자신 마음속에 들어 있는 바다를 깨닫기 위해서는 탐욕의 바람과 성난 파도와 어리석음의 격랑을 가라앉혀야 할 것이다. 그래야만 바다는 조용해지고 잔잔해져서 마치 시냇물이 맑아야 그 밑의 모래와 돌자갈들의 모양이 환히 들여다보이듯 삼라만상이 모두 마음속에서 들여다보이게 될 것이다.

마음이 깨끗하여 맑은 거울과 같이 명경의 바다를 이룰 수 있다면 그 모든 것이 바다 위에 그대로 비쳐 보일 것이다. 해도 바다 위에 도장이 찍히듯 비칠 것이며 달도, 구름도 바다 위에 도장이 찍힐 것이다. 달이 바다 위에 거꾸로 찍혀 꿰뚫을 것이나 물방울 하나 튀기지 않을 것이다. 날아가는 갈매기도 바다 위에 그림자를 드리울 것이나 파문 하나 일어나지 않을 것이다.

마음의 바다.

부처는 일찍이 마음속에 들어 있는 법의 바다에 대해 유명한 사자후를 토해 낸 적이 있었다. 부처가 사위성(舍衛城)의 녹야원에서 500명의 제자들과 머무르고 있을 무렵이었다. 이때 무리 중에 유난히 '바다(海)'를 좋아한다는 젊은이가 한 명 있어 마침내 부처는 그 젊은이에게 다음과 같이 물어 말하였다.

"바다 속에 무슨 신기한 것이 있기에 너는 그렇게 바다를 좋아하는가."

그러자 젊은이는 대답하였다.

"바다 속에는 여덟 가지 처음 보는 법이 있으므로 저희들은 거기서 즐깁니다. 첫째, 큰 바다는 매우 깊고 넓습니다. 둘째, 바다에는 신비로운 덕이 있는데 네 개의 큰 강이 각각 오백의 작은 강을 합쳐 바다로 들어가면 그것들은 본래의 이름을 잃어버립니다. 셋째, 바다는 모두 똑같은 한 맛입니다. 넷째, 드나드는 조수가 그때를 어기지 않습니다. 다섯째, 여러 중생들이 그 속에 삽니다. 여섯째, 바다는 어떠한 것을 받아들일지라도 비좁아지지 않습니다. 일곱째, 바다에는 진주와 같은 여러 가지 진귀한 보석이 있습니다. 여덟째, 바다에는 금모래가 있고 네 가지 보배로

된 수미산이 들어 있습니다. 이 여덟 가지가 제가 바다를 좋아하는 이유입니다. 그렇다면 여래의 법에는 어떤 이유가 있기에 비구들이 그 안에 즐깁니까."

이에 부처는 눈에 보이는 색(色)의 바다가 아닌 마음속에 들어 있는 법(法)의 바다에 대해 다음과 같이 대답하고 있다. 이 대답이 《아함경(增一阿含八難品)》을 이루고 있는 것이다.

"내게도 여덟 가지 처음 보는 법이 있어 비구들이 그 안에서 즐기고 있다. 첫째, 내 법 안에는 계율이 갖추어져 있어 게으르고 제멋대로의 방일(放逸)한 행이 없다. 그것은 저 바다가 매우 깊고 넓은 것과 같다. 둘째, 이 세상에는 신관(神官), 무사, 서민, 노비 네 계급의 사람들이 있지만 내 법 안에서 도를 배우게 되면 그들은 네 가지 계급을 떠나 한결같이 사문이라 불린다. 이는 마치 네 개의 강이 바다에 들어가면 한 맛이 되어 그전의 계급이나 그전의 이름이 없어지는 것과 같다. 셋째, 정해진 계율에 따라 차례를 어기지 않는다. 넷째, 내 법은 결국 똑같은 한 맛이니 정견(正見), 정사유(正思惟), 정어(正語), 정업(正業), 정명(正命), 정정진(正精進), 정념(正念), 정정(正定)의 팔정도(八正道)가 그것이다. 다섯째, 내 법은 갖가지 미묘한 법으로 가득 차 있다. 바다에 여러 중생들이 모여 사는 것처럼 비구들은 그것을 보고 그 안에서 즐긴다. 여섯째, 바다에 온갖 보배가 있듯이 내 법 안에도 온갖 보배가 있다. 일곱째, 내 법 안에는 온갖 중생들이 집을 떠나 머리를 깎고 법복을 입고 도를 닦아 열반에 든다. 그러나 내 법 안에는 더하고 덜함이 없다. 여덟째, 큰 바다 밑에 금모래가 깔려 있듯이 내 법에는 헤아릴 수 있는 갖가지 삼매(三昧)가 있다. 모든 비구들은 이 법의 바다 속에서 이것을 알고 즐기는 것이다."

부처의 이 말에 바다를 좋아하던 젊은이는 감탄하여 무릎을 꿇고 경배하면서 말하였다.

"거룩하십니다, 부처님. 여래의 법 가운데 처음 보는 법들은 바다의 그것보다 백 배 천 배 뛰어나 감히 견줄 수가 없습니다."

나는 일주문의 처마 밑에 새겨진 현판의 글씨를 다시 한번 읽어 보았다.

'가야산 해인사(伽倻山 海印寺).'

이곳은 바다가 시작되는 천공(天孔)이다. 이곳에서부터 바다는 시작되어 흘러내린다. 부처가 일찍이 말하였던 법의 바다는 이곳에서부터 시작되어 저 산과 저 계곡을 타고 흘러 내려가 온 세속의 거리를 천년 이상 적시고 있다.

나는 법의 바다를 설법하여 준 부처 앞에 무릎을 꿇고 경배하였던 젊은이처럼 일주문 안으로 들어서면서 마음속으로 중얼거려 말하였다.

거룩하십니다, 부처님. 마음속에서 바다를 발견하고 그 법의 바다는 저 지상의 바다보다 백 배 천 배 깊고 넓으며 무엇과도 견줄 수 없음을 깨닫게 해준 부처님이야말로 위대한 성인이십니다.

일주문에서 봉황문(鳳皇門)과 해탈문(解脫門)의 두 개 문을 지나 해인사 경내에 이르는 구광루(九光樓)에 이르기까지 길 양쪽으로는 키 큰 잣나무들이 열병식을 올리듯 도열하고 서 있었고, 절 내에서 무슨 재라도 올리고 있는지 구광루 높은 난간 위에서는 북소리가 두둥두둥— 들려오고 있었다. 나는 북소리가 들려오는 구광루의 종고루(鐘鼓樓)를 보았다. 그곳에는 가사를 입은 중이 소매를 펄럭이면서 법고를 두드리고 있었다. 법요를 집행하는 큰 종과 목어, 운판(雲版) 등이 널려 있는 구광루 밑 계단을 천천히 머리에 이고 올라가자 그대로 해인사의 경내 한복판이 드러나고 있었다.

그곳 뜨락 한가운데에는 마치 태반 속에 자리잡고 있는 태아의 모습처럼 삼층석탑 하나가 솟아 있었다. 석탑은 탯줄이 달렸던 자리에 솟아오른 배꼽의 모습과 같아 보였으며 다시 높은 기단 한 높이로 해인사의 대웅전이라 할 수 있는 법당이 시야를 가로막고 있었다.

경허는 해인사의 심장부에 이르는 구광루에 올라 일찍이 다음과 같이 노래를 한 적이 있었다.

길다란 장경각 신선의 산봉우리를 대한 듯
지난 일 모두가 한바탕 꿈이었다
마침내 하늘과 땅을 삼켰다 뱉는 나그네 하나 있어
구광루에 올라 천산을 저울질하니
산은 첩첩이 겹쳐 있고 구름으로 베개하고 높이 누워
하계 창생을 골고루 바라보는 문이로다
최초의 역사를 아는 사람이 없으니

천봉 반석 위에 용 한 마리 한가로이 날아오른다.

猗猗經閣對仙巒　往事無非一夢間
適有乾坤呑吐客　九光樓上秤千山
枕雲高臥萬重山　下界蒼生一望門
前頭年旱無人識　盤壑神龍棄等閑

구광루에 올라 민족의 위대한 유산인 팔만대장경을 봉안해 둔 장경각(藏經閣)과 그 뒤로 우뚝 솟아오르는 가야산의 그 독특한 바위산의 봉우리를 바라보면서 자신을 하늘과 땅을 삼켰다 뱉는 나그네로 비유한 경허의 시를 외는 동안 나는 문득 '천산을 저울질한다(秤千山)'는 구절에 마음이 걸려 멎어섰다.

경허는 이 구광루에 올라서서 천산을 저울 위에 올려놓고 그 무게를 달아보고 있음이었다.

원래 천산을 저울질한다는 말은 천하의 선지식의 안목을 달아본다는 종사(宗師)의 가풍으로서 이 말이 유래된 것은 송나라 때의 유명한 시인 소동파(蘇東坡 : 1036~1101)로부터다.

송나라 제일의 시인이었던 소동파는 오늘날의 사천성(四川城)인 미산(眉山) 태생으로 이름은 식(軾), 자는 자첨(子瞻), 호는 독실한 불교신자로서 동파 거사(東坡居士)라 하였다.

소동파는 부국강병의 신법(新法)이 시행되자 '독서가 만 권에 달하여도 율(律)은 읽지 않겠다'고 선언한 자유인(自由人)이었다. 결국 이 말로 필화사건을 일으켜 감옥에 갇혔다가 유배되었던 소동파는 일찍이 유명한 선사인 승호(乘皓)를 찾아가 선문답을 해본 적이 있었다.

당대 최고의 시인인 소동파는 승호 선사로부터 의례적인 인사 치레를 받는다.

"그대는 어디서 온 누구신지요."

그러자 소동파는 대답하였다.

"내 성은 칭(秤)가요."

칭이라는 성은 있지도 않고 들어본 적도 없는 희성(稀姓)이라 승호 선사는 소동파에게 물었다.

"칭가도 있습니까."

그러자 소동파는 말하였다.

"있습니다. 저울이라는 뜻이지요."

아직도 이해가 가지 않은 승호 선사가 다시 물었다.

"저울이라니요."

이에 소동파는 당돌하게 말하였다.

"천하의 선지식을 달아 보는 저울이라는 뜻입니다."

소동파의 안하무인격 호언장담이 떨어진 순간 갑자기 승호 선사는 으악— 하는 일갈을 소동파의 면전에 퍼부었다. 소동파가 깜짝 놀라자 승호 선사는 껄껄 웃으면서 이렇게 말하였다.

"그러면 이 한소리는 도대체 몇근이나 됩니까. 그 무게를 달아 보시지요."

승호 선사의 한마디에 비로소 깨달은 바가 있었던 소동파는 이로부터 자신을 거사라 부르며 불교에 심취하였으며 이에 따라 서정적이었던 그의 시는 자연히 철학적으로 변해 갔던 것이다.

그 후에 소동파는 다음과 같은 오도송을 짓는다.

시냇물 소리는 부처님 설법으로 들리고
산을 보더라도 부처님의 청정신으로 보이니
하룻밤 사이에 부처님 8만 4천 법문을 깨달았도다
다른 날 이 도리를 어떻게 남에게 일러주겠는가.
溪聲使是廣長舌 山色豈非淸淨身
夜來八萬四千偈 他日如何呈似人

이렇듯 소동파로부터 천하의 선지식을 저울질하여 본다는 '칭천산(秤千山)'이라는 말이 유래되었으며, 이 말에서부터 경허도 구광루 계단 위에 올라서 천산을 저울질하여 그 무게를 달아본다는 선시를 쓰게 된 것이었다.

눈은 여전히 내리고 있었다.

이처럼 폭설이 내리고 있는데도 경내에는 드문드문 관광객이 찾아와 있었다. 사찰 안으로 신혼여행이라도 왔는지 한복을 곱게 차려 입은 새색시가 석탑 앞에 서서 대웅전을 배경으로 하여 사진을 찍고 있었다. 카메라로 거리를 맞추고 있던 신랑이 나를 보자 사진을 찍어 달라고 카메라를 내밀었다.

나는 카메라를 두 사람에게 겨누었다. 파인더 안에서 두 사람은 다정히 껴안고 치약 거품을 물고 있듯 웃고 있었다.

신혼부부를 사진 찍어 주고 나서 나는 천천히 대웅전에 이르는 돌계단을 오르기 시작하였다. 흔히 법보종찰(法寶宗刹)로 불리는 해인사의 대웅전 처마 밑에는 다음과 같이 쓰인 편액이 내걸려 있었다.

'대적광전(大寂光殿).'

대웅전의 이름이 대적광전이 된 것은 이 법당의 주불이 비로자나(毘盧遮那) 부처인 것에서 비롯되었다.

비로자나라 함은 부처님의 진신(眞身)을 나타내는 칭호로서 '광명변조(光明遍照)'라 번역되고 있다. 즉, 부처가 있는 곳을 '상적광토(常寂光土)'라 하는데 그러므로 진리가 있는 곳, 광명이 '편일체처(遍一切處)'한 곳으로 부처님의 진리의 몸이 대적광토에 항상 머무르면서 화엄경을 설법하고 있다는 깊은 뜻을 내포하고 있는 것이다.

나는 계단을 올라 대웅전 앞으로 가보았다. 대웅전 문은 활짝 열려 있었고 그 안에는 누가 불을 붙였는지 향이 타오르고 있었다. 향 냄새가 법당 안을 감돌고 열린 문을 통해 온 경내로 번져나가고 있었으며, 무슨 소원이 그리도 깊은지 좀전에 다정히 사진을 찍던 신혼부부가 법당 안에 들어가 나란히 향불을 사르고 합장 예배를 올리고 있었다.

햇볕은 나지 않았지만 활짝 열린 대웅전의 문을 통해 백야와 같은 흰 눈빛이 되쏘여 반사되고 있었으므로 법당 한가운데 앉아 있는 금으로 칠한 비로자나 불상은 갓 목욕을 한 듯 희게 빛나고 있었다.

비로자나불은 화엄경의 주존불(主尊佛)로 주로 좌우에서 문수(文殊), 보현(普賢) 두 보살(菩薩)이 협시(脇侍)하고 있는 것이 보통이다.

비로자나불은 지권인(智拳印)이라 하여 주먹 쥔 왼손을 오른손으로 감싸고 있는 손 모습을 하고 있는 것이 특징이라 할 수 있다.

법당 안은 각종 불화(佛畵)들로 조금의 빈틈도 없이 채워져 있었고 부처들 뒤에는 법신(法身), 보신(報身), 화신(化身)의 세 모습을 나타내 보이고 있는 부처의 탱화가 걸려 있었으며, 정면뿐 아니라 서벽, 동벽 할 것 없이 모든 벽에는 석가여래의 일생을 그린 탱화들과, 영산회상에서 법화경을 설법하는 부처의 모습을 그린 탱화들로 불화의 숲을 이루고 있었다.

법당 안은 울긋불긋한 단청과, 불화에서 내비치는 형형색색의 채색 빛깔과, 봉안된 부처들의 금분(金粉) 빛깔로 이상한 분위기를 형성하고 있었다.

대웅전을 돌아보고 나서 나는 잠시 망설였다.

대웅전 뒤편에 있는 장경각으로 돌아가 대장경을 구경할 것인가, 아니면 요사(寮舍)로 돌아가 원성(圓惺) 스님을 만날까 하고 생각하였다.

나는 해인사를 찾아오기 전에 원성스님에게 서신을 한 통 보냈다. 우연히 어느 날인가, 해인사에 관한 책을 읽다가 해인사에서 보관하고 있는 성보(聖寶) 중에 '경허 스님의 친필'이 들어 있다는 목록을 본 적이 있었다.

나는 지금까지 경허 스님의 친필이라고 알려져 있는 그의 법필(法筆)을 몇 번 본 적이 있었다. 하나는 그가 보임하였던 천장암에 내걸려 있던 '염궁문(念弓門)'이란 글자가 그것이요, 또 하나는 수덕사의 청련당(青蓮堂)에 걸려 있던 '둘이 없는 집', 즉 '무이당(無二堂)'이란 친필이 그것이었다.

여태껏 나는 경허의 글씨처럼 독특하고 기운차면서 활달한 필체를 본 적이 없었다. 글씨, 즉 필체는 곧 그 글씨를 쓴 사람의 인격이라는 느낌을 나는 경허의 글씨를 보면서 강하게 느꼈었다. 경허의 글씨에는 전혀 멋부린 꾸밈이 없고, 막힌 곳이란 전혀 없다. 경허의 얼굴을 본 적도, 그를 만난 적도 없었지만 그의 글씨를 보노라면 그의 성격을 정확히 꿰뚫어볼 수 있을 만큼 강하게 느껴지곤 하였던 것이다.

특히 해인사 시절 경허의 법필이라면 나는 반드시 보고 싶다고 생각하였다. 해인사 시절의 경허는 승려로서의 마지막 시절이었고, 그의 법이 무르익을 대로 무르익은 가장 원숙한 시절이었기 때문이다.

그래서 나는 해인사로 편지를 보냈다. 해인사 경내에 특히 아는 스님이 없었으므로 사찰 이름 앞으로 나를 상세히 소개하고 나서 해인사에 소장되어 있는 경허 스님의 친필을 친견하고 싶으니 이를 허락하여 달라고 편지를 써보냈던 것이다.

곧 답장이 왔는데 허락할 뿐 아니라 원하신다면 객실이 있으니 하룻밤이라도 유하고 가라는 친절한 내용의 답신이었다. 답신자의 이름은 '원성'으로 되어 있었다.

답신을 받은 즉시 나는 그 길로 해인사로 떠나온 것이었다. 그런 의미에서 나의 설중행(雪中行)의 해인사 여행은 경허의 친필을 보기 위한 한 가지 목적뿐 아니라 그것을 통해 말년의 경허의 족적을 살펴보고 싶다는 다목적의 답사 여행이었던 것이다.

나는 어디로 갈 것인가 망설였다.

장경각으로 돌아가 대장경을 볼 것인가, 아니면 요새채로 가서 원성 스님을 찾을 것인가 생각하였다. 그러다가 문득 나는 무엇보다 먼저 '퇴설당(堆雪堂)'을 보고 싶다고 생각하였다.

퇴설당이란 암자는 경허가 해인사 시절 머물렀던 방장실이자 조실이었다. 나병에 걸린 여인을 데려다가 열흘 이상이나 함께 잠을 자고, 살을 섞고 맞대었던 선실이기도 하다.

이처럼 온 강산에 폭설이 내려 모처럼 조용한 경내에서 그 누구도 만나지 않고 경허가 머물렀던 암자를 보고 싶다는 소박한 기쁨으로 나는 그 누구의 안내도 받지 않고 숨바꼭질하듯 퇴설당을 찾아가기로 결심했다.

이따금 오가는 승려들의 모습이 눈에 띄었지만 나는 그들에게 퇴설당의 위치를 물어보지 않았다. 나 혼자 힘으로 찾아보기로 결심했기 때문이다. 경허가 머물렀던 방장실이었으니 경내에서도 가장 은밀하고 깊숙한 곳에 숨어 있으리라 생각하였던 내 생각은 오산이었다.

찾고 보니 아주 가까운 곳에 위치하고 있었다.

'심검당(尋劍堂)'이라는 당우를 옆에 끼고 승려들이 머무르고 있는 요사채의 뒤편을 지나면 쪽문 하나가 있는데 그 쪽문을 열고 들어서니 그대로 퇴설당이라는 암자가 나타났다.

놀랍게도 대장경이 봉안되어 있는 장경각으로 이르는 돌계단이 퇴설당의 정원으로 연결되어 있어서 퇴설당은 해인사의 주불이라고 할 수 있는 대장경과 탯줄로 연결된 듯 맞닿아 있었다.

요사채와 연결된 쪽문말고도 한길가로 연결된 쪽문 하나가 더 있었는데 그 문밖은 그대로 계곡이었다. 계곡 밖으로는 대나무 숲과 송림이 울창하였다. 그 누구도 드나들지 않았는지 눈 쌓인 마당에는 발자국 하나 없었으며, 그래서 마당은 무명 이불에 풀을 빳빳이 먹여 그대로 펼쳐 놓은 듯하였다.

이상하게도 그 암자는 외지고 한가하여 눈이 내리지 않는 날이면 앞마당으로만 햇빛이 가득히 내릴 것 같은 양지녘이었다.

'퇴설당.'

나는 암자의 처마 밑에 내걸린 현판을 보았다. 한눈에 경허의 친필처럼 보이는 글씨였다. 문자 그대로 '눈이 쌓이는 곳'. 이처럼 온 강산에 무명 이불을 펼쳐놓은 듯 눈이 쌓이는 날, 눈이 쌓이는 곳을 찾았으니 어찌 기쁘지 않으랴.

퇴설당이란 말은 아마도 방(龐) 거사의 선화에서부터 유래된 이름일 것이다. 방 거사는 마조의 제자로 일찍이 마조를 찾아가 다음과 같이 물어본 적이 있었다.

"만법과 더불어 짝하지 않은 사람이란 어떤 사람이겠습니까."

이 질문에 미친 말 마조는 다음과 같이 말하였다.

"그대가 한입으로 서강(西江)의 물을 다 마신 후에야 대답해 주겠다."

이 대답 한소리에 크게 깨달은 방 거사는 후에 운수 행각을 나서서 약산(藥山) 스님 밑에서 17년 간을 선객 노릇하며 지내다 어느 날 문득 아내와 딸 생각이 나 약산 스님을 작별하고 자신의 고향인 양주땅으로 돌아가기로 하였다.

이때 약산 스님은 제자들에게 방 거사를 산문까지 전송케 하였는데 그때가 마침 겨울인지라 절을 나서니 눈이 펄펄 내리고 있었다. 방 거사는 내리는 눈을 바라보다가 혼잣말로 다음과 같이 말하였다.

"눈발이 펄펄 따로 내리고 있지만 각각 딴 곳에 떨어지지는 않는구나(好雪片片不落別處)."

이 말을 들은 전송객 중에 전(全)이라는 선객이 있어 이렇게 물었다.

"그럼 어디에 떨어집니까."

이에 방 거사는 그 선객의 빰을 후려치면서 말하였다.

"그대는 저 설편(雪片)이 떨어지는 곳도 모르면서 감히 선객이라고 할 수 있겠는가."

방 거사가 선객의 빰을 후려치며 말하였듯 설편이 펄펄 내려 쌓이는 곳, 각각 다른 곳(別處)에 떨어지지 않고 눈이 한곳에 내려 쌓이는 곳 퇴설당.

계곡으로부터 쑤와와와— 바람의 파도가 밀려오고 있었고 그에 따라 대나무들이 종이 꾸겨지는 소리로 울고 있었다.

계곡에 면한 쪽문을 통해 만공은 나병에 걸린 여인을 남몰래 절 바깥으로 안내하여 도망쳐 나가게 하였을 것이다. 또한 그 쪽문을 통해 경허는 얼어 죽어 가는 미친 여인을 업고 저 퇴설당 안으로 들어가 체온으로 녹여 살려 주었을 것이다.

나는 문을 통해 마당 안으로 들어섰다.

마땅히 '계십니까, 계십니까' 하고 소리 내어 물어야 했지만 암자 앞 댓돌 위에 고무신 한 켤레 놓이지 않은 것으로 보아 암자 안에 사람이 없는 것이 분명하였다.

봉창은 굳게 닫혀 있었고, 암자 지붕 위에는 기와의 골이 보이지 않을 만큼 흰 눈이 덮여 있어 마치 세월과 더불어 그대로 하얗게 늙어 버린 노인의 백발을 보는 듯하였다.

4

이 퇴설당에 머무르고 있을 무렵.

경허는 그의 승려로서의 마지막 후반 생활 중 가장 독특한 선화를 하나 남기고 있다.

퇴설당 시절의 경허는 그 무애행이 절정에 이르러 술을 마시고 고기를 먹는 파행이 극에 달하고 있었다. 거의 매일 절 아래에 있는 마을로 내려가 술집을 돌아다니며 한 집에서 막걸리를 한 사발씩 철철 흐르도록 공양을 받아 마시고는 해가 질 무렵이면 비틀거리면서 일주문을 지나 해인사로 돌아오곤 하였다.

돌아온 경허는 곧장 대웅전인 대적광전(大寂光殿) 안으로 들어가 비로자나불 앞에 마주서서 긴 칼을 뽑아 턱밑에 세우고 밤새도록 움직이지 않으면서 부처와 맞대결을 펼치곤 하였다고 전해지고 있다. 그럴 때면 칼끝이 경허의 턱밑을 찔러 붉은 피가 철철 흘러내리고 무수한 생채기가 얼굴에 나곤 하였다는데 이 무렵 경허의 무애행에는 서슬이 퍼런 선기보다 왠지 자조적인 비애가 엿보이고 있다.

해인사에서 서쪽으로 10리 못미처에 마정(馬亭)이라는 마을이 있고 그곳에서 1km 정도 나가면 거창땅으로 넘어가는 고개가 하나 있다. 그 고개 이름은 마정령(馬亭嶺)이었는데 마을 사람들은 이를 흔히 말정재라 부르곤 하였다.

어느 날 경허는 이 말정재를 성큼성큼 오르고 있었다. 이 무렵 경허의 행색은 유별나서 짚신도 신지 않은 맨발로 험한 산길을 오르고 있었는데 한 손에는 담뱃대를 잡고 다른 한 손으로는 떡과 과자가 든 자루를 어깨에 둘러메고 있었다.

이때 언덕길에는 마침 산에서 나무를 하고 한아름씩 나뭇짐을 지고 내려오던 초동들이 잠시 쉬어 가면서 놀이를 하고 있었다. 새끼로 뭉친 공을 지게 막대기로 서로 때려 상대편 문안에 집어넣는 장난을 심심풀이로 하고 있었다. 이들은 놀이를 하다 말고 기괴한 모습으로 맨발로 가는 경허를 보고 일제히 입을 열어 놀려대기 시작하였다.

"중, 중, 까까중. 중, 중, 까까중."

경허의 행색은 어린아이들이 보기에도 참으로 이상하였다. 머리는 박박 깎았으되 수염은 허리까지 내려오도록 길었고 맨발에 육척 장신의 거인이었으며 승복도 반만 걸친 거렁뱅이의 형상이었다.

"야 야, 저 까까중 봐라, 참 이상한 중도 다 보겠다. 중, 중, 까까중. 대머리 까진 민대중."

아이들은 신이 나서 합창을 하기 시작하였다.

아이들이 놀려도 모른체하고 걷던 경허가 갑자기 돌아서서 나무꾼 아이들을 보았다. 아이들은 놀리다 말고 거인인 경허가 쳐다보자 잠시 멈칫거리면서 물러섰다. 경허가 나무꾼 아이 하나를 불러 가까이 오도록 하였다. 그중 용기 있는 아이 하나가 경허의 곁으로 다가갔다. 아이가 오자 경허는 아이에게 물어 말하였다.

"얘야, 네가 나를 아느냐."

그러자 아이가 대답하였다.

"저는 스님을 알지 못합니다."

다시 경허가 물었다.

"얘야, 그러면 나를 보느냐."

그러자 아이가 경허를 쳐다보면서 대답하였다.

"예, 스님. 스님을 보기는 합니다."

그러자 경허가 소리쳐 말하였다.

"이놈들아, 나를 알지도 못하면서 어찌 나를 본다고 하느냐. 이놈들아, 나를 알지도 못하면서 어찌 나를 보고 까까중이라고 놀리고 있단 말이냐."

그리고 나서 경허는 들고 있던 주장자를 아이에게 내주며 말하였다.

"얘들아, 누구든지 이 막대기로 나를 한번 때려보아라. 만약 너희들이 나를 제대로 때리기만 한다면 그 수고한 대가로 이 자루에 들어 있는 과자와 돈을 다 내주리라."

아이는 믿어지지 않는 눈으로 주장자를 받아들며 말하였다.

"스님을 때리면 정말 과자와 돈을 준단 말입니까."

"물론이지. 그러나 나를 때려야 한다."

경허는 빙그레 웃으면서 자신을 가리켰다. 이에 아이는 용기를 내어 주장자를 들어 경허의 몸을 한 방 때리고 나서 말하였다.

"때렸습니다, 스님. 제가 스님의 몸을 때렸습니다. 그러니 어서 그 과자와 돈을 주십시오."

아이가 때리도록 가만히 서 있을 뿐 피하지도 않던 경허는 이렇게 대답할 뿐이었다.

"너는 나를 때리지는 못하였다. 나를 때려야 과자를 주지. 나를 때려야 돈을 주지. 네가 때린 것은 허공이다. 이놈아, 나를 때려라. 나를 때려라."

이에 나무꾼 아이 중에 가장 힘이 센 아이가 나서면서 말하였다.

"제가 한번 스님을 때려 보겠습니다."

그는 나무꾼 아이 중에서 가장 나이도 많고 힘도 센 대장급의 머슴이었다. 그는 먼저 나섰던 아이로부터 주장자를 받아 손에 침을 묻혀 세워들고는 경허에게 말하였다.

"아파도 모릅니다, 스님."

힘센 나무꾼 아이는 주장자를 들어 경허를 마구 후려쳤다. 경허는 아이가 때리면 때리는 대로 맞고만 있을 뿐 전혀 피하려 하지 않았다. 한바탕 매질을 하고 나서 그 소년이 말하였다.

"제가 분명히 스님을 때렸습니다. 이제 돈을 주십시오."

그러나 경허는 고개를 흔들면서 말하였다.

"하지만 너는 나를 때리지 못하였다. 때려야 돈을 줄 게 아니겠느냐."

약이 오른 소년이 다시 주장자를 들어 경허의 몸에 불방망이질을 해댔다. 제풀에 지친 소년이 이윽고 주장자를 놓으면서 말하였다.

"아직도 제가 스님을 때리지 못하였습니까."

그러자 경허는 껄껄 웃으면서 말하였다.

"이놈아, 너는 나를 때리지 못하였다. 네가 만약 나를 때렸다면 부처도 때리고, 또한 조사(祖師)도 때리고, 또한 삼세제불(三世諸佛)과 역대 조사는 물론 천하의 노화상 모두를 한 방망이로 갈겼을 것이다."

밑도 끝도 없는 뜻모를 말을 지껄이는 경허의 대답 한소리에 화가 난 소년이 투덜대면서 말하였다.

"스님을 아무리 때려도 제가 때리지 못하였다고 우기시니 이는 약속하였던 과자와 돈을 주기 싫어서 그런 것이 아닙니까. 과자와 돈을 준다는 약속은 처음부터 우리를 놀리기 위해서가 아닙니까."

이 말을 들은 경허는 껄껄 웃으면서 말하였다.

"앗따, 그놈 영리하기도 하다. 네 몽둥이가 나를 때리지는 못하였지만 네 말 한마디가 나를 때렸구나. 옜다, 그럼 가져가거라."

그 길로 경허는 떡과 과자가 가득 들어 있는 자루를 나무꾼 아이들에게 내주었고 주머니 속에서 돈을 있는 대로 모두 내주고는 아이의 손에서 주장자를 다시 찾아들고 뒤도 돌아보지 않은 채 맨발로 말정재 고개를 넘어갔다고 전해지고 있다.

고개를 넘어가면서 부른 경허의 시 한 수가 아직 남아 전해지고 있다.

온 세상 어지러우나 나는 홀로 깨어 있다
우거진 수풀 아래에서 남은 해를 보내리라.
擧世渾然獨醒 不如林下度殘年

나는 눈 덮인 퇴설당을 쳐다보면서 생각하였다. 경허가 홀로 깨어 남은 해(殘年)를 보내리라고 노래하였던 그 숲속이 바로 해인사 경내의 이 작은 암자인 퇴설당인 것이다.

순간 내 머리 속으로 경허가 맨발로 말정재를 넘어가면서 노래하였던 구절 하나가 새삼스레 기억되어 떠오르고 있었다.

'우거진 수풀 아래에서 남은 해를 보내리라.'

남은 해.

경허가 노래한 남은 해란 도대체 무엇을 의미함일까. 문자 그대로 이제부터 앞으로의 남아 있는 여생을 의미함일까. 아마도 아닐 것이다. 목숨이 다할 때까지의 여생을 남은 해로 표현한 것은 아니었을 것이다. 아마도 승려로서의 남은 해를 의미하고 있을 것이다.

실제로 경허의 승려 생활은 이 해인사의 퇴설당에서 51세부터 56세에 이르기까지 보낸 5년 간이 마지막 고비인 것이다.

그러므로 경허는 이 퇴설당에 머무르고 있을 때부터 불원장래(不遠將來)에 승려 생활을 마감하고 스스로 자취를 감춰 사라져 버리리라 결심해 두었던 것으로 보이고 있다.

이러한 경허의 심리상태를 엿볼 수 있는 시가 한 구절 더 남아 있다.

그의 나이 55세에 이르던 1903년(癸卯年), 경허는 잠시 해인사를 떠나 범어사에 머무르고 있었다. 범어사에 머무르고 있던 경허는 그곳에서 서산 대사의 명저 중 하나인《선문촬요(禪門撮要)》를 편찬하는 불사를 하는 한편, 금강암(金剛庵)의 개분불사(改粉佛事)를 증명하였다.

또한 수선사(修禪社)인 '계명암(鷄鳴庵)'을 창설하여 선원(禪院)을 개설한 경허는 견성 성불하기 위해 모인 여러 납자들에게 머리글을 써주는 한편, 범어사에 있는 보제루(普濟樓)에 올라가 다음과 같이 노래하였다.

신비로운 빛 활짝 열린 나그네
금정산에 홀로 머무르고 있다
낡은 소맷자락 하늘 끝에 감추고
짧은 지팡이 땅의 머리를 버티었다
외로운 구름발은 먼 산에서 피어오르고
백조는 모래톱 위에 내린다
우주를 꿈이 아니라 누가 말하랴

난간에 몸을 기대고 스스로 유유하다.
神光豁如客 金井做淸遊
破袖藏天極 短節劈地頭
孤雲生遠峀 白鳥下長洲
大塊誰非夢 憑欄謾自悠

그해 가을 경허는 1년 정도 머무르던 범어사를 떠나 다시 해인사로 향한다. 이때 함께 떠난 사람은 경허의 마지막 애제자라고 할 수 있는 한암 중원(漢巖 重遠).

승려로서의 말년에 얻은 막내둥이 수제자인 한암과 더불어 범어사를 떠나 해인사로 가는 도중에 경허는 다음과 같이 의미심장한 칠언절(七言絶)을 노래한다.

안다는 것 얕은 소견 이름만 높아가고
세상은 위태롭고 어지럽기만 하구나
모를 일이여 어느 곳에 가히 몸을 감출 것인가
어촌이나 술자리 그 어느 곳에 처소가 없을까마는
이름을 감출수록 이름이 더욱 새로워질까
다만 그를 두려워하노라.
識淺名高世危亂 不知何處可藏身
漁村酒肆豈無處 但恐匿名名益新

경허 자신이 〈범어사에서 해인사로 가는 도중에 읊다(自梵魚

寺向海印寺道中口號)〉라고 제목을 붙인 이 말년의 시는 승려로서의 '남은 해(殘年)'를 보내고 '어느 곳에 몸을 감출 것인가(何處可藏身)'를 미리 염려하고 있었던 경허의 심정을 여실히 드러내 보이고 있는 것이다.

경허는 이때 이미 승려로서의 껍질인 구각(舊殼)을 벗고 새로이 탈바꿈하려는 결심을 굳히고 있었던 듯 보이고 있다. 경허는 자신이 아는 것도 없으면서 이미 허명만 높아 가고 있으며 닭벼슬보다 못한 중벼슬 노릇을 훌훌 털어내 버리고 몸을 감출 처소를 마음속으로 구하고 있었던 듯 보이고 있다.

그 은신처가 어촌이 될지, 주검이 될지 알 수 없지만 스스로 자취를 감춰 숨어 버린다 하더라도 자신의 이름이 사라져 버리지 아니하고 더욱더 새로워질 것임을 경허는 이미 꿰뚫어 보고 있었으며 이를 앞질러 스스로 탄식하고 있었던 것이다.

잊혀짐을 두려워해 쉴 새 없이 이름을 내보인다 해서 잊혀지지 않는 것은 아니다. 덕이 있으면 그가 심심유곡에 몸을 숨긴다 해도 그 향기는 온 천지에 진동할 것이다. 마치 깊은 산에 피어난 알 수 없는 '매화꽃 향기(梅香)'가 온 산 기슭에서도 만발하듯이. 오히려 잊혀짐을 바라면 바랄수록 잊혀지지 않는다. 숨기면 숨길수록 숨겨지지 않는다. 버리면 버릴수록 버려지지 않는다.

경허의 이 시는 십자가의 성 요한이 말한 다음과 같은 충고를 떠올리게 한다.

보다 쉬운 것보다도 보다 어려운 것을

보다 맛있는 것보다 보다 맛없는 것을
보다 즐거운 것보다 차라리 덜 즐거운 것을
쉬운 일보다 고된 일을
위로 되는 일보다 위로 없는 일을
보다 큰 것보다 보다 작은 것을
보다 높고 값진 것보다 보다 낮고 값없는 것을
무엇을 바라기보다 그 무엇도 바라지 않기를
세상의 보다 나은 것을 찾기보다 보다 못한 것을 찾아라.
모든 것을 맛보기에 다다르려면
아무것도 맛보려하지 마라
모든 것을 얻기에 이르려면
아무것도 얻으려 하지 마라
모든 것이 되기에 이르려면
모든 것이 되려고 하지 마라
모든 것을 알기에 이르려면
아무것도 알려고 하지 마라
맛보지 못한 것에 이르려면
맛없는 그곳을 거쳐서 가라
모르는 그곳에 이르려면
모르는 그곳을 거쳐서 가라
가지지 못한 곳에 이르려면
가지지 않는 곳을 거쳐서 가라
그대 있지 않는 곳에 이르려면

그대 있지 않는 곳을 거쳐서 가라
아직 다다르지 않는 곳에 다다르려면
도중 아무곳에도 발을 멈추지 마라.

뛰어난 영성(靈性)을 지녔던 십자가의 성 요한의 역설적 충고는 경허의 뛰어난 영성과 일치하고 있다. 경허는 십자가의 성 요한이 꿰뚫어 보았던 진리를 이미 꿰뚫어 보고 있었던 것이다.

경허는 숨으면 숨을수록 자신이 더욱 드러나고, 이름을 감추면 감출수록 이름이 더욱 새로워질 것임(匿名益新)을 이미 깨닫고 있었던 것이다.

그럼에도 불구하고 경허는 왜 승려로서의 생활을 버리고, 경허라는 법명도 버리고, 술과 고기를 파는 화류의 거리(花柳巷)와 이름 모를 어촌에서 몸을 숨기고, 이름을 숨기고 살아가리라 결심했던 것일까.

실제로 범어사에서 해인사로 가는 도중에 이 시를 읊고 나서 경허는 그 이듬해 한겨울인 2월, 간다 온다 하는 말도 없이 불쑥 해인사의 퇴설당을 떠나 버리는 것이다.

그러니까 이 시를 읊고 한겨울을 보낸 짧은 세월 후에 경허는 스스로 읊은 노래의 구절처럼 이름을 숨길 처소를 찾아 행방을 감춰 버리는 것이다.

이 무렵은 경허가 노래하였듯 세상은 위태롭고 어지럽기만 하였다〔世危亂〕.

인천에서는 러시아 수병과 일본인 사이에 충돌이 있었으며 이를 빌미로 러시아 동양 함대는 인천에 입항하고 있었다. 미국을 위시한 각국 공사관이 거류민 보호를 이유로 각기 자기 군대를 입성시키고 있었으며 일본 함대가 인천에서 러시아 군함 2척을 격파하여 전쟁이 일어나기 직전이었다. 나라는 세계 열강들의 각축장으로 바람 앞의 꺼져 가는 등불에 불과하였던 것이다.

그러면 왜 경허는 이 퇴설당에서 승려로서의 남은 해를 보내고 그 자신이 노래하였듯 아무도 모르는 곳에 몸을 숨기어 이름을 감추려 했던 것일까.

'화광동진(和光同塵).'

직역하면 빛은 먼지와 더불어 어울려 함께한다는 뜻으로, 부처가 자기의 재능을 감추고 세속을 좇아 중생을 제도한다는 뜻으로 경허는 문자 그대로 티끌과 어울리기 위해서 과감히 승려의 길을 버리고 스스로 이름을 바꾸고 신분도 바꾸고 아무도 모르는 저 삼수갑산의 북방에서 아이들을 가르치는 훈몽 생활로 7년 동안이나 여생을 보내다가 시적(示寂)하였던 것은 아닐까.

그의 이해할 수 없는 도인으로서의 마지막 생애를 보면 일찍이 12세기경 북송(北宋) 시대에 정주(鼎州) 땅 양산(梁山)에 머무르고 있던 곽암(廓庵) 스님이 지은《십우도(十牛圖)》란 명저가 떠오른다.

《십우도》란 인간이 원래 가지고 있는 진리인 불성을 사람과 가장 친근하고 근기가 센 동물인 소(牛)로 비유해 불성을 구하여 도를 이루고 부처가 되는 수행 과정을 목동이 소를 먹여 기르는 열 장의 그림과 시(詩)로 표현한, 선가에서 전해 내려오는 유명한 책인데 때로는《심우가(尋牛歌)》라고도 불린다.

곽암은 소로 상징되는 자기의 본성, 즉 인간의 자성을 구하여 부처를 이루는 과정을 다음과 같은 열 가지 순서로 구분하고 있다.

1. 소를 찾는다〔尋牛〕.

소를 찾아 출발하는 제1단계, 즉 인간이 불법을 구하고 자신의 본성이 무엇인가를 찾기 위해 원심(願心)을 일으키는 단계.

2. 소의 발자취를 보았다〔見跡〕.

깊은 마음속으로 들어가 알 수 없지만 망상의 잡초와 번뇌의 숲 사이에 나 있는 소의 발자국을 겨우 발견한 경지이다. 소를 찾기 위해서는 그 발자취를 따라가야 한다.

이 경지를 곽암은 다음과 같이 노래하고 있다.

"강가에도, 산에도 발자국이 꽤 많이 있다. 풀이 부러져 있으니 보느냐 못 보느냐(水邊林下跡偏多 芳草離披見也麼)."

소의 발자국은 그 어디에도 나 있다. 그 발자국을 보느냐, 못 보느냐 하는 것은 전적으로 그것을 따라가는 목동의 마음에 달려 있을 뿐인 것이다.

3. 소를 발견하였다〔見牛〕.

발자취를 따라가던 목동이 마침내 마음의 깊은 숲속에 스스로 자생하면서 방목되고 있는 소를 비로소 발견한 단계다. 소를 보았으면 자신의 성품을 보아 견성한 것이다.

4. 소를 붙잡았다〔得牛〕.

마음속에 들어 있는 소를 마침내 보았으니 그가 도망치지 않도록 물러서지 않고 단단히 붙들어야 한다. 소는 기회만 있으면 도망치려 하고 저항하고 풀을 찾아 떠나려 한다. 그러므로 소가 도망치지 않도록 붙드는 단계다.

5. 소를 먹여 길들인다(牧牛).

단단히 붙잡은 소의 야성을 길들이기 위해 소의 코에 구멍을 뚫고 나뭇가지를 고리 모양으로 둥그렇게 만든 코뚜레인 맥비(驀鼻)를 꿰어 순숙(順熟)시킨 후 풀을 먹여 소를 길들여야 하는 것이다.

6. 소를 타고 집으로 돌아온다(騎牛歸家).

잘 길들인 소를 내 것으로 하여 그 소를 타고 마음의 본향인 자기 자신으로 돌아가는 단계다. 이제는 번뇌도 끊기고, 망상도 끊기고, 욕망도 끊겨 소는 무심하고 그 등 위에 있는 목동 역시 무심하다.

7. 소는 없어지고 사람은 있다. 이를 망우존인(忘牛存人)이라 하였다.

깨쳤다는 자만조차 버리는 경지를 의미한다. 깨쳤다는 병(病)은 수행인이 뛰어넘어야 할 가장 무서운 덫이다. 이를 뛰어넘지 못하면 부처에도 걸리고, 법에도 걸리는 '불박법박(佛縛法縛)'에 얽매이게 된다. 깨쳤으면 그 깨침을 잊어버려야 한다. 깨쳐 소를 얻었다는 것도 잊어야 한다.

8. 사람도 없고 소도 없다. 이를 인우구망(人牛俱忘)이라 하였다.

깨친 소를 잊어버린 후 마침내 깨친 자신마저 잊어버리는 경지다. 깨침도, 깨쳤다는 법도, 깨쳤다는 사람도 없으니 이는 모두 공(空)이다. 곽암은 그러므로 이 단계를 일원상(一圓相)으로 그려 표현하였다.

9. 본래로 돌아간다. 이를 반본환원(返本還源)이라 하였다.

옛 중국의 천원(天圓) 선사는 아직 깨치지 못하였을 때 이렇게 말하였다.

"산은 산이요, 물은 물이다."

그가 깨치고 나서 이렇게 말하였다.

"산은 산이 아니요, 물은 물이 아니다."

다시 크게 깨치고 나서 이렇게 말하였다.

"산은 산이요, 물은 물이다."

그리하여 다음과 같은 말이 있다.

"도를 얻어 돌아와 보니 별것이 아니로다. 노산에는 안개가 자욱하고 절강에는 파도가 철썩철썩(道得歸來無別者 盧山烟雨浙江潮)."

이를 곽암은 다음과 같이 노래하고 있다.

"물은 스스로 잔잔히 흐르고 꽃은 스스로 붉다(水自茫茫花自紅)."

곽암은 부처에 이르는 수행의 가장 마지막 단계를 다음과 같이 구분하고 있다.

10. 시가지에 들어간다. 이를 입전수수(入廛垂手)라 하였다.

이제는 거리(廛)로 들어가 손을 사용하여 중생을 제도하는 경지다.

이를 곽암은 다음과 같이 노래하고 있다.

울타리 문 잠그고 홀로 앉으니 천성(天聖)이라 할지라도 모른다. 자기의 풍광(風光)을 감추고 앞선 현인들의 걸어온 발자취〔途轍〕도 저버렸다. 표주박을 차고 거리에 들어가 지팡이를 끌고 집집마다 돌아다니면서 술집과 생선집 아주머니들을 교화하여 성불케 한다.

그리고 나서 곽암은 다시 노래하였다.

가슴을 헤치고 맨발로 거리에 들어왔다
흙을 바르고 재투성이지만 웃음이 볼에 가득하다
신선진비의 비결을 쓰지 않고
마른 나무에 꽃이 피게 한다.
露胸跣足入廛來　抹土塗灰笑滿顋
不用神仙眞秘訣　直敎枯木放花開

나는 퇴설당이라는 편액을 우러러보면서 경허가 어찌하여 인생의 말년에 과감히 승려의 신분을 버리고 세속의 거리로 내려가 몸도 숨기고 이름도 버렸는지 그 이유를 그제야 알 것 같았다.
경허는 이 모든 수행의 방법을 거치고 이룬 후 마침내 그 마지막 단계인 '입전수수'의 단계로 스스로 빠져 들어간 것이었다.
곽암 스님이 노래하였듯 가슴을 풀어헤친 채 맨발로 온몸에는 흙을 바르고 머리에는 재투성이지만 양볼에는 웃음을 가득 띠고 경허는 표주박을 차고 거리에 들어가 지팡이를 끌고 집집마다 돌아다니면서 술집과 생선집 아주머니들을 교화하여 성불케 하여 준 것이다(捉瓢入吊 策杖還家 酒肆魚行 化令成佛).

경허 자신도 곽암이 쓴 《십우도》에 대해 서너 차례 이상이나 조목조목 항목마다 독특한 법어로 해설을 하고 있었으며, 이 소를 진흙소(泥牛)라 이름지어 부르고는 그 진리의 진흙소를 찾아가는 구도의 길을 이름하여 '진흙소의 울음(泥牛吼)'이라고까지 표현하고 있었던 것이다. 경허가 《십우도》에 있어 가장 마지막 단계인 '입전수수'에 대해 스스로 해설을 붙인 내용은 다음과 같다.

'목녀(木女)'의 꿈과 석인(石人)의 노래여. 이것은 한갓 육진(六塵 : 여섯 가지 식(識)으로 일어나는 색(色), 성(聲), 향(香), 미(味), 촉(觸), 법(法)의 경계)의 그림자로구나. 상이 없는 부처도 용납할 수 없거늘 비로자나의 정수리가 무엇이 그리 귀하리요. 봄풀 언덕에 유희하고 갈대꽃 물가에 잠을 잠이로다. 바랑을 지고 저자에서 놀며 요령을 흔들고 마을에 들어가는 것이 실로 일 마친 사람의 경계여라. 전날에 풀 속을 헤치고 소를 찾던 시절과 같은가 다른가. 가죽 밑에 피가 있거든 모름지기 눈을 번쩍 뜨고 보아야 비로소 얻게 될 것이다.

경허는 또 다른 〈소를 찾는 노래(尋牛頌)〉에서 짧지만 의미 깊은 해설을 덧붙이고 있다.

터럭을 쓰고 겸하여 뿔을 이었으니
등탑(대웅전 앞의 석등)이 두런거리면서 소리 내어 말을 한다
불조 밖의 이 몸이여
긴 세월 저잣거리로 싸다니네.
被毛兼戴角　燈榻語啾啾
祖佛今身外　長年走市頭

경허가 이러한 해설을 쓴 것이 그가 스스로 사라져 행방불명되기 전이었으니 경허는 언젠가는 자신이 일을 마친 요사한(了事漢)이 되면 자신이 노래하였듯 '바랑을 지고 저자에서 놀며〔荷俗遊市〕' 임제의 벗 보화(普化)가 해가 지면 묘지에서 자고 아침이 오면 매일 거리로 나가 요령(搖鈴)을 흔들면서 '밝은 것이 오면 밝은 것으로 쳐부수고, 어두운 것이 오면 어두운 것으로 쳐부수고, 사방팔면에서 오면 회오리바람처럼 자유자재로 모두 쳐부수고, 허공으로 오면 또한 계속 쳐부순다'라고 노래하고 다녔듯이 '방울을 들고 마을에 들어가게 됨〔振鈴入村〕'을 예견하고 있었음이 아닐 것인가.

여기서 한 가지.

경허가 해인사의 퇴설당을 떠나 스스로 행방을 감춰 입전수수하기 직전, 못내 이별을 아쉬워하면서 동행하여 저잣거리로 함께 숨어 버리자고 권유한 사람이 하나 있음이다. 그의 이름은 한

암. 바로 경허가 말년에 가장 총애하였던 막내제자이다.

경허는 아무에게도 털어놓지 않은 이 말을 막내제자 한암에게만은 털어놓고 함께 길을 떠나자고 권유하였다고 전해지고 있다. 그러나 스승의 간곡한 권유에도 한암은 냉정하게 이를 거절하였다고 전해지도 있다.

이에 경허는 길을 떠나기 직전 한암에게 다음과 같은 이별의 글을 써주어 정표로 남기고 있다.

'나는 원래 천성이 화광동진(和光同塵)하기를 좋아하고 또한 꼬리를 진흙 속에 끌고 다니기를 좋아하는 사람이다. 다만 스스로 삽살개 뒷다리처럼 절뚝절뚝 절면서 44년의 세월을 보내던 중 우연히 해인정사(海印精舍)에서 자네 한암 중원을 만나고 보니 성품과 행실이 질박하고 정직하며 학문 또한 고명하였다. 날은 이미 저물고 길 떠날 준비로 서로 헤어지게 되니 이는 아침 안개요, 저녁 노을일세. 멀고 가까운 산이며 바다도 만나고 헤어짐에 회포가 흔들리고 있거늘 하물며 부생(浮生)들이 늙음으로 헤어짐에 있어서랴. 아무리 덧없는 인생이라지만 다시 만나기가 어려운 것. 슬프고 섭섭한 마음과 다가오는 작별을 어이 할 것인가. 옛 사람이 말하기를 '서로 알고 지내는 사람은 천하에 가득 차 있지만 진실로 자기의 마음자리를 아는 사람은 과연 몇이나 될 것인가(相識滿天下 知心能幾人)' 하였다.

슬프다. 과연 한암 자네가 아니면 내가 누구와 더불어 마음이 통하는 벗〔知音〕이 되었을 것인가. 그러므로 여기 한 구절의 거

친 이별의 글을 지어 훗날에도 서로 잊지 말자는 약속으로 삼으려 한다.'

평소의 경허답지 않게 다소 감상적인 이 글을 통해 그는 기약할 수 없는 먼 길을 떠나는 자신의 회포를 마지막 애제자인 한암을 빌려 토해 내고 있는 것이다. 그리고 나서 경허는 한암을 위해 다음과 같은 시를 남겨 주고 있음이다.

가야 할 길 먼 하늘에 드리운 날개
느릅나무 가지를 향해 활개치기를 몇해던가
이별은 예사라서 어려운 것은 아니지만
저 뜬 인생들은 헤어지면 훗날을 기약하기가 아득하기만 하구나.
捲將窮髮垂天翼　謾向槍楡且幾時
分離尙矣非難事　所慮浮生杳後期

승려로서의 마지막 수제자인 한암에게 준 이 편지에서도 엿보이듯 경허는 지나온 44년의 승랍(僧臘)을 '삽살개 뒷다리처럼 절뚝절뚝 절면서(跛跛挈挈) 지내왔다'고 표현하고 있으며, 그 동안 줄곧 느릅나무 가지 위에 앉아 활개치기만을 계속해 오다 이제는 가야 할 먼 길, 먼 하늘을 향해 마침내 붕새〔鵬鳥〕와 같은 날개를 활짝 펼쳐 날아간다는 자신의 의지를 나타내 보이고 있었던 것이다.

스승 경허로부터 함께 날개를 펼치고 함께 미지의 세계로 날아가자는 권유를 받은 한암은 이를 냉정하게 거절한 후 스승 경허에게 다음과 같은 답시를 한 수 남긴다.

서리국화 눈 속의 매화는 겨우 지나갔는데
어찌하여 오랫동안 모실 수가 없을까요
만고에 변치 않고 늘 비치는 마음속의 달
쓸데없는 세상에 훗날을 기약해 무엇하리요.
霜菊雪梅纔過了　如何承侍不多時
萬古光明心月在　更何浮世謾留期

여기서 잠깐.

수월, 혜월, 만공 등 경허의 수법제자들 중에서 가장 만년에 얻었지만 경허 스스로 성품과 행실이 질박하고 정직하며 학문 또한 고명하다고 칭찬을 아끼지 않은 한암에 대해 잠깐 짚고 넘어가야 할 것이다.

5

한암의 이름은 중원으로 본관은 온양 방(方)씨였다. 태어난 곳은 강원도 화천으로 생년은 1876년이었다. 그는 어려서부터 천성이 영특하고 총기가 뛰어나 한번 의심이 들기 시작하면 풀릴 때까지 캐묻기를 주저하지 않았다고 전해지고 있다.

이러한 한암의 성품을 가르쳐 주는 일화로 아홉 살 때의 이야기가 다음과 같이 전해져 내려오고 있음이다.

한암은 아홉 살 때 서당에서 《사략(史略)》을 읽고 있었다. 《사략》이란 책은 원나라 시대의 증선지(曾先之)가 편찬한 책으로 중국을 이룩한 태고의 천황씨부터 춘추(春秋) 때의 채택(蔡澤)까지를 수록하고 있는 일종의 역사책이었던 것이다.

이 책의 첫 대목은 다음과 같이 시작되고 있었다.

'태고에 천황씨가 있었다.'

이 책을 읽고 있던 한암 소년은 선생을 향해 다음과 같이 물었다.

"태고에 천황씨가 있었다 하였는데 그러면 천황씨 이전에는 누가 있었습니까."

소년 한암의 질문에 당황한 선생은 한참을 생각하다가 다음과 같이 말하였다.

"천황씨 이전에는 반고(盤古)라는 임금이 있었다."

이에 만족하지 않고 한암은 다시 물어 말하였다.

"그렇다면 반고씨 이전에는 누가 있었나요."

아홉 살의 나이 때 벌써 태고 이전의 세계, 즉 위음왕불(威音王佛) 이전의 세계와 하늘과 땅이 떨어지기 이전의 세계(天地未分前), 즉 부모가 태어나기 전(父母未生前)의 태초의 세계를 구하던 한암은 마침내 22세의 나이로 금강산의 명찰 장안사로 찾아가 그곳에서 행름(行凜) 노사를 은사로 하고 수도의 첫발을 내

디뎠다고 전해지고 있다.

한암은 어느 날 보조국사의 《수심결(修心訣)》을 읽다가 한 대목에서 크게 깨우친 바 있었다. 《수심결》이란 책은 보조 국사가 지은 《진심직설(眞心直說)》《권수정혜결사문(勸修定慧結社文)》과 더불어 보조의 삼대 명저로 알려져 있는데, 특히 《수심결》의 서문은 보조의 사상을 단적으로 나타내보이고 있는 핵심이라고 말할 수 있는 것이다. 당시 한암은 신계사(新溪寺)에서 열린 강회에 참석하고 있었는데 우연히 《수심결》을 읽던 한암은 그 서문에 이르러 홀연히 마음이 열리는 것을 느꼈다.

《수심결》의 서문은 다음과 같다.

'삼계(三界)의 뜨거운 번뇌가 마치 불타는 집과 같은데 어찌하여 그대로 머물러 긴 고통을 달게 받을 것인가. 윤회를 벗어나려면 부처를 찾는 것보다 더한 것이 없다. 부처란 곧 이 마음인데 이 마음을 어찌 먼 데서 찾으려고 하는가. 마음은 이 몸을 떠나 따로 있는 것이 아니다.

육신은 헛것이어서 생이 있고 멸이 있지만 참마음은 허공과 같아 끊어지지도 않고 변하지도 않는다. 그러므로 이 몸이 무너지고 흩어져 불로 돌아가고 바람으로 사라지지만 마음은 항상 신령스러워 하늘을 덮고 땅을 덮는다고 한 것이다.

애닯다.

요즘 사람들은 어리석어 자기 마음이 참 부처인 줄을 알지도 못하고, 자기 성품이 참 법인 줄을 모르고 있다. 법을 구하고자 하면서도 멀리 성인들에게 미루고, 부처를 찾고자 하면서도 자기 마음을 살피지 않는다. 만약 마음 밖에 부처가 있고, 성품 밖에 법이 있다고 굳게 고집하여 불도를 구한다면 이와 같은 사람은 비록 티끌처럼 많은 세월이 지나도록 몸을 사르고 팔을 태우며 뼈를 부수어 골수를 내고 피를 내어 경전을 쓰며 항상 앉아 눕지 않고 하루 한 끼만을 먹으면서 대장경을 줄줄 외고 온갖 고행을 다한다 할지라도 그것은 마치 모래로 밥을 지으려는 것과 같아 아무 보람도 없이 수고롭기만 할 것이다. 자기 마음을 바르게 알면 수많은 법문과 한량없는 진리를 구하지 않아도 저절로 얻게 될 것이다. 그러므로 부처님께서 말씀하시기를 '모든 중생들을 두루 살펴보니 여래의 지혜와 덕을 고루 갖추고 있다' 하시고 '중생들의 갖가지 허망한 변화가 다 여래의 밝은 마음에서 일어난다'고하셨으니 이 마음을 떠나서는 부처가 될 수 없음을 깨달아야 한다.

과거의 모든 부처님들도 이 마음을 밝힌 분들이며, 현재의 모든 성현들도 이 마음을 닦은 분들이며, 미래에 배울 사람들도 또한 이 법에 의지해야 할 것이다. 그러므로 수행하는 사람들은 결코 마음 밖에서 찾지 마라. 마음의 바탕은 물들지 않아 본래부터 저절로 원만히 이루어진 것이니 그릇된 인연만 떠나면 곧 당당한 부처인 것이다.'

한암은 특히 이 서문에서 보조가 말한 다음의 구절에서 크게 마음이 움직였다고 전해지고 있다.

'수행하는 사람은 결코 마음 밖에서 찾으려 하지 마라(修道之人切莫外求心).'

이때의 심정을 한암은 훗날 다음과 같이 표현하였다고 전해지고 있다.

"마음과 몸이 송연하여 마치 죽음을 맞이한 듯 극한(極限)을 느꼈었다."

한암이 그의 스승 경허와 인연을 맺게 된 것은 그의 나이 24세 때인 1899년의 일이었다. 그때 한암은 경상북도 성주에 있는 청암사(青巖寺) 수도암(修道庵)에 머무르고 있었다. 젊은 납자인 한암은 마음 밖에 부처가 따로 없다는 보조의 《수심결》에서 크게 발심한 다음 외떨어진 수도암에서 홀로 마음자리를 밝히면서 용맹 정진하고 있었던 것이다.

이때 경허는 해인사에서 조실로 머무르고 있었는데 그는 청암사의 조실로 머무르고 있던 만우당(萬愚堂)과 각별한 우정을 유지하고 있었다. 이 해 경허는 만우당으로부터 청암사에 머무르고 있는 납자들에게 《금강경》을 강론해 줄 것을 초청받는다. 경허는 흔쾌히 이를 승낙한 후 주장자를 짚고 청암사로 향한다.

이때 지은 경허의 칠언절(七言絶)의 한 수가 아직 남아 전해지고 있다.

평보로 걷다보니 오르기가 더디어라
젊음이 잠깐인 걸 이제 다시 느끼도다

신선들 바다로 가서 구슬을 캐려다가
허물을 덮어쓰고 명산에서 약을 캐네
높은 산 눈 덮이고 돌길에는 구름 이네
칡덩굴에 바람이 불고 명월은 가지에 걸려
그림 같은 법당 안에 스님은 말이 없고
옥풍경 울리는 속에 그림자만 옮겨가네.

경허와 한암의 만남은 이렇듯 수도암에서 이루어졌음이다. 이때 수도암에는 많은 선객들이 정진하고 있었는데 그중에 24세의 젊은 한암이 끼여 있었던 것이다.

청암사의 조실 만우당으로부터 초청받은 대로 경허는 이 젊은 납자들에게《금강경》을 강의하기 시작하였다.

경전 중에서도 가장 난해한《금강경》에 대한 경허의 강의는 정평이 나 있을 정도로 유명하였다.

경허의 강의는 어느덧《금강경》의 4항(項)에 이르렀다.

"…그런데 수보리여, 구도자는 물건에 집착을 가지고 보시를 해서는 안 된다. 무엇엔가 집착을 하면서 보시를 해서는 안 된다. 형상에 집착하고 보시를 해서는 안 된다. 소리나 냄새나 맛이나 느낌이나 생각의 대상(法)에 집착해서 보시를 해서는 안 된다.

이와 같이 수보리여, 구도자들은 발자취를 남기고 싶다는 생각에 집착하지 않도록 하여 보시를 하지 않으면 안 된다. 왜냐하면 수보리여, 만약에 구도자가 집착함이 없이 보시하는 공덕(功德)이 거듭 쌓이면 쉽게 헤아릴 수 없는 정도가 되기 때문이다.

수보리여, 너는 어떻게 생각하는가. 동방의 허공을 가워 헤아릴 수 있겠는가."

수보리는 대답하였다.

"스승이시여, 헤아릴 수 없겠나이다."

스승(世尊)은 다시 물었다.

"이와 마찬가지로 남(南)도, 서(西)도, 북(北)도, 아래(下)도, 위(上)도, 시방(十方)의 허공의 양도 쉽게 헤아릴 수 있을까."

수보리가 대답하였다.

"스승이시여, 헤아릴 수 없겠나이다."

스승은 대답하였다.

"수보리여, 이와 마찬가지다. 만약에 구도자가 집착 없이 보시하면 그 공덕의 쌓임은 쉽게 헤아릴 수 없다. 실로 수보리여, 구도자의 길을 향하는 자는 이와 같이 발자취조차 남기고자 하는 생각 없이 보시를 행하지 않으면 안 되기 때문이다."

《금강경》은 총 32개의 항목으로 나뉘어 있다. 그중 제4항은 '구도자는 발자취조차 남기고자 하는 생각 없이 보시를 해야 한다'는 부처의 설법으로 유명한 부분인데 이러한 보시를 '무주상보시(無住相布施)'라 부르고 있다. 직역하면 머무름이 없고, 형상에 치우침이 없는 보시라는 뜻으로 불교에 있어 가장 중요한 핵심 사상이라고까지 불리고 있는 것이다. 일찍이 중국 춘추전국

시대 때 한비자(韓非子)는 이와 유사한 금언을 토해 낸 적이 있었다.

대저 서로 위하는 마음을 품고 일을 하게 되면
어느 때 가서는 상대방을 책망하게 되고,
스스로를 위한다는 마음을 가지고 일을 하게 되면
그런 책망심도 사라져 일이 잘 되어진다.
夫挾相爲則責望 自爲則事行

《금강경》은 다시 5항으로 이어지고 있다.

"수보리여, 어떻게 생각하는가. 여래는 형상〔身相〕을 갖춘 자라고 볼 수 있을까."

이에 수보리는 대답하였다.

"스승이시여, 그렇게 볼 수는 없습니다. 형상으로서는 여래를 볼 수 없을 것입니다. 왜냐하면 여래께서 말씀하신바 형상은 곧 형상이 아니기 때문입니다."

이와 같이 대답하였을 때 스승은 수보리를 향하여 이렇게 말씀하셨다.

"수보리여, 무릇 형상이 있는 것은 모두 허망한 것이니라. 만약 모든 형상이 있는 것이 형상이 아님을 알게 되면 곧 여래를 보게 될 것이니라."

한암은 바로 이 한 구절에서 비로소 개안하여 눈에서 비늘이 떨어져 안광이 열렸다고 전해지고 있다.

'무릇 형상이 있는 것은 모두 허망한 것이다. 만약 모든 형상이 있는 것이 형상이 아님을 알게 되면 곧 여래를 보게 될 것이다(凡所有相 皆是虛妄 若見諸相非相 卽見如來)'라는 구절에서 비로소 한암은 견성을 하고 자신의 마음자리를 깨닫게 된 것이다. 듣고 보고 만지는 삼라만상의 모든 물건들이 다름 아닌 나 자신임을 깨달았으며 비로소 아홉 살 때 서당에서 처음으로 가졌던 수수께끼가 아침 안개 걷히듯 풀렸다고 전해지고 있다. 이때 한암의 나이는 24세. 입산한 지 겨우 3년째 되는 가을의 일이었다.

그해 가을 어느 날.

경허는 한암이 달여 올린 차를 마시다가 문득 차 시중을 들고 있는 한암에게 물어 말하였다.

"어떤 것이 진실로 구하고 진실로 깨달은 소식인가. 남산에 구름이 일어나고 북산에 비가 내린다."

밑도 끝도 없는 경허의 말 한마디에 묵묵히 차 시중을 들고 있던 한암은 고개조차 들지 않고 다음과 같이 대답하였다.

"창문을 열고 앉았으니 와장(瓦墻)이 앞에 와 있습니다."

이 말을 들은 경허는 아무런 대꾸도 없이 앉아서 올리면 올리는 대로 차를 다 마실 뿐이었다.

이튿날. 경허는 다시 《금강경》을 강의하려고 법상(法床)에 오르고 나서 대중들을 돌아보고 다음과 같이 말하였다.

"한암의 공부가 개심(開心)을 이미 초과하였다."

경허가 한암을 인정한 최초의 발언이었다.

이때 한암은 청암사 수도암에서 자신이 《금강경》을 통해 느낀 개안의 신비로운 경계를 시 한 수로 읊어 다음과 같이 표현하였다.

다리 밑에 하늘이 있고 머리 위에 땅이 있다
본래 안팎이나 중간은 없는 것
절름발이가 걷고 소경이 봄이여
북산은 말없이 남산을 대하고 있구나.
脚下靑天頭上巒 本無內外亦中間
跛者能行盲者見 北山無語對南山

한가을을 청암사에서 《금강경》을 강의하며 보낸 경허는 다시 해인사로 돌아가려고 잠시 수도암에 걸어두었던 주장자를 집어 든다. 경허는 조실에 들러 절친한 도반이었던 만우당과 작별하면서 다음과 같은 이별의 시를 남긴다.

귀뚜라미 우는 소리 비 오는 밤 벽산루에서
고요히 고향 생각 머리 속에 떠오르네
만사가 구름인데 무엇이 실다운가
백년을 두고 흐르는 물과 같이 뜨내기 인생이다
억지로 모이기 힘들어 오늘도 늦었고
무단히 이별한 지 몇해나 되었던가

백발도 슬프거니 이별 또한 어이하리
떠나고 나면 나 혼자 어찌 견딜 것인가.

이 무렵에 씌어진 경허의 시는 모두 감상적이고 애조적이다. 아마도 몇 년 후면 머나먼 길을 떠나 행방을 감추어 버릴 자신에 대해 미리 연민의 정이라도 느끼고 있었기 때문일까.

그러나 해인사로 돌아가는 길은 혼자가 아니었다. 그의 곁에는 한암이 동행하고 있었던 것이다. 경허는 말년에 얻은 애제자 한암이 탐스러워 청암사에 그대로 두고 올 수가 없어 주머니 속〔囊中〕에 집어넣고 몰래 훔쳐오다시피 하였던 것이다.

이로부터 경허와 한암은 5년 간에 걸쳐 스승과 제자로서 각별한 정을 나누게 되었으며 바늘 가는 데 실 가는 격으로 경허가 가는 곳이면 그 어디든 한암은 따라다니곤 하였다.

경허는 해인사에 수선사(修禪社)를 차리고 선원을 개설하였는데 그 선원에 한암을 집어넣고 직접 고함을 지르고 몽둥이로 때려 가르쳐 보리라 결심하고 있었던 것이다.

이때 한암은 선원에 틀어박혀 《전등록(傳燈錄)》을 읽고 있었는데 이 무렵 한암은 승려로서는 일생일대의 미혹에 다시 빠져들게 되는 것이다.

《금강경》을 읽다가 깨우친 눈이 다시 닫혀 장님이 되었으며, 열렸던 안광이 홀연히 닫혀 전보다 더 큰 암흑과 미로가 닥쳐온 것이었다.

이른바 심로(心路)가 끊겨 칠흑과 같은 무명(無明)이 절벽이 되어 찾아온 것이었다.

한암은 경허가 강의하는《금강경》을 통하여 다리 밑에 하늘이 있고, 머리 위에 땅이 있으며, 절름발이가 걷고, 소경이 보는 산은 산이 아니고, 물은 물이 아닌 비상(非相)의 경지를 깨달았다.

이는 마치 24세 때의 인도 스님 숭두타(嵩頭陀)를 통해 불도에 뜻을 두었던 옛 중국의 유명한 재속거사인 부대사(傅大士 : 497~569)가 지은 다음과 같은 선시를 떠올리게 한다.

빈 소에 호미를 들고
걸으면서 물소를 탄다
다리 위를 건너면서 바라보니
흐르는 것은 물이 아니고 다리로구나.
空水把鋤頭　步行騎水牛
人在橋上過　橋流水上流

'모든 형상이 있는 것은 허망한 것이며, 형상이 있는 모든 것이 형상이 아님을 알게 되면 곧 여래, 즉 진성(眞性)을 보리라'는《금강경》의 한 구절을 통해 초견성한 한암은 비로소 빈손이 호미를 든 손이며, 걷는 것이 물소의 등 위에 올라탄 것이며, 흐르는 것은 물이 아니고 곧 다리인 '본래 안팎이나 중간이 없는 경지(本無內外亦中間)'를 깨달은 것이었다.

그러나 이러한 깨달음도 또다시 무서운 철벽에 부딪혀 그전보다 더 캄캄한 미로에 빠지게 된 것이었다.

무릇 작게 의심하면 작게 깨치고, 크게 의심하면 크게 깨친다는 말이 선가에서 귀감으로 내려오는데 마침내 한암에게도 대의단(大疑端)이 닥쳐온 것이었다. 이는 마치 햇빛이 강할수록 그림자 또한 짙은 법으로 대의단을 타파하여야만 깨침의 경지 또한 큰 것이기 때문이다.

한암이 또다시 큰 의심을 갖게 된 계기는 경허를 따라 해인사로 와 선방에 틀어박혀《전등록》을 읽은 때문이었다.

《전등록》은 선승으로서는 필히 읽어야 할 필독서로서 원래 이름은《경덕전등록(景德傳燈錄)》이라고 한다. 총 30권으로 되어 있는 이 책 이름에 경덕이라는 연호(年號)가 붙은 것은 이 책의 편자인 도원(道源)이 남송(南宋)의 황제 진종(眞宗)에게 이 책을 바친 해가 경덕 원년(景德 元年 : 1004)이었기 때문이다.

한암은 처음부터《전등록》을 읽어가기 시작하였는데 그가 미혹을 느낀 것은 석두 희천(石頭 希遷)과 그의 법제자 약산 유엄(藥山 惟儼)이 나눈 선문답에서였다. 여기서 잠깐 그 선문답만 거론할 것이 아니라 그러한 선문답을 나누게 된 배경을 살펴보기 위해 우선 스승 석두의 행적부터 짚어 보기로 하자.

석두는 선의 천재 6조 혜능(慧能)으로부터 갈라져 나온 마조(馬祖)와 더불어 또 하나의 거대한 산맥을 이루고 있는 거봉(巨峰) 중의 한 사람이다. 그래서 훗날 사람들은 '강서(江西)의 마조'와 '호남(湖南)의 석두'라고 나란히 칭하게 되었고, 이 두 사람은 거대한 선의 물줄기에 나란히 큰 대하를 형성한 그 시원지로 손꼽히고 있는 것이다.

석두 희천은 단주(端州)의 고요(考要) 출신으로 속성은 진(陳)씨였다. 무주(武周)의 측천무후(則天武后) 시대인 경자년(更子年 : 700년) 태생으로 서세(逝世)하기는 정원(貞元) 6년인 경오년(庚吾年 : 790년) 12월 25일이었다. 어머니가 처음에 석두를 회잉(懷孕)할 때부터 마늘과 파 따위를 좋아하지 않았다고 전해지고 있다.

《전등록》은 다음과 같이 석두의 세속 시절을 묘사하고 있다.

'대사는 어릴 때부터 보모를 괴롭히지 않았다. 약관의 나이가 되매 이미 의젓하게 자리가 잡혔다. 마을 사람들이 귀신을 두려워하여 흔히 굿을 하며 소를 잡고 술을 빚는 것으로 풍습을 삼으므로 대사가 달려가 사당을 헐고 소를 빼앗아오기를 수십 년 계속하니 나중에는 마을 노인들도 이를 금하지 못하였다.'

나중에 석두는 조계(曺溪)로 6조 혜능을 찾아간다. 6조가 석두를 중으로 만들어 주긴 하였으나 구족계를 받기 전에 혜능은 임종을 맞게 된다.

이때 혜능은 석두에게 유언으로 다음과 같은 수수께끼의 말을 남긴다.

"너의 스승은 생각이니 생각을 찾아가거라."

6조가 입적한 뒤에 석두가 그 방에 우두커니 앉아 있으려니 수좌가 물어 말하였다.

"조사께서 그대에게 스승을 찾아가라 하셨는데 왜 그대로 앉아 있는가."

그러자 석두가 대답하였다.

"예, 저도 지금 생각 중입니다. 그러나 '생각을 찾아가라(尋思去)'는 조사님의 유언이 무엇을 뜻하는지 모르겠습니다."

유언으로 남긴 혜능의 '생각을 찾아가라'는 말의 뜻을 몰라 우두커니 앉아 있는 석두에게 수좌가 웃으면서 말하였다.

"그 말의 뜻도 모르는가. 이는 행사(行思) 화상을 찾아가라는 뜻으로 그분은 지금 청원산(青原山)에 계시니 그리로 찾아가도록 하여라."

그제야 석두는 6조가 유언한 '생각을 찾아가라'는 말의 뜻을 깨닫고 행사를 찾아간다. 원래 6조에게는 다섯 명의 걸출한 제자가 있었다. 회양(懷讓), 현각(玄覺), 혜충(慧忠), 신회(神會), 그리고 행사(行思)였다. 이중 현각, 혜충, 신회는 당대로 맥이 끊겨 지류(支流)만 형성하였을 뿐 결국 법맥이 단절되었는데 다만 회양에게서는 미친 말 마조가 나왔고, 행사에게서는 돌머리 석두가 나옴으로써 마침내 선의 양대 계보(系譜)가 형성되게 되는 것이다.

석두가 이 말을 듣고 즉시 청원산으로 가서 행사를 만났더니 행사가 물었다.

"어디에서 오는가."

이에 석두가 대답하였다.

"조계에서 옵니다."

이에 행사가 불자(拂子)를 세워들고 물어 말하였다.

"조계에도 이런 것이 있던가."
그러자 석두가 대답하였다.
"조계뿐 아니라 서천(西天)에도 없습니다."
이 말을 들은 행사가 물었다.
"그렇다면 그대는 서천에도 가본 모양이로군."
그러자 석두가 대답하였다.
"서천에 제가 가보았다면 있다는 말이 됩니다."
행사가 말하였다.
"틀렸다. 다시 말해 보라."
이에 석두가 말하였다.
"저에게만 의존하지 마시고 화상께서도 하나의 반쯤은 말씀하셔야 하지 않겠습니까."
행사가 대답하였다.
"그대에게 말하기를 사양하지는 않겠지만 뒷날 아무도 알아듣는 이가 없을까 걱정이구나."
마침내 석두가 법기임을 인정한 행사는 그를 제자로 맞아들여 청원산에 머무르기를 허락한다. 석두가 행사 밑에서 몇년 간 머물렀는가는 기록에 나와 있지 않다. 6조 혜능의 문하에서 사미를 지냈으며 혜능이 세상을 떠났을 때 석두는 겨우 14세였으니 아마도 행사로부터 구족계를 받은 28세 때까지 행사의 밑에 머무르고 있었던 것만은 분명하다.
어느 날 석두가 스승 청원에게 물었다.
"조계(曺溪)를 떠나신 뒤 언제 여기에 도착하셨습니까."

이에 청원이 대답하였다.

"나는 기억나지 않는다. 그러하면 그대는 언제 조계를 떠났는가."

석두가 대답하였다.

"나는 조계를 떠나지 않았습니다."

청원이 대답하였다.

"나는 이미 그대가 출발한 곳을 알고 있다."

석두가 말하였다.

"화상은 어른이신데 너무 경솔히 굴지 마십시오."

마침내 스승 청원으로부터 법을 인가받은 석두는 당의 천보(天寶)에 가서 남사(南寺)란 절을 지었다. 남사의 동변에 큰 석대가 하나 있어 석두는 그 석산 위에 암자를 짓고 항상 머무르고 있었으므로 사람들은 그를 석두라고 칭하였다.

그는 개당하고 처음으로 상당하여 다음과 같이 설법하였다.

"나의 법문은 선대로부터 부처님께서 전해 주신 바로서 선정과 정진을 말하지 않고 부처의 지견(知見)을 통달하면 마음 그대로가 부처인 것이다. 마음과 부처와 중생, 보리와 번뇌는 이름은 다르나 본체는 하나다. 그대들은 알아야 한다. 자기 심령의 본체는 단상(斷常)을 떠난 것으로 성품이 더럽거나 깨끗한 것이 아니라 원래가 원만해서 범부와 성인이 가지런하고 또한 끝도 없어 마음과 인식도 여의었다. 삼계(三界) 육도(六道)가 오직 내 마음에서 나타난 것이니 물 속의 달과 거울의 그림자가 어찌 생멸이 있을 것인가. 그대들이 알기만 하면 갖추지 못한 바가 없으리라.”

어느 날 중 하나가 찾아와 석두에게 물어 말하였다.

“어떤 것이 해탈입니까.”

그러자 석두가 물었다.

“누가 그대를 속박하였는가.”

중이 다시 물었다.

“어떤 것이 정토(淨土)입니까.”

그러자 석두가 다시 물어 말하였다.

“누가 그대를 더럽혔는가.”

중이 다시 물었다.

“어떤 것이 열반입니까.”

석두가 대답하여 말하였다.

“누가 그대에게 생사(生死)를 주었던가.”

석두의 제자로는 약산 유엄, 천황 도오(天皇 道悟), 단하 천연(丹霞 天然) 등이 있는데 그중의 으뜸은 약산 유엄이 손꼽히고 있다.

석두의 법제자 약산 유엄은 수많은 선객 중 선의 양대 산맥인 마조와 스승 석두의 회상을 번갈아 오가면서 도를 이룬 특이한 행적을 지니고 있다.

약산(751~834)은 강주(絳州) 사람으로 속성은 한(韓)씨라 하였다. 17세에 조양(潮陽) 서산(西山)의 혜조(慧照) 율사에 의해 출가하였고 당의 대력(大曆) 8년(773)에 희조 율사(希澡 律師)로부터 구족계를 받았다. 처음에는 율종에 귀의하였으나 점차 경론을 깊이 연구하여 교학승으로 명성을 크게 떨쳤으며 계율 또한 엄히 지켰다.

그러나 그런 일들이 마음속의 번뇌를 없애 주지 못함을 깨달은 약산은 마침내 어느 날 다음과 같이 탄식하였다고《전등록》은 기록하고 있다.

'대장부가 법을 여의어 깨끗이 할지언정 어찌 사소한 일로 세행(細行)을 삼아 얽매이겠는가.'

약산이 처음으로 선문을 두드려 가르침을 구한 사람이 바로 석두 희천이었다. 첫 대면한 자리에서 약산이 석두에게 물었다.

"제가 삼승(三乘) 12분교(分校)는 약간 알고 있습니다. 그러나 듣건대 남쪽에는 '사람의 마음을 곧장 가리켜 성품을 보아 부처를 이루게 하는 법(直指人心 見性成佛)'이 있다는데 그 뜻이 분명치 않으니 바라건대 화상께서는 자비로 지시해 주십시오."

질문을 받은 석두가 대답하였다.

"그것은 그렇다고 해도 얻을 수 없고, 그렇지 않다고 해도 얻을 수 없으며, 그렇지도 그렇지 않다고 해도 또한 얻을 수 없으니 그대는 어찌하겠는가."

이에 약산이 어리둥절하여 우두커니 앉아 있으니 이해하지 못한 약산의 마음을 간파한 석두가 약산에게 말하였다.

"그대의 인연은 여기에 있지 않다. 강서(江西)로 가면 마조 대사가 있으니 그곳을 찾아가 물으면 자세히 설명해 주리라."

그 즉시 약산은 강서로 찾아가 마조를 친견한다. 마조를 찾아간 약산은 석두에게 물었던 질문을 똑같이 되풀이하여 묻는다. 이에 마조가 대답하였다.

"나는 어떤 때엔 그대에게 눈썹〔眉瞬〕을 드날리거나 눈을 껌벅이게 하기도 하고, 어떤 때엔 눈썹을 드날리거나 눈을 껌벅이지 않게 하나니 어떤 때에 눈썹을 드날리거나 눈을 껌벅이게 하는 것은 옳고, 어떤 때에 눈썹을 드날리거나 눈을 껌벅이지 않게 하는 것은 옳지 않느니라."

이에 크게 깨달은 약산은 마조에게 무릎을 꿇어 큰절을 하였다.

마조로부터 깨달음을 얻어 큰절을 올리는 약산에게 마조가 물었다.

"그대는 어떤 도리를 보았기에 이와 같이 예를 표하는가."

이에 약산이 대답하였다.

"제가 석두 회상에 있을 때는 마치 모기가 무쇠소〔鐵牛〕위에 기어오른 것 같았습니다."

이 말을 듣자 마조는 마침내 약산이 대오하였음을 알고 다음과 같이 말하였다.

"그대가 이미 그러하니 잘 보호하고 유지하여라."

그러나 마조는 약산이 자기의 제자가 아니라 석두의 법제자임을 항상 강조하였다. 약산은 깨달음을 열어 준 마조에 대한 은혜를 갚기 위해 3년 동안 마조의 법하에서 보임(保任)하다가 다시 석두의 회상으로 돌아갔다. 이때부터 약산은 자기만의 독자적인 선풍을 드날리기 시작하였는데 그가 남긴 유명한 화두는 많이 있다.

그중 유명한 것만 열거하면 다음과 같다.

어느 날 약산에게 낭주 자사(朗州 刺史) 이고(李翺)가 찾아왔다.

이고는 불교에 심취해 있던 관리로 선화에 자주 등장하고 있는 주인공 중의 한 사람이다.

이고는 약산에게 물었다.

"어떤 것이 도입니까."

그러자 약산은 손으로 허공의 위와 아래를 가리키면서 물어 말하였다.

"알겠는가."

그러자 이고가 대답하였다.

"모르겠습니다."

약산은 다시 말하였다.

"구름은 하늘 위에 있고 물은 병 속에 있느니라(雲在青天水在瓶)."

이에 이고는 찬탄하여 다음과 같이 게송을 지었다고 한다.

몸을 연마하여 학같이 되었는데
천 그루 소나무 밑에 두어 권의 경이로다
내가 와서 도를 물으니 딴 말씀 없이
구름은 하늘 위에 있고 물은 병 속에 있다 하네.

鍊得身形似鶴形　千株松下兩函經
我來問道無餘說　雲在青天水在甁

약산은 주위의 수좌들에게 문자의 노예가 되어서는 안 된다는 이유로 불경을 보는 것을 엄격히 금하면서도 자신은《법화경》,《화엄경》과 같은 경전들을 끊임없이 보고 있었다. 이에 한 승려가 약산에게 물었다.

"타인이 경을 읽는 것을 엄금하시면서 왜 스님은 불경을 보십니까."

이에 약산이 대답하였다.

"나는 불경을 다만 눈앞에 놓았을 뿐 한번도 읽은 일이 없다."

"그러면 저희들도 스님과 같이 불경을 눈앞에 놓고만 있으면 되지 않습니까."

이에 약산이 대답하였다.

"안 된다. 나는 불경을 눈앞에 놓았을 뿐이지만 너희들은 눈앞에 놓으면 문자가 너희들을 보는 것을 어찌 막을 수가 있겠느냐."

이처럼 약산은 한때는 율종에 귀의하였으며 경전을 깊이 연구하여 교학승으로 명성을 크게 떨치고 계율 또한 엄히 지키기도 하였지만 막상 선종의 문을 두드려 부처를 이룬 후에는 선사로서의 세계를 철저히 지켜 나갔다.

이를 증명하는 예로서 독특한 약산의 예화가 하나 전해져 내려오고 있음이다.

어느 날 약산이 오랫동안 설법을 하지 않자 원주(院主)가 대중의 뜻을 들어 상당(上堂)을 청하였다. 수많은 대중들이 가득 모였으나 약산은 법상에 잠자코 앉아 있다가 그대로 방장으로 돌아와 버렸다. 원주가 뒤를 따라가 물어 말하였다.

"화상께서는 저에게 상당 법문을 허락하시고 어째서 아무런 말씀도 하지 않으시고 방장으로 돌아가십니까."

이에 약산은 다음과 같이 대답하였다.

"원주야, 경에는 경사(經師)가 있고, 논에는 논사(論師)가 있고, 율에는 율사(律師)가 있는데 날더러 어찌하라는 것이냐."

원주는 약산이 보여주는 선사로서의 언어를 초월한 무언의 대설법을 이해할 수 없었던 것이다.

이러한 약산의 선풍은 후일 화두를 들어 참구하지 않고 다만 침묵의 세계에 단정히 앉아 조용히 관조(觀照)함으로써 도를 이루는 묵조선(默照禪)이란 독특한 선법을 창안하게 하였는데 약산만의 선기를 보여주는 선화가 또 하나 남아 있다.

어느 날 약산이 '오똑하게 앉아서〔兀坐〕' 좌선하고 있는데 한 수좌가 와서 물었다.

"오똑하게 앉아서 무엇을 생각하십니까."

그러자 약산이 대답하였다.

"생각할 수 없는 것을 생각하고 있네."

이에 그 수좌가 다시 물었다.

"생각할 수 없는 것을 어떻게 생각할 수 있습니까."

그러자 약산이 대답하였다.

"생각으로 헤아리지 않는다(非思量)."

말년에 이르러 약산은 자연과 하나가 되었다. 어느 날 밤 홀연히 구름이 열려 밝은 달이 밤하늘에 드러나자 달을 보고 크게 웃어 그 웃음소리가 예양(澧陽) 동쪽의 90리 밖까지 들렸다고 전해지고 있다.

그의 나이 84세에 이르던 태화(太和) 8년(834) 2월, 임종 직전에 약산은 소리쳐 말하였다.

"법당이 쓰러진다. 법당이 쓰러진다."

이에 놀란 대중들이 모두 일어나 기둥을 잡고 버티니 약산은 손을 흔들면서 말하였다.

"그대들은 나의 뜻을 모른다."

수수께끼의 말을 남기고 그대로 입적해 버린 약산.

약산과 그의 스승인 석두가 남긴 선문답이 바로 25세의 청년승 한암의 마음에서 심로(心路)를 끊어지게 하고 미로를 헤매게 했던 것이다.

약산이 어느 날 '한가로이 앉았는데〔閑坐〕' 스승 석두가 이를 보았다. 약산의 선화에는 유난히 '앉아 있다'는 표현이 자주 등장하고 있다.

'오똑하게 앉다〔兀坐〕', '한가로이 앉다〔閑坐〕', '자리에 오르다〔陞坐〕', '조용히 앉다〔宴坐〕'.

한가로이 앉아 있는 약산을 보고 스승 석두가 물었다.

"그대는 거기서 무엇을 하고 있는가."

이에 약산이 대답하였다.

"아무것도 하지 않습니다(一切不爲)."

다시 석두가 물었다.

"그렇다면 한가로이 앉아 있는 것이로구나."

이에 약산이 다시 답하였다.

"한가로이 앉아 있다면 하는 일이 있는 것입니다(若閑坐則爲)."

석두가 물었다.

"그대는 하지 않는다 하는데 도대체 '하지 않는다[不爲]'는 게 무엇을 말함인가."

이에 약산이 대답하였다.

"천성인(千聖人)도 알지 못할 것입니다."

마침내 제자 약산의 깨달음을 인정한 석두가 다음과 같이 게송을 읊었다.

이제껏 함께 살면서도 이 이름을 모른 채로
되는 대로 자유롭게 이처럼 살아왔네
예부터의 높으신 현인들도 몰랐는데
엎어지고 자빠지는 무리들이 어찌 이를 알겠는가.
從來共作不知名 任運相將只麼行
自古上賢猶不識 造次之流豈可明

한암은 약산의 대답 한소리 '아무것도 하지 않습니다(一切不爲)'에 캄캄한 무명을 만난 셈이었다. 이는 바꾸어 말하면 스승 경허가 일찍이 노래하였던 '일 없음이 나의 할 일(無事猶成事)'이라는 한 구절에 장님이 되어 버린 것과 같은 경계인 셈이었다.

어쨌든 경허로부터 《금강경》을 통해 안광이 열리고, 절름발이가 걷고, 소경이 눈뜨고 보는 경계를 깨달았던 한암은 다시 더 큰 소경이 되어 버렸음이다. 스승 경허를 의지해 이 캄캄한 무명을 헤쳐 나가려던 한암은 어느 날 경허가 갑자기 행방을 감추어 버림으로써 일수에 사고무친(四顧無親)의 고아가 되어 버린다.

의지할 선지식도, 스승도 없던 한암은 마침내 경허가 행방을 감춘 이듬해인 1905년 봄, 30세의 젊은 나이로 통도사 내원선원(內院禪院)의 조실로 들어간다. 그곳에서 젊은 선승들과 5년을 보내면서도 한암은 약산의 대답 한소리 '일체불위'의 화두를 타파하지 못하였다.

이 화두를 타파하지 못하면 죽으리라 결심한 한암은 1910년 봄, 갑자기 선승들을 해산시키고 선원의 문을 닫는다. 그리고 자신은 한적한 암자를 찾아 평안남도 맹산(孟山)으로 길을 떠난다.

두미산(頭尾山)에는 서림사(西林寺)란 절이 있었는데 절 뒤편에는 우두암(牛頭庵)이라는 암자가 하나 있었다. 그곳에서 보임 생활을 하던 한암은 그해 겨울, 부엌에 앉아 홀로 불을 지피다 문득 활연대오하였다.

약산의 화두가 홀연히 깨지면서 다시는 의심치 않을 만큼의 대광명이 찾아온 것이었다. 비로소 깨달음을 얻은 한암은 다음과 같은 오도송을 남긴다.

부엌에서 불을 붙이다 별안간 눈이 밝으니
이것을 좇아 옛길이 인연을 따라 분명하다
날 보고 서래의 뜻을 묻는 이가 있다면
바위 밑 우물 소리 젖는 일 없다 하리.
着火廚中眼忽明 從茲古路隨緣淸
若人問我西來意 岩下泉鳴不濕聲

한암의 오도송은 하나 더 남아 전해지고 있음이다.

마을 개 짖는 소리에 손님인가 의심하고
산새의 울음소리 나를 조롱하는 듯
만고에 빛나는 마음속의 달이
하루아침에 세상 바람을 쓸어 버렸구나.
村狐亂吠常疑客 山鳥別鳴似嘲人
萬古光明心上月 一朝掃盡世間風

한암과 만공은 같은 경허의 법제자로서 절친한 도반의 사이였다. 만공이 한암보다 다섯 살 위였지만 한때 두 사람은 해인사에서 짧은 기간 동안이나마 함께 지낸 적이 있었다. 짧은 만남이었지만 두 사람은 서로를 인정하고 있었다.

한암이 마침내 활연대오하여 묘향산에 머무르고 있다는 소식을 듣자 만공은 다음과 같은 편지를 보낸다.

'우리가 이별한 지 10여 년이 지나도록 서로 왕래가 없었소이다. 구름과 명월과 산과 물이 어디나 같건만 언제나 북쪽을 향하여 바라건대 북녘땅은 춥고 더움이 고르지 못할까 염려되오이다. 북방에만 계시지 말고 걸망을 지고 남쪽으로 와서 납자들이나 지도함이 어떻겠소.'

서신을 받은 한암은 다음과 같은 답서를 보낸다.

'가난뱅이가 묵은 빚을 생각합니다(貧兒思舊債).'

이 답서를 받은 만공은 다시 다음과 같은 편지를 보냈다고 전해지고 있다.

'손자를 사랑하는 늙은 첨지는 자연히 입이 가난하니라(愛孫老翁自然口貧).'

다시 만공의 답신을 받은 한암은 다음과 같은 편지를 보낸다.

'도둑놈이 간 뒤에 활줄을 당김이로다(賊過後張弓).'

그러자 만공은 다음과 같이 일러 말하였다.

'도둑놈의 머리에 벌써 화살이 꽂혔느니라(旣已賊頭揷矢在).'

한암이 만공과 서신을 통하여 서로 법 거량(擧揚)을 나눈 것은 한 번 더 있어 오늘날까지 남아 전해지고 있다.

한암이 금강산 지장암(地藏庵)에 머무르고 있고 만공이 정혜사에 머무르고 있을 무렵 만공은 다시 다음과 같은 편지를 한암에게 보낸다.

'한암이 금강산에 이르니 눈 위에 서리까지 내린 설상가상이 되었다. 지장암 도량 안에 업경대(業鏡臺)가 있으니 그대의 업은 얼마나 되는가.'

이에 한암은 다음과 같은 답신을 보낸다.

'이 물음을 하기 전과 물음을 한 후를 합하여 30방(棒)을 맞았습니다.'

이 답신을 받은 만공이 다시 물어 말하였다.

'맞은 뒤 소식은 어떠한고.'

그러자 한암이 답장한다.

'지금 잣 서리가 한창이니 이때를 놓치지 말고 오셔서 같이 먹으면 어떻겠습니까(今當柏子燒喫時 勿失時機來相遊 亦不樂乎).'

기상천외의 선답으로 답신을 보낸 한암에게 다시 만공이 편지를 보낸다.

'암두(岩頭)의 잣 서리 늦은 것은 원통하지만 덕산(德山)의 잣 서리 늦은 것은 원통치 않소.'

한암이 다시 편지를 보낸다.

'암두와 덕산의 이름은 알았으나 그들의 성은 무엇이라 합니까.'

만공이 답신을 보낸다.

'도둑놈이 벌써 천리는 도망갔을 터인데 문전의 나그네에게 성은 물어 무엇하겠소(賊過去已千里後 來問姓名門前客 問姓作甚麼).'

이에 한암이 만공을 이렇게 찬탄한다.

'금선대(만공이 주석하던 곳) 안의 보화관(寶貨冠)이여, 금은옥백(帛)으로도 견주기 어렵습니다.'

한암의 편지를 받은 만공은 최후로 다음과 같은 그림을 그려 한암에게 보낸다.

'ㅇ'

6

한암은 1925년 50세에 이를 무렵 서울 봉은사의 조실로 머무르게 된다. 그러나 혼잡한 서울의 한복판에서 조실 노릇 하는 것에 염증을 느낀 한암은 곧 봉은사를 떠나면서 다음과 같은 말을 남긴다.

"차라리 천고에 자취를 감춘 학이 될지언정 삼춘(三春)의 말 잘하는 앵무새의 재주는 배우지 않을 것이다."

한암은 자취를 감춘 학이 되어 강원도 오대산 상원사로 들어가 그 후부터 입적할 때까지 27년 동안을 단 한번도 산문을 나서지 않았음이다.

이때 만공은 한암을 만나기 위해 오대산을 찾아간다. 적멸보궁(寂滅寶宮)을 참배하고 돌아가는 만공을 한암은 산문까지 전송하여 바래다주었다고 한다. 두 사람이 헤어지기 직전 만공이 앞서 걷다가 문득 길거리에서 돌멩이 하나를 주워 한암을 향해 던져 버린다. 그러자 한암은 그 돌멩이를 주워 다시 개울 속에 던져 버렸다고 한다.

그러자 만공이 혼잣말로 이렇게 말하였다고 전해지고 있다.

'이번 행로에는 손해가 적지 않도다.'

한암이 오대산 상원사에 머무르고 있을 때 경성제대 교수로 있던 일본 조동종(曹洞宗)의 승려 사토(佐藤泰舜)가 한국 불교계를 돌아본 후 마지막으로 오대산에 들러 한암을 찾아와 선문답을 나누었다고 한다. 사토와 한암이 나누었던 선문답은 오늘날에도 남아 전해지고 있음이다.

사토는 한암을 찾아와 다음과 같이 물었다.

"어떠한 것이 불법의 대의입니까."

그러자 한암은 곁에 놓여 있던 안경집을 가만히 들어보였을 뿐이었다.

그러자 사토는 물러서지 않고 다시 물어 말하였다.

"스님께서 일대장경(一代藏經)과 모든 조사어록(祖師語錄)을 보는 동안 어느 경전과 어느 어록에서 가장 깊은 감명을 받았습니까."

한암은 가만히 사토의 얼굴을 바라보다가 대답하였다.

"적멸보궁에나 참배하고 오라."

적멸보궁은 상원사에서 서북쪽으로 1.5㎞ 정도 떨어진 곳으로 이곳 오대산에 절을 창건한 자장 율사(慈藏律師)가 부처의 불사리(佛舍利)를 모셔놓은 보궁(寶宮)인 것이다.

다시 사토가 물었다.

"스님께오서는 젊어서 입산하여 지금까지 수도하여 왔으니 만년의 경계와 초년의 경계가 같습니까, 아니면 다릅니까."

이 말을 들은 한암은 단숨에 잘라 대답하였다.

"모르겠노라."

이 말에 사토가 일어나 큰절을 하면서 다음과 같이 말하였다.

"살아 있는 활구법문(活句法門)을 보여주셔서 감사합니다."

그러자 그 인사가 끝나기도 전에 한암은 대갈하여 말하였다.

"활구(活句)라고 말하여 버렸으니 이미 사구(死句)가 되고 말았군."

이에 깊은 감명을 받은 사토는 그 후 어느 강연회에서 한암을 다음과 같이 평가하였다고 전해지고 있다.

"한암 스님은 일본 천지에서도 볼 수 없는 도인임은 물론, 세계적으로도 찾아볼 수 없는 둘도 없는 인물이다."

한암이 남긴 행적은 많으나 그중 백미는 입적하기 직전에 보인 그의 결연한 행동이었다.

1951년 겨울.

1·4후퇴 직전 한때의 국군이 오대산을 찾아와 모든 암자들을 태우기 시작하였다. 왜냐하면 인민군들이나 빨치산과 같은 공비들이 사찰을 근거지로 하여 양식을 조달하고 숨어 국군에게 타격을 준다고 생각한 군인들이 이른바 초토(焦土)작전을 펼친 때문이었다.

오대산은 6·25 중 최대의 격전지였다. 낮에는 국군들이 점령하고 밤에는 공비들의 소굴이 된 전략상의 요충지였다. 이런 와중에 절에 남아 있던 중들은 모두 뿔뿔이 흩어져 도망가 버리고 어쩔 수 없이 국군들은 작전상 남아 있는 당우들을 모두 소각할 수밖에 없었다. 국군들은 오대산 입구에서부터 방화하기 시작하였는데 본존불이 모셔져 있는 월정사의 적광전(寂光殿)은 물론 동별당(東別堂), 서별당(西別堂), 불이문(不二門), 천왕문(天王

門), 보장각(寶藏閣), 종각(鐘閣) 등 모든 승당들이 불타기 시작하였다.

승당뿐 아니라 사중(寺中)의 귀중품들이 모두 불타 버리는 참화를 입게 된 것이었다.

그중에서도 무엇보다 아까운 것은 선림원(禪林院)에 모셔져 있던 신라 범종이다. 이 종은 원래 양양군 서면 선림원지(禪林院址)에서 출토되어 이곳까지 이안(移安)되었던 국보였는데 월정사의 당우와 함께 그 운명을 같이하였던 것이다.

국군들은 칠불보전(七佛寶殿), 영산전(靈山殿), 광응전(光膺殿), 진영각(眞影閣), 연향각(燃香閣), 선당(禪堂), 백련당(白蓮堂) 등을 차례차례 다 태우고 적멸보궁이 있는 상원사까지 오르고 있었다.

그러는 도중에 한밤이 되어 군인들은 야밤에 상원사에 이르게 되었다. 대원들을 향해 막 불을 지르도록 명령하려는 찰나에 절에서부터 칠십 노구의 승려 하나가 나오고 있지 아니한가. 모든 사찰에서 절을 지키던 승려를 한 사람도 만나보지 못하였던 지휘 장교는 깜짝 놀라 부하들을 말리고 나서 홀로 절을 지키면서 남아 있던 한암에게 다음과 같이 물었다고 한다.

"어찌하여 홀로 이곳에 남아 있습니까."

그러자 한암은 다음과 같이 대답하였다.

"중이 절을 떠나 어디에서 살 수 있단 말인가."

그 장교는 할 수 없이 한암에게 절을 태울 수밖에 없는 입장을 설명하기 시작하였다. 그는 이미 월정사의 모든 당우들을 소각하였음을 자세히 설명하고 이제는 상원사뿐 아니라 적멸보궁도 모두 태워야 한다고 통고하였다. 그러자 한암은 장교에게 "잠깐 기다리시오"라고 말한 다음 가사와 장삼을 갈아입은 뒤 법당 안에 들어가 좌정하고 앉았다.

지휘 장교가 불을 지르기 위해 법당 안에서 나오라고 말하였으나 한암은 법당 안에 앉아 꼼짝도 하지 않았다.

화가 난 지휘 장교가 군화를 신은 채 법당 안으로 뛰어들어 한암에게 말하였다.

"불을 질러야 합니다. 스님, 어서 나오십시오."

그러자 눈을 감고 좌정하고 있던 한암이 장교를 보고 말하였다.

"그대는 누구의 명령을 받아 이렇게 절을 불태우려 하는가."

그러자 장교가 대답하였다.

"장군의 지시입니다."

"장군이 불태우라고 하면 태우고 죽으라 하면 죽겠는가."

장교가 대답하였다.

"그럴 수밖에 없습니다. 저는 군인이므로 명령에 살고 명령에 죽을 수 밖에 없습니다. 용서해 주십시오, 스님."

"나도 마찬가지요."

한암은 장교를 쳐다보면서 대답하여 말하였다.

"그대가 장군의 부하라면 나는 또한 부처의 부하요. 그대가 군인이라면 나는 중이오. 군인의 법도나 중의 법도나 매일반이오. 그대가 장군의 명령을 받아 죽으나 사나 그를 지킬 수밖에 없듯이 나 또한 부처의 명령을 받아 죽으나 사나 이를 지킬 수밖에 없는 것이오."

"스님의 장군은 어디에 있습니까."

그러자 한암은 법당 안에 안치된 문수동자상(文殊童子像)을 가리키면서 말하였다.

"저분이 나의 최고사령관이오."

상원사 안에는 석가 소상과 문수보살, 문수동자 등 여러 대소 불상들이 봉안되어 있는데 특히 한암이 문수동자상을 가리킨 데는 특별한 이유가 있다.

상원사는 세조와 각별한 인연을 맺고 있어 주로 세조에 의해 중창(重創)되었으며 그에 의해 왕사로 지정된 사찰이었는데 세조와 상원사가 특별한 인연을 갖게 된 데에는 다음과 같은 유래가 있는 것이다.

세조는 왕위에 오른 직후 병명을 알 수 없는 괴질에 걸렸다. 그것은 전신에 종기가 생기고 고름이 나오는 견디기 어려운 증세였다. 명의와 비약이 모두 효험이 없자 세조는 오대산으로 발길을 돌렸다. 신라 이래의 문수도량이었던 오대산에서 기도하여 불력으로 병을 고치고자 하였기 때문이었다.

월정사에서 참배를 올리고 상원사로 가던 중 세조는 산간계곡에서 흘러내려오는 벽수(碧水)에 발을 담그고 쉬어가기로 하였다. 주위 시종들에게 자신의 추한 꼴을 보이기 싫어 평소에도 어의를 풀지 않았던 세조였지만 그날은 하도 경치가 좋아 시종들을 멀리 보내고 혼자서 목욕을 하기로 하였다.

세조가 홀로 목욕을 하던 그때, 동자승 하나가 숲 사이에서 노니는 것이 눈에 띄었다. 세조는 그 동자승을 불러 자신의 등을 밀어 달라고 부탁하였다.

목욕을 마친 세조는 동자승에게 말하였다.

"어디 가든지 임금의 옥체를 씻었다고 말하지 마라."

그러자 동자승이 말하였다.

"대왕도 어디 가든지 문수보살을 친견했다고 발설하지 말지어다."

말을 마친 동자승은 홀연히 사라져 버리고 세조는 놀라 주위를 살펴보았다. 어느새 자신의 몸에 난 종기가 씻은 듯이 나아있었다. 크게 감격한 세조는 자신의 기억력을 더듬어 화공에게 명하여 그림을 그리도록 하였고, 몇 번의 교정 끝에 실제와 가장 가까운 동자상이 완성되었던 것이다. 그 나무로 만든 문수동자상이 상원사의 본당 오른편에 봉안되어 있었는데 한암은 그 동자상을 가리키면서 그가 자신의 최고사령관이라고 대답하였던 것이다.

"그러하니 절을 태우려면 나도 함께 이곳에서 태우시오. 군인이 군무를 벗어나면 직무 태만죄로 군법에 따라 처벌받듯이 나는 승려이니 승려가 산문을 벗어나면 이 역시 근무 태만죄로 승법에 따라 처벌을 받게 될 것이오. 자, 불을 지르시오."

한암의 단호한 태도에 놀란 그 장교는 한암의 인격에 크게 감화를 받았다고 한다. 그 장교는 한암에게 다음과 같이 말하였다고 전해지고 있다.

"저는 분명히 상관으로부터 절을 태우라는 명령을 받았습니다. 그러므로 이를 지키지 않으면 군법에 의해 문죄를 받습니다. 그러나 절을 태우면 스님은 죽게 되어 저는 본의 아니게 살인을 하게 됩니다. 그러하니 이렇게 하겠습니다. 법당의 문짝을 떼어 이를 태우도록 하겠습니다. 그리하면 저는 분명히 절을 태워 장군의 명령을 지킨 것이 되며 스님 또한 절을 지켜 부처님의 명령을 지킨 것이 됩니다."

그 젊은 장교는 지혜를 내어 법당의 문짝을 떼어 경내에서 불을 지펴 태워 버렸다고 전해지고 있다.

6·25 참화 중에 오대산의 사찰들이 모두 소실되었음에도 불구하고 상원사를 비롯하여 적멸보궁, 상원사의 불상들이 불타 버리지 아니하고 온전히 남아 있을 수 있었던 것은 이러한 한암의 살신성인의 불법정신 때문인 것이다.

한암의 기개도 대쪽 같거니와 그 젊은 장교의 혜안도 명석하였으니 두 사람은 서로 의기가 투합되었음이다.

1·4후퇴 때에도 한암은 상원사를 떠나지 않고 굳게 절을 지켰다. 그는 마치 난파하는 배와 더불어 운명을 같이하는 선장과 같았다.

1951년 초에 그는 가벼운 병에 걸렸다. 병이 난 지 7일이 되는 아침에 한암은 죽 한 그릇과 차 한 잔을 마시고 손가락으로 꼽으면서 이렇게 말하였다.

"오늘이 음력으로 2월 14일이지, 아마."

그렇게 말한 후 사시(巳時)인 오전 10시쯤에 이르러 가사와 장삼을 찾아 입고 선상 위에 단정히 앉아 제자인 보문(普門), 난암(暖庵), 탄허(呑虛) 등과 담론하다가 갑자기 앉아 있는 그 자세로 고요히 입멸하였다.

그의 나이 76세였으며 법랍으로는 54세였다.

일찍이 속성은 온양(溫陽) 방(方)씨였으며 아버지는 기순(箕淳), 어머니는 선산(善山) 길(吉)씨로, 진정한 나를 찾고, 그로 인해 부모의 은혜를 갚으며, 극락에 가고 말겠다는 세 가지 발원으로 수도자가 된 한암은 이로써 마침내 세 가지 원을 모두 이루고 입적하여 사라진 것이다.

가사와 장삼을 입은 채 단정히 앉아 열반한 한암의 사진이 지금도 남아 있다. 그래서 오늘날에도 오대산중의 승려들은 앉아서 입적한 한암의 사진을 돌려 보면서 이를 수도의 지침으로 삼고 있는 것이다.

진정으로 그 사람이 도를 이루었는가는 그의 죽음에서 판가름이 난다. 죽음은 인생의 완성이므로 죽음을 만날 때 태연히, 마치 누에가 허물을 벗듯이 육신의 껍질을 벗고 죽을 수 있다는 것은 생사가 공포가 아닌, 그것을 초월한 삶을 누렸다는 증거가 되는 것이기 때문이다.

한암은 주변에 여러 가지 이야기만 남겼을 뿐 평소부터 저술하여 후세에 남기는 것을 좋아하지 않았다. 겨우 《일발록(一鉢錄)》이란 책 한 권을 저술하였을 뿐이었는데 이것도 1957년 상원사의 화재로 인해 깨끗이 타버려 한줌의 잿더미로 변해 버렸다.

이는 한암이 일찍이 스승 경허로부터 청암사, 수도암(修道庵)

에서 배운 《금강경》의 사구게(四句偈)를 통해 오도하였던 깨달음의 경지를 평생토록 지켜 나갔기 때문이었다.

일찍이 24세의 젊은 나이 때 스승 경허로부터 전해 들었던 《금강경》의 금강석과 같은 진리의 말을 통해 깨달음의 눈을 떴던 한암은 평생을 이 부처의 말을 지켜 나갔음이었다. 그는 부처의 말처럼 발자취를 남기고자 하는 생각 없이 일생을 살았다.

발자취를 남기고자 하는 생각을 없애려는 그 생각조차 없애 마침내 생각으로 헤아리지 않는 약산(藥山)의 비사량(非思量)의 경계를 깨닫고 평안도 맹산 우두암에서 홀로 아궁이에 불을 지피다가 약산의 아무것도 하지 않는 '일체불위(一切不爲)'의 화두까지 타파하여 부처를 이룬 한암은 비로소 스승 경허가 노래한 '일 없음이 오히려 나의 할 일(無事猶成事)'의 경지에 이르게 된 것이었다.

어찌 구도자인 한암뿐이랴.

이 세상의 모든 어지러움은 발자취를 남기려는 어리석은 정신병자들의 집착 때문이다. 정치가는 위대한 업적을 남겨 후세의 역사에 오르려 하고, 상인은 이윤을 얻어 유산을 남기려 한다. 가수는 인기노래를 부르려 하고, 작가는 이름을 날리려 한다. 언론인은 특종을 찾아 헤매고, 학자는 인정을 받으려 한다. 이는 이름을 떨치는 것이 아니라 족적(足迹)을 보태 한 시대에 도적의 발자취를 더럽히는 추행에 지나지 않는다.

이 세상의 온갖 비리와 모략은 부처의 말처럼 '발자취를 남기려는 모든 사람들의 집착' 때문이다.

발자취를 남기려는 생각을 버리는 '일체불위'의 경지에 이를 때 비로소 어쩔 수 없이 한 시대에 발자취를 남기게 된다. 그는 숨어 있어도 시대를 움직이며, 침묵해도 시대의 양심이 된다. 숨어 있으면 있을수록 그는 더 드러난다. 마치 캄캄한 어둠이 짙으면 짙을수록 하늘의 달과 별들이 더 분명히 나타나듯이.

그리하여 경허는 이렇게 노래하지 않았던가.

'이름을 감출수록 이름이 더욱 새로워질까 다만 그를 두려워하노라(但恐匿名名益新).'

한암이 남긴 것은 아무것도 없다.

다만 그의 문도들이 1959년 3월 상원사에 부도와 석비를 세운 것뿐이다.

일찍이 한암은 1925년 50세의 나이로 '차라리 천고에 자취를 감춘 학이 될지언정 삼춘(三春)에 말 잘하는 앵무새의 재주는 배우지 않겠노라'는 말을 남기고 오대산을 찾았다. 그 후 76세의 나이로 입적할 때까지 한암은 상원사에서만 27년을 보냈을 뿐 한번도 동구 밖으로 나온 적이 없었다고 하는데, 이때 한암은 적멸보궁을 참배하고 돌아오다가 중대(中臺)인 사자암에 이르러 잠시 쉬어 갔었다. 사자는 문수동자가 타고 다니는 짐승이므로 이 중대를 흔히 문수의 주처(住處)로 부르고 있는데 한암은 갑자기 들고 있던 나무지팡이를 사자암 향각(香閣) 앞에 내리꽂았다고 전해지고 있다.

그리고 나서 한암은 이렇게 말하였다고 한다.

"이 지팡이가 살아서 나뭇잎이 무성해지는 날 내가 다시 돌아올 것이다."

그때가 병인년(丙寅年), 1926년.

한암이 꽂아놓은 나무지팡이는 단풍나무로 날이 가고 해가 바뀜에 따라 그 지팡이에서는 싹이 트고 가지가 번져 오늘날에는 향각을 뛰어넘을 만큼 무성하게 성장하였다고 하는데, 그렇다면 한암은 다시 살아 이미 우리의 곁에 돌아와 있음일까.

아니다. 이는 한갓 허구일지도 모른다.

한암은 지팡이를 꽂은 것이 아니라 단풍나무 묘목을 그 자리에 심은 것이겠지. 그 묘목에서 잎이 나고 싹이 나 웃자라고 있는 것이겠지. 그러나 어쨌든 한암은 죽어도 죽은 것이 아니다. 그는 죽어서도 단풍나무 잎이 무성해지듯 다시 살아 그토록 감추려던 종적을 위대한 발자취인 족적으로 우리의 곁에 다시 돌아와 있는 것이다.

7

어느덧 눈발은 끊어져 있었다.

잔뜩 찌푸리고 흐렸던 하늘이 개고 반짝 햇빛까지 나온 것으로 보아 이제 더 이상 눈은 내릴 것 같아 보이지 않았다.

퇴설당 앞에 서서 경허의 말년과 그의 마지막 수법제자 한암에 관한 기억을 더듬어 보고 있는 동안 하늘이 맑아 오고 눈이 그친 모양이었다.

퇴설당 앞마당에서 긴 상념에 잠겨 있는 동안 나는 그 누구에 의해 방해를 받거나 그 누구를 만나본 적도 없었다. 나는 줄곧 혼자였다. 이따금 문밖의 계곡에서 소나무 숲 사이를 스쳐가고 있는 바람소리만 들려오고 있었을 뿐.

나는 물끄러미 손에 들린 경허의 염주를 들여다보았다.

―나는 무엇 때문에 이 염주를 탯줄처럼 부여잡고 있는 것일까. 이 염주는 내게 아버지가 준 정표 이상의 어떤 의미가 있을까.

잿빛 하늘에서 먹구름은 서서히 걷혀 나가고 푸른 하늘이 조금씩 드러나고 있었다. 그 푸른 창공으로부터 광명이 쏟아져 내리고 있었다. 온 산과 숲과 계곡들이 밤새도록 내린 눈을 덮어쓰고 있었으므로 그 흰 눈 위를 내리쏘는 광명이 눈을 뜨고 볼 수 없을 만큼 부셨다. 날씨는 아직 매웠지만 성미 급한 나뭇가지 위에 피어난 눈꽃들은 어느새 햇빛에 녹아내리고 있었다.

기해년(己亥年), 서기로 1899년.

경허는 이 퇴설당의 조실에서 선원을 개당한다. 이때 경허는 함께 좌선을 하여 성불하기 위한 결사문(稧社文)을 지었는데 이 장문의 권수문(勸修文)은 경허가 지은 문장 중 백미로 손꼽히고 있다. 이 무렵의 경허는 자신을 다음과 같이 표현하고 있다.

'기해년 겨울 해인사 선원에 내려와 장경각(藏經閣) 노전에서 무릎을 만지며 화로를 안고 앉아 있다. 늙으면 비올 것과 갤 것을 알아차리고, 병들면 차고 더운 데 민감하다 하더니 이미 7푼쯤 죽어 버린 재〔灰〕요, 10푼쯤 마른 나무〔枯木〕일 따름이로다. 이에 다시 무엇을 생각하겠는가. 명산에서 약을 캘 약속도 잊어

버렸노라….'

겨우 50세의 나이로 자신을 7푼쯤 죽어 버린 재요, 10푼쯤 마른 나무라고 엄살을 떠는 중늙은이 경허는 늙기도 전에 노망이 먼저 들었는 듯 이 무렵 다음과 같은 시를 남긴다.

백운 깊은 곳에 고사를 찾아 보니
향불은 다 타고 노을녘 해 그림자 물에 잠겼네
도승은 갔건마는 소나무만 늙었고
푸른 봉우리에 천년이나 두견새 소리 구슬프구나
비록 각별한 인연이 있었지만 다 허황된 경계
부질없는 옛일을 더듬어 보니 바위와 사립문
낙화진 그윽한 뜰에 벌써 봄은 다 지나 버린 듯
감개무량하구나 인생의 노쇠함이여 애석하지만 이렇게 서로 헤어지고 마는 것을.

白雲深處訪高師 燒盡水沈日影遲
道僧一去長松老 碧峰千年杜宇悲
縱有勝緣皆幻境 故將無事掩巖扉
花落幽庭春山盡 感人衰老惜分離

— 해 그림자 물에 잠기다(日影沈水)

가까운 시일 안에 스스로 행방을 감춰 떠나 버릴 생각으로 미리 별사(別辭)라도 남겨두려 하였던 것일까. 이 무렵 쓴 경허의 글에는 언제나 늙음에 대한 비탄이요, 시에는 이별에 대한 애조떤 슬픔뿐이다.

나는 염주를 다시 품속에 넣었다.

이제 더 이상 퇴설당 앞마당에 머무를 필요도 없다고 생각하였다. 경허는 아직 길 위에 있으므로 그를 찾아 길 없는 길을 다시 떠나야 한다. 그의 시처럼 백설이 난무하는 곳에 경허를 찾아보니 도승은 이미 가버리고 소나무만 늙어 있다. 비록 서로 수승한 인연이라고는 하지만 다 허황된 경계. 부질없는 옛일을 더듬어 보니 사립문만 열려 있을 뿐.

나는 미련 없이 퇴설당에서 등을 돌렸다. 경허를 찾아 이곳까지 왔으므로 다시 경허를 찾아 알 수 없는 길을 가야 한다. 항상 길이란 그러하지 아니한가. 가야 할 길이 멀기만 하여 돌아가고 싶어도 온 길이 아까워 계속 나아가고 있을 뿐.

도망치듯 쪽문을 열고 퇴설당을 나오는 내 귓가에 경허가 남긴 시의 마지막 구절이 발 달린 화살이 되어 좇아와 내리꽂히고 있었다.

'감개무량하구나 인생의 노쇠함이여 애석하지만 이렇게 서로 헤어지고 마는 것을.'

뒤에 오는 사람

지팡이 끌고 이슥한 길을 따라
홀로 배회하며 봄을 즐긴다
돌아올 때 꽃향기 옷깃에 스며
나비가 너울너울 사람을 따라온다.
—환성 지안 / 봄 구경

뒤에 오는 사람

1

고려 고종 18년, 1231년 8월.

몽고의 원수 살례탑(撒禮塔)이 군사를 거느리고 지금의 평북 의주인 함신진(咸新鎭)을 에워싸고 말하기를 '나는 몽고의 군사다. 너희들은 빨리 항복하라. 그렇지 않으면 무찔러 하나도 남기지 아니하리라' 하였다. 이것이 우리나라 역사상 그 유례를 찾아볼 수 없는 최대의 참화인 몽고의 침입을 알리는 조종(弔鐘)의 시작이었다.

그리하여 이듬해인 고종 19년(1232) 고려는 도읍을 임시 강화로 정하고 이곳을 강도(江都)라고 이름하였다.

이때가 마침 7월의 장마철이었으므로 고종이 개경을 출발하여 승천부(昇天府)에 머무르고 있다가 마침내 강화도의 객관에 입어(入御)할 때에는 장마비가 열흘이나 계속해서 내려 진흙길이 발목까지 빠졌으며 수많은 사람들과 말들이 쓰러져 죽었다고 《고려사절요(高麗史節要)》는 전하고 있다. 이때 당대의 최고 실력자인 최우는 왕에게 강화도로 빨리 행차할 것을 주청하였는데 왕이 망설이며 결정하지 못하였다고 한다. 그도 그럴 것이 당시 왕도는 호수(戶數)가 10만에 이르고 단청한 좋은 집들이 즐비하였으며 인정이 향토를 편안히 하여 천도하기를 왕뿐 아니라 모든 백성들이 두려워하였기 때문이었다.

그러자 최우는 녹전차(祿轉車) 100량(輛)을 빼앗아 왕가의 가재(家財)를 강화로 옮기고 유사(有司)에게 영을 내려 날짜를 한정하여 5부의 백성에게 보내게 하고 성중에 방을 붙여 이르기를 다음과 같이 하였다.

'모든 백성들은 들으라. 만약 출발할 기일에 미치지 못하는 자는 군법으로 다스릴 것이다.'

이에 모든 백성들이 몽진(蒙塵)하는 고종을 따라 강화도로 피난을 떠났다.

이 작은 섬 강화도에서 고려 왕조는 원종 11년, 서기 1269년 개경으로 환도할 때까지 37년 간 싸워 나갔다. 이와 같은 항전은 세계 역사상 그 유례를 찾아볼 수 없는 일이지만 대신들이 강화도에 머무르고 있는 동안 나라 안은 몽고군의 약탈과 방화로 쑥밭이 되고 있었다.

몽고 군사들은 동경(東京)에 들이닥쳐 황룡사(皇龍寺)를 불태웠으며 팔공산에 침입하여 부인사(符仁寺)에 봉안되어 있던 대장경판을 불태워 버렸다.

이 대장경은 그로부터 200여 년 전인 현종 2년, 서기 1011년에 시작해 선종 4년인 서기 1086년에 이르기까지 실로 6대 75년에 걸쳐 만들어진 대장경이었다.

현종이 즉위하자 얼마 되지 않아 고려 왕조에는 중대한 위기가 닥쳐왔다. 유목민족인 거란병이 쳐들어와 개경의 송악성(松嶽城)에까지 이른 것이었다. 현종은 하는 수 없이 남쪽으로 피난을 가서 군신과 더불어 무상대원(無上大願)을 빌었고 대장경을 각성(刻成)하기를 맹세하였던 것이다. 그러자 거란병은 제 발로 물러가 버렸는데 어쨌든 이로부터 현종은 부처와의 약속을 지켜 나가기 위해 대장경을 조조(雕造)하기 시작하였다.

75년 간에 걸쳐 완각된 대장경은 고려 최대의 국보로 이를 부인사에 봉안하고 있었는데 오늘날의 경주인 동경까지 쳐들어와 신라 천년의 명찰인 황룡사를 불태운 몽고병들은 곧바로 팔공산으로 진격하여 고려 최대의 보물인 대장경을 불태워 한줌의 재로 만들어 버린 것이었다.

이에 고종 24년인 1237년.

국왕과 태자와 공후백(公侯伯)과 문무백료(文武百僚)들은 목욕재계하고 임시 왕도인 강화의 별궁에서 또다시 불타 버린 대장경을 대신해 새로운 대장경 각판을 시작할 것을 기고(祈告)하는 것이다.

이때 최고의 실력자인 최우가 적극 가담하여 큰 힘을 보탰으며 그를 중심으로 강화도에 대장경의 판각을 전담하는 대장도감(大藏都監)을 설치하였다. 도감의 본사(本司)는 강화에 두었으나 분사(分司)는 남해(南海)에 두었다.

이때 당대의 문신 이규보(李奎報 : 1168~1241)가 '대장각판군신기고문(大藏刻板君臣祈告文)'이라는 문장을 지어 오늘날까지 남아 전하고 있다.

당시 이규보는 70세의 노신이었는데 그는 대장경이 몽고군의 방화로 불타버린 것을 호국안민의 염원이 부족한 때문이라고 탄식하면서 다시 불법의 힘을 빌려 나라와 국민을 오랑캐의 침해(侵害)에서 구출하겠다는 뜻으로 기고문을 다음과 같이 시작하고 있는 것이다.

'허공계시방무량제불보살(虛空界十方無量諸佛菩薩)과 천제석(天帝釋)을 위시한 삼십삼천(三十三天)과 일체의 호법영관(護法靈官)들에게 기고합니다.'

그리고 나서 이규보는 몽고병의 화환(禍患)에 대해 다음과 같이 통탄하고 있는 것이다.

'심하도다. 달단(韃靼 : 몽고를 가리키는 말)의 미친 환(患)이, 그 잔인하고 흉포한 성질은 이미 말로써 형용할 수 없습니다. 어둠을 한데 모은 듯 캄캄하기 그지없을 따름입니다. 금수보다 더 심하니 천하의 글로서 존경받는 불법(佛法)이라는 것이 있는 줄을 어찌 그들이 알겠습니까. 그러므로 가는 곳마다 불상과 범서(梵書)를 하나도 남기지 않고 다 태워 없애 버렸습니다. 그리하여 부인사에 소장 중이던 대장경 판본도 남김없이 다 없애 버렸습니다. 아! 적중(積重)의 공(功)이 하루아침에 잿더미가 되어 버린 것입니다. 실로 나라의 대보(大寶)를 잃어버린 것입니다.

비록 제불(諸佛)과 다천(多天)의 대자심(大慈心)으로는 참을 만할지 모르나 누가 쉽게 이를 참을 수 있겠습니까. 남몰래 생각해 보니 제자들의 지혜가 어둡고 식(識)이 얕아 일찍이 스스로 오랑캐를 막을 계획을 하지 않고 나라의 힘이 불승(佛乘)을 완전히 지키지 못한 것입니다. 그러므로 이 대보를 상실한 재난은 실로 불제자들의 탓이 아님이 없으니 후회만이 뒤따를 뿐입니다.'

그리고 나서 이규보는 다시 대장경을 조조(雕造)하겠다는 결의를 다음과 같이 표현하고 있다.

'그런데 금구옥설(金口玉說 : 부처의 말씀이라는 뜻)은 본래 이루어지고 깨지고 하는 법이 없는 것입니다. 그 말씀이 담긴 곳은 다만 그릇〔器〕일 뿐입니다. 그릇이 이루어지고 깨지고 하는 것은 자연(自然)의 수(數)입니다. 깨지면 고치는 것이 마땅히 할 바인 것입니다….'

이규보는 자신의 입을 빌려 당대의 법보관(法寶觀)을 대변한다.

'…하물며 나라가 있고 집이 있어 모든 사람들이 불법을 숭봉(崇奉)하는 데 주저함은 물론 되지 않을 말입니다. 이 대보가 불타 없어졌는데 어찌 감히 그 역사(役事)가 크고 거창함을 두려워하여 다시 고쳐 만드는 일을 꺼리겠습니까. 일찍이 대장경을 각인하는 일의 발단은 현종 2년 거란군이 대거 쳐들어와 왕이 남행하여 피난을 떠났으나 단병(丹兵 : 거란군을 가리키는 말)들이 송악성에 머무르며 퇴(退)하지 않더니 모든 군신들이 더불어 무상대원(無上大願)을 발하고 대장경을 각인할 것을 맹세하자 스스로 퇴하여 물러가 버렸나이다. 어찌 홀로 저때에만 단병이 물러가고 지금의 달단은 그렇지 않을 수가 있겠나이까….'

이규보는 부처의 가피(加被)로 오랑캐 무리들을 내쫓으려는 발원을 다음과 같이 표현하면서 기고문을 끝맺고 있다.

'…다만 제불 다천(多天)께서 굽어보시기를 어떻게 하나 하는 데에 달려 있을 뿐입니다. 지성을 말하기로 하면 전조(前朝)에 조금도 부끄러울 것이 없사오나 복원(伏願)하옵건대 제불 성현 삼십삼천이여, 간절한 기도를 들으사 신통의 힘을 빌려 주시어 완고한 오랑캐, 추악한 풍속의 무리들로 하여금 말발굽을 돌려 멀리 달아나 다시는 우리 강토(彊土) 위에 나타나지 말게 하시고 싸움이 멎어 중외(中外)가 평안하고 모후(母后)와 저군(儲君 : 대왕 및 왕자를 가리킴)의 만수가 무강하고 삼한의 국조(國祚)가 영영만세(永永萬歲)토록 하기를 원하오니 제자들은 마땅히 노력을 더하여 법문을 이익되게 지켜 불은(佛恩)의 만의 일이라도 기워 갚고자 할 따름입니다.'

경판에 쓰인 나무는 백화(白樺)이며 일명 거제도나무라고 하는데 이 나무가 제주도, 완도, 울릉도 등 주로 섬지방에서 생산되는 나무였기 때문이다.

이 나무를 벌채하여 3년 동안 바닷물에 담갔다가 꺼내 조각을 내어 다시 소금물에 삶은 후 그늘에서 말려 대패질을 한 후 그 위에 경문을 붓으로 쓰고 그를 한 자 한 자 새겨나가기 시작하였다. 참으로 지극 정성이 아닐 수 없었다.

이렇듯 부처의 신통력으로 추악한 풍속의 무리인 몽고병의 말발굽을 돌리게 함으로써 전쟁이 멎어 나라의 중외가 평안하기를 바랐던 이규보의 기고문대로 대장경은 이로부터 16년 간 강화도에서 조조되었음이었다.

1236년인 고종 23년부터 시작된 재조대장경(再雕大藏經)은 고종 38년인 1251년, 16년에 걸쳐 완성되었다. 이것은 처음엔 강화도성 서문(西門) 밖에 있는 대장경판당(大藏經板堂)에 수장되어 있었는데 후에 충숙왕 5년인 1317년 강화에 있는 선원사(禪源寺)로 옮겨졌고, 그 후 조선 초기 태조(太祖) 7년(1398) 5월 한양의 서대문 밖에 있던 지천사(支天寺)로 옮겨졌다. 이 막대한 양의 경판이 지천사로부터 해인사로 옮겨진 것은 정종 원년

(1399) 정월 무렵이었다.

이 대장경은 당시 개래사(開莱寺)의 승통이었던 수기(守其) 화상이 내용 교정을 맡아 북송(北宋)의 관판대장경(官板大藏經)과 거란판대장경(契丹板大藏經), 또한 초조대장경을 널리 대교(大校)하여 오류를 일일이 정정하였으므로 거의 완벽에 가까운 대장경을 이루고 있다.

그러나 몽고군을 불력을 빌려 물리치려 하였던 고려 왕조의 노력은 수포로 돌아가고 말았다. 몽고는 대장경이 완성되기까지 무려 7차에 걸쳐 파상적인 공격으로 침입하여 전국토를 잿더미로 만들었다. 고려 왕조는 강화에 천도한 뒤로 대장경을 조조하면서 가능하면 몽고에 무력으로 저항하고 도저히 버틸 수 없으면 그제야 사신을 몽고의 황제 또는 장수에게 보내 화친을 제의하곤 하였다. 그 동안 국토는 황폐할 대로 황폐해지고 민생은 도탄에 빠져 그 피해와 참상은 이루 말할 수 없음이었다.

이러한 와중에도 강화도에서는 수많은 사람들이 나무를 잘라 바닷물에 담그고 3년을 기다려 꺼내 켜고 말려 대패질을 하고 경문을 붓으로 쓰고 그것을 칼로 한 자 한 자 새겨나가고 있었던 것이다. 나가서 칼을 들고 싸워 적을 물리치기보다 대장경을 새겨 불력의 신통력으로 몽고군의 말발굽을 돌리려 하였던 고려 왕조의 이러한 법보관(法寶觀)을 어떻게 해석하고, 어떻게 받아들여야 할 것인가. 어리석다고 할 것인가, 순진하다고 할 것인가, 비겁하다고 할 것인가, 신앙이 돈독하다고 할 것인가, 정성이 갸륵하다고 할 것인가.

경판의 모든 판면에는 옻칠이 되어 있고 양끝에는 마구리를 대어 판목의 뒤틀림을 방지하고 보관할 때 판면이 손상되지 않고 공기 소통이 잘되도록 하였는데 이 마구리에도 경명(經名), 천자함(千字函), 권차(卷次), 장차(張次) 표시가 음각되어 있어 인출하고 정리하기 쉽도록 되어 있다. 또한 경판은 약간의 차이가 있지만 대개 23행(行)으로 나누어져 있으며 한 행은 14자(字)로 이루어져 있는데, 놀라운 것은 그 수천만 개의 글자가 한 사람이 쓴 것처럼 한결같이 고르고 정밀하여 서각(書刻) 예술품으로서 우리 민족이 남긴 가장 위대한 문화 유산 중의 하나인 것이다.

이 대장경은 구목록(舊目錄)의 천(天)에서부터 동함(洞函)에 이르기까지 639함(函)으로 엮어져 부수는 1,547부(部), 6,547권(卷)이며 추가 목록의 동(洞)에서 무(務) 및 중복된 녹(祿)에서 무함(務函) 24함에 들어 있는 15부, 231권(혹은 236권)을 합하면 모두 663함, 1,562부, 6,778권(혹은 6,783권)으로 이루어져 있으며 경판의 수는 81,258판이 되는 것이다.

그래서 이것을 세칭 '8만대장경'이라고 부르고 있는 것이다.

그러면 어째서 이 대장경이 강화도에서 한양의 지천사를 거쳐 가야산 해인사까지 건너오게 된 것일까.

그 이유로 첫째는 해인사가 속대장경(續大藏經)을 발간하였던 대각 국사 의천과 인연이 깊은 사찰로 그가 한때 이곳에 머무르다가 열반에 들 것을 꿈꾸었던 도솔천이라는 사실.

둘째는 고려 말에서 조선 초기에 이르기까지 창궐하였던 왜구의 노략질 앞에 강화도가 결코 안전지대가 아니라는 사실. 왜구들은 물을 두려워하였던 몽고군과는 달리 수전(水戰)에 능하였고 불교를 숭상하는 민족이었으므로 이 대장경에 대해 강한 집착을 보여왔다. 심지어 납치당한 남녀들을 송환하는 미끼로 조선 초까지 83회에 걸쳐 대장경을 한결같이 청구해 왔으며, 때문에 그 당시 대장경 63부가 일본으로 넘어가 버리기까지 하였던 것이다.

셋째는 가야산이 명산이어서 신령한 곳이며 해인사가 교통이 불편한 심산유벽(深山幽僻)이어서 함부로 외적의 침입을 받지 못할 피란처로 손꼽히는 곳으로 알려져 있었기 때문인 것이다.

2

오후가 되자 눈은 완전히 그쳤으며 날이 갰다. 한밤에는 명월까지 만건곤(滿乾坤)하였다. 그 달빛이 살창을 통해 그대로 흘러 들어오고 있었다. 창은 붙박이창이었으나, 그 창문에는 밖이 환히 내다보일 만큼의 간격으로 각목이 세로로 내리박혀 있었는데 그 구멍 사이로 바람과 달빛이 흘러 들어오고 있었다.

하룻밤 하루 낮을 계속 내린 눈은 아직 녹지 않아 마당은 흰 이불 포대기를 깔아놓은 듯 하였으며 그 위에 월광까지 쏟아지고 있었으므로 흰 눈빛에 반사된 달빛이 백열등과 같아 보였다.

그 눈빛과 달빛이 판전(板殿)의 내부에까지 스며들어와 실내에는 조명등 하나 없는데도 사위를 알아볼 수 있을 만큼 밝았다.

나는 대장경을 보관하고 있는 법보전과 수다라장(修多羅藏) 두 개의 건물 중 전방에 위치한 수다라장 건물 안에 홀로 서 있었다. 사찰 측의 허락을 받아 고려대장경을 봉안하고 있음으로 해서 법보사찰이라고 불리고 있는 해인사 장경각 현장에 잠시만 머물러 있는 것이었다.

건물 안은 가로 15간(間), 세로 2간, 모두 30간의 넓이로 이루어져 있었다. 이는 건물 뒤편에 자리한 법보전과 동일한 평수로 상하 판당(板堂)을 모두 합해 60간이 되고 있는 것이다. 그 60간의 넓은 건물 속에 총 81,258개의 대장경이 촘촘히 마치 도서관 서고에 꽂혀 있는 도서들처럼 차곡차곡 순서대로 배열되어 있었다.

일정한 높이와 너비로 쌓아올린 판가에는 한 곳의 빈틈도 없이 대장경들이 쌓여 있었으며 사우(四隅)의 추녀마루가 동마루에 몰려붙은 우진각 천장에는 가볍게 색칠한 단청이 엿보이고 있었다.

건물 양편에는 크기가 다른 살창이 배열되어 있었는데 습기를 막기 위해 항상 뚫려 있는 창문으로는 바람이 자유롭게 드나들고 있어 통풍이 잘되고 있었다. 창문이 개방되어 있지만 날짐승들이 건물 안으로 침범하지 못한다는 신령한 곳이며, 한때 건물 안에서 신성한 곳임을 나타내는 지화(地花)까지 피어난 곳임을 상기한다면 8만대장경이 봉안되어 있는 판당이야말로 최고의 명당이라고 말할 수 있을 것이다.

나는 판가에 다가가 지금으로부터 700여 년 전에 만들어진 대장경을 손으로 어루만져 보았다. 온 나라가 몽고군에 의해 짓밟히고 있을 때에도 사람들은 지극 정성으로 자작나무인 백화목을 벌채하여 3년 동안이나 바닷물 속에 담갔다가 꺼내 조각을 만들고 다시 소금물에 삶은 후 그늘에서 말려 대패질을 하고 그 위에 경문을 붓으로 쓰고 글씨를 한 자 한 자 새겨나갔다. 한 자를 새길 때마다 염불을 하고, 한 자를 새길 때마다 오체투지하여 부처께 경배를 올렸다고 전해지고 있다. 그렇게 해서 고려 왕조는 총 8만 장이 넘는 대장경을 조조하였다.

그것을 만든 사람들은 모두 어디로 갔는가.

그것을 만든 왕국은 어디에 있는가.

사람들은 모두 죽어 흙으로 돌아갔으며 왕조는 멸망해 사라져 버렸다.

불교에 의해 흥하고, 불교에 의해 멸망한 왕국 고려.

나는 아무렇게나 한 장의 대장경 경판을 빼내 보았다. 가로 70cm, 세로 26cm, 두께 3cm 정도의 경판은 몹시 무거웠으며 경판에는 경문이 촘촘히 각인되어 있었다.

이 경문들은 모두 부처가 생전에 남긴 말들이다. 이 두 개의 건물에 가득 찬 8만의 대장경들은 모두 부처가 살아 생전에 남긴 육성들이다. 이 말들은 모두 어리석은 인간들을 깨우치기 위한 사무친 애정에서 설법한 부처의 법문들이다. 그가 토한 사자후들이 이 경판에 한 자 한 자 새겨져 있는 것이다.

이 많은 말들, 8만의 대장경을 가득 채울 만한 육성을 남기고 나서도 어찌하여 부처는 숨을 거둘 때 다음과 같이 말하였던가.

'나는 일찍이 한마디도 말한 바가 없다(不曾說一字).'

어찌하여 부처는 이 8만대장경을 가득 채울 만큼의 말을 하였으면서도 그 말이 진리를 나타내는 데에는 아무런 소용이 없어 한마디에도 미치지 못한다고 말하고 있는 것인가.

자신이 토해 낸 8만대장경의 말들을 모두 부인한 부처의 말이 사실이라면 고려의 사람들은 실로 어리석은 일을 한 것이다. 부처 자신이 인정하지 않은 말(說)을 경판 위에 새겼을 뿐 부처가 진심으로 보여주고 싶어했던 마음은 경판 위에 새기지 못하고 있었던 것이다.

부처는 구시나라에서 입멸하기 직전에 자신이 총애하던 시자 아난다로 하여금 모든 사람들에게 오늘밤 안으로 여래가 입멸하는 것을 알리도록 하고 최후의 작별 인사를 나누도록 허락한다.

이때 부처는 사라나무 숲에 모로 누워 있었는데 사람들은 슬피 울면서 숲으로 와서 부처와 작별 인사를 나누었다. 그 사람 중에는 수바드라라는 늙은 수행자가 있었다. 그는 부처가 한밤중에 입멸한다는 소식을 전 해 듣자 부처가 이 세상에 출현하는 일은 아주 드물며 이 기회를 잃어버리면 평생 의문을 풀 수 없다고 생각하고 아난다에게 청했다. 그러나 아난다는 다음과 같이 말하며 세 번을 다 거절하였다.

"친구 수바드라여, 여래를 번거롭게 해서는 안 됩니다. 세존께서는 지쳐 계십니다."

이 말을 들은 부처는 아난다에게 다음과 같이 말하였다.

"아난다야, 수바드라를 막지 말아라. 수바드라는 나를 귀찮게 하는 것이 아니고 알고 싶어하는 것이니 질문을 듣고 대답해 주겠다. 그를 내 곁으로 오도록 하라."

수바드라가 오자 부처는 마지막으로 불교의 핵심 진리 중 하나인 팔정도(八正道)에 대해 설법한다.

부처가 제시한 여덟 가지의 성스러운 길이란, 즉 올바른 견해〔正見〕, 올바른 결의〔正思惟〕, 올바른 말〔正語〕, 올바른 행위(正業), 올바른 생활(正命) 올바른 노력(正精進) 올바른 사념(正念) 올바른 명상(正定)의 8정도를 말함인데 부처는 해탈한 후 제일 먼저 이 교의에 대해 말하였고, 입멸하기 직전에도 이 교의에 대해 설법함으로써 이 8정도야말로 불교의 시작이요 불교의 완성임을 강조하고 있는 것이다.

그리고 나서 부처는 다음과 같이 노래하였다.

"수바드라여, 나는 스물아홉 살 때 착한 길을 찾아 출가하였노라. 수바드라여, 내가 출가한 지 이제 50년이 넘었다. 그러나 나는 바른 법의 일부분을 말하였을 뿐."

부처 자신이 입멸 직전에 노래하였던 대로 스물아홉 살에 '착한 길'을 찾아 출가하여 깨달음을 얻은 뒤 50년 동안 중생을 구제하기 위해 이 두 개의 건물을 가득 채울 만큼의 사자후를 토해 내었으면서도 어찌하여 부처는 '나는 일찍이 한마디도 말한 바가 없다'고 시치미를 떼었으며 어찌하여 부처는 이렇게 노래하였던가.

"나는 바른 법의 일부분을 말하였을 뿐."

나는 손에 들었던 경판을, 뺐던 그 자리에 다시 꽂으면서 생각하였다.

이 8만의 대장경이 부처의 말처럼 바른 법〔正法〕의 일부분에 불과한 것이라면 부처가 보여주려 하였던 바른 법의 전부를 나타내려면 도대체 얼마의 대장경이 따로 필요하단 말인가. 80만의 대장경이 더 필요한 것인가. 아니다, 백만의 대장경이라 할지라도 그것 역시 바른 법의 일부분에 불과할 것이다. 부처가 진실로 가르쳐 주고 싶어하였던 바른 법은 이 이상의 어떠한 말로써도 표현해 낼 수 없을 것이다.

일찍이 노자는 그의 저서《도덕경》제48장(章)에서 다음과 같이 말하고 있다.

'학문을 하면 날로 지식이 더해 가지만 도(道)를 하면 날로 지식이 줄어든다. 이것이 줄고 줄어 마침내 무위에 이른다. 무위가 되면 하지 않은 일도 없게 되는 것이다. 천하를 취함에 있어 항상 무사함으로 하여야 한다. 유사함에 이르면 천하를 취하기에 족하지 못하다(爲學日益 爲道日損 損之又損以至於無爲 無爲而無不爲 取天下常以無事 及其有事 不足以取天下).'

그렇다.

노자의 말처럼 불교를 하나의 학문이나 교(敎)로 본다면 8만의 대장경으로도 부족하고 더 많은 지식〔學〕이 더해 가겠지만 도(道)로 본다면 8만의 대장경은 줄고 줄어 마침내 무(無)로 돌아갈 것이다. 그리하여 이러한 속담이 있지 아니한가.

'백 번 듣느니 한 번 보는 것보다 못하다(百聞之不如一見).'

부처가 입적을 앞두고 저 8만의 대장경을 평생을 두고 자신의 입으로 직접 토해 냈으면서도 '일찍이 한마디도 말한 바가 없다'고 시치미를 뗀 것이나 '극히 바른 법〔正法〕의 일부분을 말했을 뿐'이라고 극단적인 표현을 한 것은 그 어떤 말로도, 그 어떤 표현으로도 실제로 한 번 본〔見〕 것'에는 미치지 못한다는 진리를 깨우쳐 주기 위함이 아닐 것인가.

달마도 그의 어록인 《혈맥론(血脈論)》에서 다음과 같이 말하고 있다.

'누구나 부처를 이루고자 하면 반드시 견성(見性)을 해야 한다. 만약 견성하지 못했으면 염불을 하거나, 경을 외거나, 계(戒)를 지켜도 별로 이익이 없다. 염불을 하면 인과를 얻고, 경을 외면 총명을 얻고, 계를 지키면 천상에 태어나고, 보시를 하면 복된 과보를 얻긴 하여도 부처가 될 수는 없기 때문이다. 자기를 밝게 깨닫지 못했으면 반드시 선지식을 찾아 생사의 근본을 깨달아야 할 것이다. 선지식은 견성한 사람이니 견성하지 못했으면 선지식이라 할 수 없다. 비록 대장경을 설하더라도 견성하지 못하면 역시 생사를 면치 못해 삼계를 윤회하며 괴로움을 벗어날 기약이 없을 것이다. 옛날 선성(善星) 비구는 대장경을 다 외었어도 윤회를 면치 못하였는데 이는 견성하지 못한 까닭이었다. 선성 비구도 그러하였는데 요즘 사람들이 경론(經論)을 서너 권 배워 가지고 불법으로 삼는다는 것은 참으로 어리석은 일이

다. 진실로 자기 마음을 알지 못하면 한가롭게 불서나 외어도 아무런 쓸모가 없는 것이다.'

달마는 이에 덧붙여 다음과 같이 결론적인 표현을 하고 있는 것이다.

'널리 배우고 아는 것이 많으면 오히려 자성이 어두워진다(廣學多智 神識轉暗).'

개방된 창문으로 푸른 달빛이 예각을 그리면서 판전 안으로 스며들어 오고 있었다. 판가(板架)의 진열장을 가득 메운 경판 위로 달빛의 기운이 은은히 스며들어 모든 경문에 은박의 월인(月印)을 찍고 있었다.

〈월인천강지곡(月印千江之曲)〉

일찍이 세종이 지은 노래의 제목처럼 달빛의 인장이 천강(千江) 위에 두루 비치고 있듯 달빛의 인장은 8만대장경의 불경의 바다(海) 위에 두루 도장을 찍고 있음이었다.

나는 간절한 마음으로 달빛이 비치고 있는 대장경의 경판을 어루만지면서 생각하였다.

그렇다면 무엇인가.

달마가 말하였듯이 이 8만의 대장경을 다 외고 그대로 계를 지키고 행한다 해도 얻을 수 없는 그 마음은 무엇인가. 부처가 마음에서 마음으로 전해 주려 하였던 그 부처의 마음은 도대체 무엇을 말함인가.

일찍이 인도 사람 선성 비구는 출가하여 12부경을 모두 독송하고 욕계의 번뇌를 끊었으나 결국 윤회를 면치 못하고 아비지옥에 떨어져 죽었는데, 달마는 바로 그 선성을 비유하여 대장경을 다 외었어도 결국 견성하지 못하면 아무런 소용이 없음을 극명하게 보여주고 있는 것이다.

나는 누구인가.

나는 절박한 마음으로 머리를 판가에 부딪고 피를 토하고 싶었다. 내가 이 자리에 있을 때까지 나는 몇겁의 윤회를 거듭하여 왔는가. 부처의 말이 진리라면 나는 때로는 벌레로, 때로는 나무로, 때로는 짐승으로 윤회하여 이 자리에까지 이르렀을 것이다. 때로는 여인으로 환생하였을지도 모른다. 때로는 하루살이로 태어나 하루만 살다가 죽었을지도 모른다. 그러한 나는 도대체 어디를 향해 생사의 수레바퀴를 굴려 가고 있는 것일까. 800년 전 이 대장경은 완성되었다. 800년의 역사 속에서 나는 어디서 무엇을 하고 있었던 것일까. 우리에게 있어 생은 무엇이며, 죽음은 무엇인가. 이 생과 사의 윤회에서 벗어나 해탈하기 위해서는 내가 무엇을 이루어야만 하는가.

이 8만의 대장경을 붓으로 쓰고, 그것을 일일이 칼로 인각하고, 그것을 마음으로 새기고, 경판을 만들고, 이것을 모두 왼다 하더라도 부처가 그토록 보여주고 싶어하였던 부처의 마음을 보지 못해 부처를 이룰 수 없다면 저 8만의 대장경은 모두 헛된 우상이 아닐 것인가. 그렇다면 저 모든 대장경을 불로 태워 없애야 한다. 저 8만의 대장경을 불을 질러 모두 태워 버려야 한다. 저

것은 8만의 율법이다. 사법(事法)이다. 아아, 선가에서는 다음과 같은 말이 전해 내려오고 있지 않은가.

'도(道)는 마음에 있지 사법에 있지 아니하다. 도는 나에게서 유래하지 너에게서 유래하지 않는다(道在心而不在事法 由我而不由君).'

8만의 사법(事法)이 있다면 8만의 구속이 있는 법.

부처가 가장 사랑했던 제자, 자신의 사촌이었으면서 최후까지 임종을 지켰던 시자 아난다. 자신의 제자 중에서 가장 총명하고 지해(知解)가 뛰어났던 아난다. 부처 사후에 뛰어난 기억력으로 '나는 이렇게 들었노라〔如是我聞〕'로 시작되는 경전들을 구술하여 8만의 대장경을 기록하게 하였던 아난다.

부처가 그 아난다에게 그토록 보여주려 하였던 마음의 실체를 총명한 아난다는 가장 가까운 곳에 있었으면서도 부처가 돌아가시기까지 깨닫지 못하였다. 그리하여 부처는 아난다에게 다음과 같이 타이르곤 하였다.

"아난다야, 너하고 나하고는 저 과거 무수겁 동안 함께 발심하여 성불하려고 공부하였다. 그러나 너는 다만 언어 문자만 따라가 그것만 기억하고 나는 틈만 있으면 선정을 닦았다. 선정을 닦는 것은 밥을 먹는 것이요, 언어 문자를 기억하는 것은 밥 얘기만 하는 것이니 어찌 배가 부를 수 있을 것인가. 언어 문자란 다만 처방전(處方箋)에 지나지 않는다. 거기에 의지하여 약을 지어 먹어야 병이 낫는 것이지 처방전만 열심히 외어 보았자 병은 낫지 않는다. 너는 처방전만 기억하고 있으니 평생 병이 낫지 않는 것이요, 나는 약방문(藥方文)에 의지해 약을 먹었기 때문에 마침내 부처를 이룰 수 있었던 것이다."

그리고 나서 부처는 아난다에게 다음과 같은 충정 어린 충고를 내리는 것이었다.

"아난다야, 네가 비록 억천만겁토록 여래의 묘장법문(妙藏法門)을 기억한다고 하더라도 단 하루 동안 선정(禪定)을 닦느니만 못하느니라."

아난다는 우리 인간의 지식을 대표한다. 8만의 대장경을 윌 수 있을 만큼의 총명은 우리 중생의 학식을 대표한다. 이 아난다를 깨우쳐 주려고 노력한 부처의 법문은 마치 지혜가 아닌 지식에만 매달려 있는 우리의 무지(無知)를 깨우쳐 주려는 노력과 일치한다.

《수능엄경(首楞嚴經)》이란 불경은 부처와 아난다 간에 이루어진 대화를 기록한 경전이다. 이 경전은 부처와 아난다 간에 이루어진 절묘한 이중창(二重唱)을 보는 것과 같다.

이 법문의 핵심은 사물을 눈(眼)으로 본다는 아난다에게 눈은 다만 대상을 비출 뿐 보는 것은 마음이라는 진리를 깨닫게 하려는 부처의 의지로 가득 차 있다.

'눈으로 본다'는 아난다와 '마음으로 본다'는 부처의 대화야말로 부처가 그토록 보여주려 하였던 8만의 대장경으로도 표현할 수 없었던 바른 법〔正法〕이 아닐 것인가.

부처는 팔을 들어 다섯 손가락을 구부리고 아난다에게 말씀하셨다.

"네가 이것을 보느냐."

아난다가 대답하였다.

"봅니다."

"무엇으로 보느냐."

"부처님께서 팔을 들고 손가락을 구부려 주먹을 쥐고 있는 모습이 제 마음과 눈에 비쳤습니다."

부처가 다시 물으셨다.

"네가 무엇으로 보았느냐."

아난다가 대답하였다.

"저와 대중들은 모두 눈으로 보았습니다."

"네가 지금 대답하기를 '손가락을 구부려 쥔 주먹이 마음과 눈에 비친다' 하니 네 눈은 알겠지만 무엇을 마음이라 하여 내 주먹이 비침을 받느냐."

"부처님께서 지금 마음 있는 곳을 물으시니 제가 지금 마음으로 헤아리고 찾아봅니다. 이렇게 헤아리고 찾아보는 것을 마음이라 합니다."

"아니다, 아난다야. 그것은 네 마음이 아니다."

"이것이 저의 마음이 아니라면 그럼 무엇이겠습니까."

"그것은 대상의 허망한 모양을 생각하여 너의 참마음을 의혹케 하는 것이다. 네가 시작 없는 옛적부터 금생에 이르도록 도둑을 잘못 알아 자식으로 여기고 너의 본래 항상 있는 것을 잃어버린 탓으로 윤회를 받고 있는 것이다."

아난다가 말하였다.

"부처님, 저는 마음으로 부처님을 공경하여 출가하였으니 제 마음이 어찌 부처님 한 분만 공경하겠습니까. 많은 국토를 다니면서 여러 부처님과 선지식을 섬기며 용맹심을 내어 모든 어려운 법을 행하는 것도 이 마음으로 할 것이며, 또 법을 비방하고 선근(善根)에서 영원히 물러나는 것도 역시 이 마음으로 할 것입니다. 만일 이것이 마음이 아니라면 저는 마음이 없어 흙이나 나무토막과 같을 것이며 이렇게 깨닫고, 알고 하는 것을 떠나서는 다른 것이 없습니다. 그런데 어찌하여 부처님께서는 마음이 아니라 하십니까."

이때 부처는 아난다의 머리를 다정히 쓰다듬으면서 말씀하셨다.

"내가 항상 말하기를 모든 법은 마음에서 나타나는 것이며 인과(因果)와 세계의 티끌까지도 마음으로 인해 그 자체가 된다고 하였다. 모든 세계의 온갖 것 중에 풀과 나뭇잎과 실오라기까지도 그 근원을 따지면 모두 그 자체의 성질이 있고, 허공까지도 이름과 모양이 있는데 어째서 청정하고 미묘하고 밝은 참마음이 자체가 없겠느냐. 만일 네가 분별하고 생각하여 분명하게 아는 것을 고집하여 마음이라 한다면 이 마음이 물질, 냄새, 맛, 감촉의 모든 객관적인 감관을 떠나 따로 완전한 성품이 있어야 할 것이다. 네가 지금 내 법문을 듣는 것은 소리로 인해 분별하는 것이다. 보고, 듣고, 깨닫고, 아는 것을 없애고 속으로 무엇을 느낀다 하더라도 그것은 이미 경험했던 사실을 분별하는 것에 지나지 않는 것이다. 네가 속으로 잘 생각해 보아라. 만일 대상의 세계를 떠나 분별하는 성품이 있다면 그것은 참으로 네 마음이다. 분별하는 성품이 대상을 떠나 그 자체의 성질이 없다면 이는 대상을 분별하는 그림자일 뿐이다. 대상은 항상 있는 것이 아니다. 변하고 없어질 때에는 거북이의 털이나 토끼의 뿔처럼 마음도 없어지고 열릴 것이다. 그렇다면 네 법신(法身)이 없어지는 것과 같으니 무엇이 생멸 없는 깨달음을 증득(證得)하겠느냐."

이때 아난다와 대중들은 무엇을 잊어버린 듯 말이 없었다. 부처가 다시 말씀하셨다.

"수행하는 사람들이 도를 이루지 못하는 것은 모두 이 생사의 망상에 집착하여 진실한 것인 줄로 잘못 알기 때문이다. 그러므로 너는 많이 듣기만 했지 성과(聖果)를 이루지는 못하였다."

아난다는 이 말을 듣고 다시 부처님께 여쭈었다.

"제가 부처님을 따라 출가한 뒤로는 부처님의 위신력(威神力)만 믿고 애써 닦지 않아도 부처님께서 삼매(三昧)를 얻게 하여 주리라 생각했습니다. 몸과 마음은 본래 대신할 수 없는 줄을 알지 못하여 제 본심을 잃었으니 몸은 비록 출가하였으나 마음은 도에 들어가지 못한 것이 마치 가난한 아들이 아버지를 버리고 달아난 것과 같습니다. 아무리 많이 듣는다 할지라도 몸소 수행하지 않으면 소용이 없다는 것을 알았습니다. 음식 이야기를 아무리 늘어놓아도 배부르지 않는 것과 같습니다. 부처님, 저희들이 지금 두 가지 삼매에 얽힌 것은 항상 고요한 참마음을 알지 못한 탓입니다. 바라건대 부처님께오서는 불쌍히 여기시어 미묘하고 밝은 참마음을 밝혀 저의 눈을 열어 주십시오."

부처께서는 자리를 고쳐 앉으시며 말씀하셨다.

"너를 위해 큰 법회를 열어 일체중생들이 미묘하고 비밀한 성품과, 깨끗하고 밝은 마음과, 청정한 눈을 얻게 하겠다. 네가 아까 대답하기를 주먹을 본다고 하였으니 그 주먹의 광명이 어디에 있으며, 어떻게 주먹이 되었으며, 무엇으로 보았느냐."

아난다가 대답하였다.

"부처님의 전신은 금빛이고 보배산과 같이 빛나므로 광명이 있습니다. 그리고 그 광명을 눈으로 보았고 다섯 손가락을 구부려 쥐었으므로 주먹이 되었습니다."

부처가 아난다에게 말씀하셨다.

"지혜 있는 사람은 비유만으로 안다. 내 손이 없으면 주먹을 쥘 수 없듯이 네 눈이 없으면 너는 볼 수 없을 것이다. 그러니 네 눈을 내 주먹에 견준다면 이치가 같겠느냐."

아난다가 대답하였다.

"그렇습니다. 제 눈이 없으면 저는 볼 수 없습니다. 제 눈을 부처님의 주먹에 견준다면 이치가 같겠습니다."

부처가 다시 아난다에게 말씀하셨다.

"네가 같다고 말했지만 이치는 그렇지 않다. 손이 없는 사람은 주먹을 이룰 수 없다. 그러나 눈 없는 사람이 전혀 보지 못하는 것은 아니다. 한길에 나아가 소경들에게 무엇이 보이는지 물어보아라. 어두운 것만 보이고 다른 것은 아무것도 보이지 않는다고 할 것이다. 이렇게 생각하면 대상이 어두울 뿐이지 보는 것이야 무슨 다름이 있겠느냐."

다시 아난다가 부처께 물었다.

“소경들이 어두운 것만 보는 것을 어떻게 본다고 하겠습니까.”

부처가 다시 아난다에게 말씀하셨다.

“소경들이 어둠만 보는 것과 눈밝은 사람이 어두운 방에 있는 것과 그 어둠이 같겠느냐 다르겠느냐.”

“어두운 방에 있는 사람과 저 소경들의 캄캄함은 다르지 않습니다.”

그러자 부처가 아난다에게 말씀하셨다.

“아난다야, 만일 눈먼 사람이 앞이 캄캄하다가 문득 눈을 뜨면 여러 가지 형체를 보게 된다. 이때 눈이 보는 것이라면 저 어두운 방 속에 있는 사람이 캄캄한 것만 보다가 문득 등불을 켜면 역시 앞에 나타난 갖가지 형체를 볼 것이다. 이것을 등불이 본다고 하겠느냐. 등불이 보는 것이라면 등불이라고 할 수 없으며, 또 등불이 본다면 네게는 아무 관계도 없을 것이다. 그러므로 등은 형체를 나타낼 뿐 보는 것은 눈이요, 등이 아님을 알아라. 눈은 다만 대상을 비출 뿐 보는 성품은 마음이니라.”

《능엄경》의 원명은 《대불정여래밀인수증요의제보살만행수능엄경(大佛頂如來密因修證了義諸菩薩萬行首楞嚴經)》이라 불리고 있는데 그 핵심적인 교의(敎義)는 이 두 대화에 모두 나타나 있다. 부처가 직접 사랑하는 제자인 아난다에게 ‘머리를 쓰다듬는’ 깊은 애정을 보이면서 참마음에 대해 설법한 이 내용은 부처의 입으로 직접 선법(禪法)의 요의(要義)를 설명한 것이라 하여 예부터 선가에서는 귀중한 경전으로 전해져 내려오고 있는 것이다.

부처와 아난다가 나눈 대화의 요지(要旨)는 다음과 같다. 여기에서 부처를 깨달은 자라고 부른다면 아난다는 어리석은 우리들 중생을 대표하고 있다.

부처는 아난다에게 다섯 손가락을 구부려 이 주먹을 무엇으로 보느냐고 물었으며 아난다는 이를 '눈으로 본다'고 대답하였다. 이에 부처는 '눈은 다만 대상을 비추는 감각기관일 뿐 눈으로 보는 것이 아니라 마음으로 본다'고 설명해 주고 있는 것이다.

이를 설명하기 위해 부처는 소경의 예를 들어 나타내 보이고 있는 것이다.

그리하여 부처는 다음과 같은 내용의 설법을 하고 있는 것이다.

"우리들 인간에게는 두 가지의 마음이 있다. 하나는 시작 없는 옛적부터 인간의 마음속에 들어 있는 미묘하고 밝은 참마음이다. 그런데 부모가 태어나기 전부터, 천지가 창조되기 전부터 있어 왔던 이 참마음을 인간들은 어리석어 깨닫지 못하고 보고, 듣고, 깨닫고, 느끼고, 경험하고, 분별하는 망상만을 마음으로 느끼며 이에 집착함으로써 윤회에서 벗어나지 못하고 생사의 수레바퀴에서 반연하고 있는 것이다."

아난다가 알고 있는 마음은 다만 생각에 지나지 않는다. 아난다는 생각을 참마음으로 착각하고 있는 것이다. 생각이란 그때그때 대상과의 인연에 따라 떠오르는 인식에 지나지 않는다. 이 생각은 수많은 억겁에서 이루어진 티끌에 지나지 않는다.

생각은 생각을 낳고 망상을 낳으며, 환상을 낳고, 집착을 낳고, 욕망을 낳는다. 생각은 본능과 밀접해 있어 탐욕과 분노와 어리석음의 심연으로 이끄는 미끼와도 같다. 인간의 마음속에는 수억만 개의 생각이 들어 있다. 생각은 그 사람이 살아온 전생의 인연에서 비롯된 파편들이다. 한 마음의 증오도 결코 그대로 사라지는 법이 없다. 한 마음의 증오도 그대로 사라지지 않고 수천 개의 파편으로 폭발하여 그 사람의 마음속에서 생각을 이룬다. 한 마음의 자비심도 사라지는 법이 없다. 한 마음의 자비심도 그대로 사라지지 않고 수천 개의 파편으로 폭발하여 그 사람의 마음속에서 생각을 이룬다.

그리하여 그 사람의 생각이 그 사람의 성격을 좌우한다. 어떠한 생각에 집착해 있는가가 그 사람이 무엇을 생각하며, 어떠한 성품을 가지고 있는가를 결정한다.

결국 인간의 성품이 그 사람의 금생(今生)의 운명을 좌우한다.

인간들의 마음속에 들어 있는 수억만 개의 셀 수 없는 생각들은 모두 하나의 가시〔莿〕들이다. 이 가시들 끝에는 독(毒)들이 발라져 있다. 그래서 아주 하찮은 생각이라도 그것이 우리 마음에 내리박히면 그 생각은 상상으로 전염되고, 호기심으로 발전되고, 환상으로 나아가 마침내 살생까지 초래한다. 모든 생각은 삼독(三毒)으로 이끄는 전염병의 원균(原菌)들이다.

삼독은 탐욕(貪慾), 분노〔瞋〕, 어리석음〔癡〕을 말함인데 이 삼독이야말로 우리들 인간을 윤회시키는 근본 원인이다. 그래서 불경에서는 다음과 같이 말하고 있다.

'삼독이 삼계의 온갖 번뇌를 포섭하고 온갖 번뇌가 중생을 해치는 것이 마치 독사, 독룡(毒龍)과 같다.'

결국 이 탐욕과 분노와 어리석음이 우리를 죽음에 이르게 한다. 죽어도 사라지지 아니하고 종자(種子)를 이룬다. 그리하여 생각들은 이들이 퍼뜨린 씨앗이 되어 민들레처럼 우리들의 마음속으로 날아다닌다.

날아다니는 생각들이 대상과 부딪치면 마치 부싯돌처럼 불을 일군다. 감각의 인식이 부싯돌처럼 불꽃의 씨앗을 일궈내면 이 방화(放火)된 불은 점점 생각에서 생각으로, 망상으로, 환상으로, 상상으로 발전되어 나가 이윽고 걷잡을 수 없는 화택(火宅)을 이룬다.

이 생각의 질량(質量)들이 결국 그 사람만이 가진 독특한 개성과 독창적인 성격을 이룬다.

증오의 생각으로 가득 찬 사람은 증오의 생각으로 가득 찬 성격을 이룬다. 탐욕의 생각으로 가득 찬 사람은 탐욕의 생각으로 가득 찬 성격을 이룬다. 잔인한 생각으로 가득 찬 사람은 잔인한 생각으로 가득 찬 성격을 이룬다. 자비의 생각으로 가득 찬 사람은 자비의 생각으로 가득 찬 성격을 이룬다. 정직의 생각으로 가득 찬 사람은 정직의 생각으로 가득 찬 성격을 이룬다.

악한 생각은 악한 성격을 이루고, 선한 생각은 선한 성격을 이룬다.

성격이 곧 그 사람의 '나'가 된다.

그러므로 그 사람의 '나'는 그 사람의 '자기(自己)'는 아니다. 그것은 그 사람의 생각으로 뭉쳐놓은 눈사람과 같은 거짓 인간이다.

'나'는 우리 모든 인간들이 가진 무서운 우상(偶像)이다. 이 '나'는 우리들을 지배한다. 나는 나를 지배하고, 나를 노예화한다. 나에게 끊임없는 고정관념과 이기주의와 독선과 허영과 찬탄을 요구한다. 이들은 쾌락을 요구하며 물질과 과학이라는 이름의 기술을 우리에게 요구한다.

'나'를 버릴 때 비로소 우리의 참마음이 드러난다. 마치 생각으로 뭉쳐진 검은 구름이 없어지면 나타나는 마음의 달(心月)과 같다.

나를 버린다는 것은 결국 억겁으로 형성된 나를 이루고 있는 생각들을 모두 소멸시키는 것이다. 이 생각들을 소멸시키지 않으면 결코 나를 버릴 수 없게 된다.

이 생각들을 버려야만 무념(無念)이 되고, 이 생각들을 버려 무상(無相)이 되는 일을 이름하여 무위(無爲)라고 부른다. 우리가 가진 백팔의 번뇌(煩惱)를 없애기 위해서는 결국 '나'와 나를 이루는 생각들을 버리고 무념처(無念處)를 찾아 '길 없는 길'을 떠나지 않으면 안 될 것이다.

'나'를 버려야만 비로소 참마음인 '자기'가 드러난다. 많이 버리면 버릴수록 많이 얻는다. 가장 소중하다고 생각하는 것을 버릴 때 비로소 소중한 것을 얻는다. 완전히 나를 포기하면 완전한 자성이 드러난다.

부처는《사유경(蛇喩經)》에서 '나'에 대해 다음과 같이 설법하고 있다.

어떤 제자가 부처에게 다음과 같이 물었다.

"부처님, 우리들은 마음속의 어떠한 것으로 인해 바른 생각을 잃고 두려움에 떨고 있는 것입니까."

그러자 부처는 대답하였다.

"그렇다. 이 세상에 영원히 존재하는 것은 없다. 그러므로 실체도 없는 '나'에 집착하면 항상 근심과 고통이 생기는 법이다. 내가 있다면 내 것이 있을 것이고, 내 것이 있다면 내가 있을 것이다. 그러나 나와 내 것은 그 어디서도 찾을 수 없다. 그러므로 이 세계와 내가 영원히 변하지 않고 존재한다는 생각은 어리석은 소견이다. 이 가르침을 안 제자들은 이와 같이 보고 이와 같이 들어서 물질과 분별을 싫어하고, 욕망을 버리고 해탈하는 것이다. 이러한 사람을 가리켜 장애를 벗어난 자, 장애를 부순 자, 번뇌의 기둥을 빼어 버린 자, 걸림이 없는 자, 무거운 짐을 내려놓은 자, 속박을 벗어난 성자(聖者)라고 부른다.

이와 같이 말하는 나를, 어떠한 사문이나 바라문들은 '저 사문 고타마는 사람의 몸과 마음이 없어져 버린다고 가르치는 자다'라고 비난할지 모른다. 그러나 나는 그와 같이 말하지는 않았다. 나는 이전이나 지금이나 항상 현재의 고뇌를 말하고 그 고뇌를 끊어 없애는 법을 가르치고 있었다.

아무리 남들이 비난하고 욕을 하더라도 나는 조금도 마음을 쓰거나 원한을 품지 않는다. 또 누가 칭찬하고 공경할지라도 나는 조금도 기뻐하거나 우쭐거리지 않는다. 비난하거나 칭찬하거나 나는 '그들이 내게 이렇게 하는 것을 이전부터 알고 있었다'고 생각할 따름이다.

그러므로 너희들은 너희 것이 아닌 것은 모두 버려라. 그것을 버리면 너희들은 영원히 평안을 누릴 것이다. 너희들의 것이 아닌 것이 무엇인가. 물질은 너희들의 것이 아니다. 그 물질을 버려라. 감각은 너희들의 것이 아니다. 그 감각을 버려라. 생각은 너희들의 것이 아니다. 그 생각을 버려라. 의지작용(意志作用)은 너희들의 것이 아니다. 그 의지작용을 버려라. 의식은 너희들의 것이 아니다. 그 의식을 버려라."

그리고 나서 부처는 물어온 제자에게 비유하여 말하였다.

"어떤 사람이 우리가 앉아 있는 이 숲속에 와서 풀과 나뭇가지들을 날라다 불사른다고 하자. 너희들은 이때 그가 우리 물건을 날라다 마음대로 불을 사른다고 생각하겠느냐."

이때 제자가 대답하였다.

"그렇지 않습니다. 그 풀과 나뭇가지들은 내 것도 아니고 '나'도 아니기 때문입니다."

그러자 부처는 다음과 같은 말로 결론을 맺고 있는 것이다.

"그렇다. 나도 아니고 내 것도 아니고 너희들의 것이 아닌 모든 것들을 버려라. 그것을 버리면 너희들은 영원한 기쁨을 누릴 것이다."

3

나는 목판경 위에 손을 얹고 깊은 상념에 잠겨 있었다. 부처의 말 한마디가 내 가슴에 비수처럼 꽂혀왔다.

"나와 내 것을 모두 버려라 그러면 너희들은 영원한 기쁨을 누릴 것이다."

열려 있는 문틈으로 달빛이 더욱더 많은 광량(光量)으로 스며들어 오고 있었다. 그래서 불 한 점 밝혀져 있지 않은 장경각 안은 불경에서 부처의 몸을 보배산의 금빛으로 표현하고 있듯이 은은히 밝아오고 있었다.

그렇다.

나는 중얼거리며 말하였다.

나는 부처의 말처럼 무거운 짐을 진 어리석은 중생이다. 생각이 많고 아는 것이 많은 사람은 그만큼 많은 짐을 진 사람이다. 이 무거운 짐을 내려놓아야 내가 영원한 기쁨을 누릴 것이다.

'무거운 짐.' 그것이야말로 '나'다.

그 무거운 짐을 벗어 버리기 위해 나는 무엇을 이루어야만 하는가. 이 8만의 대장경으로도 표현하지 못하였던 참마음을 나는 어떻게 이루어야 할 것인가.

이때였다.

멀리서 정적을 깨뜨리는 발자국 소리가 들려왔다. 장경각에 이르는 보안문(普眼門)을 들어서는 사람의 발자국 소리였다. 바늘 떨어지는 소리까지 들릴 만큼 사위가 조용하였으므로 나는 계단을 걸어오는 소리와 보안문을 건너 판당으로 다가오는 발자국 소리를 똑똑히 들을 수가 있었다.

그제야 나는 퍼뜩 정신이 들었다.

나는 이곳까지 안내해 잠시 장경각 안에 머무를 수 있도록 특별 허가를 해주었던 원성 스님이 다시 나를 찾아오고 있는 것이라고 생각했다. 너무나 깊은 상념에 잠겨 있었으므로 그 잠시의 짧은 시간이 내게는 억겁의 시간으로 느껴지고 있을 정도였다.

발자국 소리는 장경각 안으로 이어지고 있었다.

"강 교수님."

내가 서 있는 자리가 가장 구석진 곳이었으므로 있는 곳을 알 수 없는 원성 스님은 판당 안으로 들어서면서 소리 내어 나를 불렀다.

"어디 계십니까, 강 교수님."

"여기 있습니다, 스님."

내가 대답하자 스님은 판가 사이의 좁은 통로를 따라 내가 있는 곳으로 걸어오기 시작하였다.

"여기에서 무엇을 하고 계셨습니까."

스님은 나를 보자 두 손을 모아 합장하며 말하였다.

"이것저것을 생각하고 있었습니다, 스님."

"그렇습니까. 춥지는 않으셨던가요."

밖은 엄동설한이었다.

밤새도록 내린 눈이 그대로 쌓여 있었고 그 위로 살을 에일 것 같은 삭풍이 몰아치고 있었다. 그런데도 이상하게도 장경각 안은 추위를 느끼지 못할 만큼 훈훈하였다. 통풍이 잘되라고 곳곳에 환기창이 설치되어 있었고 그를 통해 쉴 새 없이 바람이 새어 들어 오고 있었지만 추위는 느끼지 못하고 있었던 것이다.

"아니오."

나는 대답하였다.

"이상하게도 춥지는 않았습니다."

"그러셨지요. 이 관당 안은 한여름에는 냉장고보다 시원합니다. 또한 한겨울에는 난방장치를 한 실내만큼 훈훈하지요. 참으로 불가사의한 일입니다."

스님은 느릿느릿한 소리로 말하였다.

"요사채로 돌아가시지요. 강 교수님이 부탁하셨던 경허 스님의 친필을 구경하실 수 있을 것입니다."

한낮에 볼 수도 있었는데 이처럼 늦은 밤에 볼 수 있게 된 것은 그러한 보물들을 보관하고 있는 창고의 열쇠를 가진 스님이 마침 출타 중이어서 밤이 되어서야 돌아왔기 때문이었다.

경허는 해인사에서 수선사(修禪社)를 창건하고 자기가 왜 해인사를 찾아왔던가를 다음과 같이 표현하고 있다.

'나는 원래 산수에 노닐기를 좋아하는 사람이다. 신선이 몸을 해탈하고 조사가 큰 가람을 창건하였다 하니 명부와 현세의 왕이 큰 원력(願力)을 발하여 대장경판을 조성한 곳이 바로 이곳 합천 가야산 해인사라. 그런데 아직 얻어 놀지 못함을 유감으로 생각하던 차에 결연히 기해년(己亥年 : 1899) 가을에 대장경을 열람하고 그 집을 둘러보고 홍류동에 들러 신선의 신령스런 발자취를 더듬어 가슴을 텅 비우고 내 몸까지 잊었노라.'

경허는 바로 내가 서 있는 자리 이곳에서 대장경을 열람하고 홍류동에 들러 신선이 된 최치원의 신령스런 발자취를 더듬어 가슴을 텅 비우고 자신의 몸까지 잊어버린 것이다.

경허가 직접 기록한 이 내용으로 보아도 그가 해인사를 찾아온 목적은 분명해지는 것이다. 경허는 대장경을 열람하고 옛 신선들의 발자취를 더듬기 위해 스스로 해인사로 내려온 것이었다.

"경허 스님처럼 이곳에서 가슴을 텅 비우고 자신의 몸까지 잊어 보셨습니까."

한낮에 둘이 나눴던 경허의 대화를 기억해 두었다 인용하면서 원성 스님이 내게 웃으며 말하였다.

"아닙니다, 스님."

나는 진지하게 대답하였다.

"이 장경각 안에서 미혹만 더해졌습니다, 스님."

"미혹이라니요."

스님은 내게 찔러 물었다.

"이 8만의 대장경으로도 표현하지 못하였던 '부처의 마음'이 과연 무엇일까. 그것이 절실하게 다가왔습니다. 스님께서는 그 마음을 보셨습니까."

"아직 못 보았습니다."

스님은 미소를 띤 얼굴로 말하였다.

"내가 만일 보았다면 이미 부처를 이루었겠지요. 그 마음을 보기 위해 노력은 하고 있습니다. 그 마음을 보는 것이 내 삶의 목표입니다."

창을 통해 흘러 들어온 달빛이 스님의 바짝 깎은 머리 위에서 하얗게 빛나고 있었다.

"사람들은 각자 목표하는 바가 있습니다. 어떤 사람은 유명해지기 위해, 어떤 사람은 부자가 되기 위해, 어떤 사람은 권력을 잡기 위해 인생을 살아갑니다. 하지만 저는 부처의 마음을 보기 위해서 이렇게 머리를 깎고 까까중이 되었습니다."

"그것이야말로 가장 중요한 '인간에의 길'이 아닐까요."

내가 대답하자 스님은 잠시 머뭇거리다 말을 하였다.

"갓 입산하여 풋중이었을 때 저는 이 해인사에서 행자생활을 했습니다. 그러던 어느 날 느닷없이 내가 가고 있는 이 길이 과연 옳은 길인가 하는 회의가 들었습니다. 그래서 참으로 많이 번민하였습니다. 다시 산을 내려가 환속할 것인가, 아니면 그대로 자살하여 죽어 버릴까고도 생각하였습니다. 그때 한 스님이 저를 이 장경각 안으로 끌고 들어와 그중의 한 경판을 꺼내들고 그 경판에 새겨진 경전을 읽어 주었습니다. 그 경전을 들은 후 저는 다시금 마음을 다잡았습니다. 지금도 저는 가끔 이 안에 들어와 그 경판을 찾아 들고 그 불경을 마음으로 새기곤 합니다."

"그 경판은 어디에 있습니까."

"이리로 오십시오."

원성 스님은 조용히 나를 이끌었다. 우리는 어둡고 좁은 통로를 가로질러 반대편의 구석진 자리로 걸어갔다. 자신의 말대로 간혹 마음속으로 갈등을 느낄 때면 찾아와 자신만이 아는 자리에 꽂혀 있는 장경을 찾아 들고 그 위에 새겨진 700년 전의 불경을 한 자 한 자 손가락으로 짚어내리면서 이를 마음으로 새기곤 하였는지 어두운 밤이었는데도 그는 조금의 망설임도 없었다.

그는 판가에서 단번에 경판 하나를 꺼내들었다.

"이 경전은 대보적경(大寶積經)이라 합니다. 대승경전 49부를 모은 일대 보고로서 그 원전은 서유기의 주인공인 현장(玄奘)이 인도에서 가져온 것이지요. 주로 부처님께서 자신의 으뜸 제자인 가섭(迦葉)에게 설법하신 내용을 집대성한 것인데 자신의 마음을 이심전심으로 전한 가섭에게 바로 그 마음에 대해 설법하신 것입니다. 가섭은 바로 이러한 설법을 통해 부처의 마음을 이 세상에서 가장 먼저 깨달아 최초의 으뜸 제자가 되었습니다. 이 유명한 설법에는 강 교수님이 조금 전에 말씀하셨던 대로 부처가 그토록 보여주고 싶어하셨던 부처의 마음에 대한 정의가 들어 있습니다."

"그 경전을 제게 번역하여 주실 수 있겠습니까."

나는 원성 스님에게 부탁하여 말하였다.

"제가 무지하지만 원하셨으니 아는 대로 말하여 보겠습니다."

원성 스님은 경판에 새겨진 한자어를 하나하나 짚어내리면서 말하였다.

"애욕에 물들고 분노에 떨고 어리석음으로 아득하게 되는 것은 어떤 마음인가. 과거인가, 미래인가, 현재인가. 과거의 마음이라면 그것은 이미 사라진 것이다. 미래의 마음이라면 아직 오지 않은 것이고, 현재의 마음이라면 머무르는 일이 없다.

마음은 안에 있는 것도 아니고 밖에 있는 것도 아니며 또한 다른 곳에 있는 것도 아니다. 마음은 형체가 없어 눈으로 볼 수도 없고 만질 수도 없고 나타나지도 않고 인식할 수도 없고 이름 붙일 수도 없는 것이다. 마음은 어떠한 여래도 일찍이 본 일이 없고 지금도 보지 못하고 장차도 볼 수 없을 것이다. 그와 같은 마음이라면 그 작용은 어떤 것일까.

마음은 환상과 같아 허망한 분별에 의해 여러 가지 형태로 나타난다. 마음은 바람과 같아 멀리 가고 붙잡히지 않으며 모양이 보이지 않는다. 마음은 흐르는 강물과 같아 멈추는 일 없이 나자마자 곧 사라진다. 마음은 등불의 꽃과 같아 인(因)이 있어 연(緣)이 닿으면 불이 붙어 비춘다. 마음은 번개와 같아 잠시도 머무르지 않고 순간에 소멸한다. 마음은 허공과 같아 뜻밖의 연기로 더럽혀진다. 마음은 원숭이와 같아 잠시도 그대로 있지 못하고 여러 가지로 움직인다. 마음은 화가와 같아 여러 가지 모양을 나타낸다. 마음은 한 곳에 머무르지 않고 서로 다른 의혹을 불러일으킨다. 마음은 혼자서 간다. 두 번째 마음이 결합되어 함께 있는 것은 아니다. 마음은 왕과 같아 모든 것을 통솔한다. 마음은 원수와 같아 온갖 고뇌를 불러일으킨다. 마음은 모래로 쌓아올린 집과 같다. 무상한 것을 영원한 것으로 생각한다. 마음은 쉬파리와 같아 더러운 것을 깨끗한 것으로 생각한다. 마음은 낚시 바늘과 같아 괴로움인 것을 즐거움으로 생각한다. 마음은 적과 같아 항상 약점을 기뻐하며 노리고 있다."

원성 스님은 새겨 읽던 경전이 그곳에서 끝났는지 있던 자리에 꽂고 나서 그 다음 경판을 꺼내들었다.

원성 스님은 막힌 데 없이 손가락으로 짚어 가면서 다음 경전을 번역해 내리기 시작하였다.

"마음은 존경에 의해 혹은 분노에 의해 흔들리면서 교만해지기도 하고 비굴해지기도 한다. 마음은 도둑과 같아 모든 선근(善根)을 훔쳐간다. 마음은 불에 뛰어든 부나비처럼 아름다운 빛깔을 좋아한다. 마음은 싸움터의 북처럼 소리를 좋아한다. 마음은 썩은 시체의 냄새를 탐하는 멧돼지처럼 타락의 냄새를 좋아한다. 마음은 음식을 보고 침을 흘리는 종처럼 맛을 좋아한다. 마음은 기름 접시에 달라붙는 파리처럼 감촉을 좋아한다.

이와 같이 남김없이 관찰해도 마음의 정체는 알 수가 없다. 즉 찾을 수 없는 것이다. 얻을 수 없는 그것은 과거에도 없고 미래에도 없고 현재에도 없다. 과거나 미래나 현재에 없는 것은 삼세(三世)를 초월해 있다. 삼세를 초월한 것은 유(有)도 아니고 무(無)도 아니다. 유도 아니고 무도 아닌 것은 생기는 일이 없다. 생기는 일이 없는 것에는 그 자성(自性)이 없다. 자성이 없는 것에는 일어나는 일이 없다. 일어나는 일이 없는 것에는 사라지는 일이 없다. 사라지는 일이 없는 것에는 지나가 버리는 일이 없다. 지나가 버리지 않는다면 거기에는 가는 일도 없고 오는 일도 없다. 죽는 일도 없고 태어나는 일도 없다. 가고 오고 죽고 나는 일이 없는 것에는 어떠한 인과의 생성도 없다. 인과의 생성이 없는 것은 변화와 작위가 없는 무위(無爲)다. 그것은 성인들이 지니고 있는 타고난 본성인 것이다."

잠시 원성 스님은 입을 다물었다. 그는 나를 돌아보면서 말하였다.

"이제까지 부처님께서는 우리들이 흔히 마음이라고 믿고 있는, 생각으로 이루어진 거짓마음에 대해 설법하셨습니다. 이제부터 부처님께서는 인간의 마음속에 누구나 들어 있는 본성, 즉 '부처의 참마음'에 대해 설법하고 계십니다."

원성 스님은 잠시 끊었던 경전의 번역을 이어내리기 시작하였다.

"그 타고난 본성은 허공이 어디에 있건 평등하듯이 누구에게나 평등하다. 타고난 본성은 모든 존재가 마침내는 하나의 본질이라는 점에서 차별이 없는 것이다. 그 본성은 몸이라든가 마음이라는 차별에서 아주 떠나 있으므로 한적하여 열반의 길로 향해 있다. 그 본성은 어떠한 번뇌로도 더럽힐 수 없으므로 무구하다. 그 본성은 자기가 무엇을 한다는 집착, 자기 것이라는 집착이 없어졌기 때문에 내 것이 아니다."

원성 스님은 다시 새겨 읽던 경판을 있던 자리에 꽂고 나서 다음번 경전을 꺼내 번역하기 시작하였다.

"마음의 본성은 진실한 것도 아니고 진실하지 않은 것도 아니다. 결국은 어디에도 치우치지 않는 점에서 평등하다. 그 본성은 '가장 뛰어난 진리'이므로 이 세상을 초월한 것이고 참된 것이다.

그 본성은 본질적으로 생겨난 것이 아니므로 없어지는 일도 없다. 그 본성은 존재의 여실성으로 항상 있으므로 영원한 것이다. 그 본성은 가장 수승한 열반이므로 즐거움이다. 그 본성은 온갖 더러움이 제거되었으므로 맑은 것이다. 그 본성은 찾아보아도 자아가 있지 않기 때문에 무아(無我)다. 그 본성은 절대 청정한 것이다.

그러므로 안으로는 진리를 구할 것이고 밖으로는 흩어져서는 안 된다. 누가 내게 성을 내더라도 마주 성내지 말고, 두들겨 맞더라도 마주 두들기지 말고, 비난을 받더라도 마주 비난하지 말고, 비웃음을 당하더라도 비웃음으로 대하지 않는다. 자기의 마음속으로 '도대체 누가 성냄을 받고, 누가 두들겨 맞으며, 누가 비난받고, 누가 비웃음을 당하는 것인가'라고 되살핀다. 수행인은 이와 같이 마음을 거두어 어떤 환경에서라도 흔들림이 없어야 한다."

원성 스님은 말을 끊었다.

"이상입니다, 강 교수님. 이상이 부처님께서 자신의 으뜸 제자인 가섭에게 참마음에 대해 설법한 보적경의 경문입니다."

원성 스님은 천천히 경판을 제자리에 꽂아 넣었다.

"저희들이 참선하는 것은 생각을 한데 모으기 위함입니다. 부처님의 말씀처럼 생각은 원숭이처럼 잠시도 그대로 있지 못하고 여러 가지로 움직이고 있으므로 그 생각의 원숭이들을 한 마리씩 잡아 죽이는 일은 절대 불가능한 일입니다. 생각을 없애기 위해서는 생각을 한 군데로 집중시켜야 합니다. 화두는 그 생각을 한 군데로 모으는 하나의 방편일 뿐 그 자체는 아무런 의미도 없고 진리도 아닙니다. 마음을 무(無)의 화두로 가득 채우면 마침내 부처님이 말씀하신 인간의 본성이 드러날 것입니다. 자, 이제는 그만 돌아가실까요. 강 교수님을 기다리고 있으니까요."

4

우리는 장경각을 나섰다.

등뒤에서 빗장을 잠그는 금속성 소리가 들려왔다. 보안문(普眼門)을 나서자 한밤의 해인사 경내가 한눈에 드러나 보였다. 드문드문 불빛을 밝히고 있었으므로 칠흑 같은 어둠 속에서 당우(堂宇)들이 깊은 바다 속에 침몰하여 가라앉은 목선(木船)들의 그림자처럼 드러나 보이고 있었다.

한밤중이 되자 다시 눈발이 쏟아지기 시작하고 있었다. 새의 깃털 같은 눈발이 푸드득푸드득 흩어지고 있었고, 내린 눈은 그대로 쌓여 있어서 앉는 자리에 늘 깔아놓는 흰빛의 보료와도 같았다.

대웅전인 대적광전(大寂光殿)의 후면을 지나자 살을 에는 듯한 매운 칼바람이 정면으로 몰아치고 있었다. 우리는 빠른 걸음으로 계단을 내려와 궁현당(窮玄堂) 쪽으로 걸어갔다. 하룻밤 머물도록 허락을 받은 객실 뒤편에는 스님들이 머무르는 요사채가 있었는데 그중의 한 방에 불이 켜져 있었다.

"들어가시지요."

원성 스님이 그 안을 가리키며 말하였다.

"스님, 계십니까."

그러자 방안에서 느릿느릿한 대답 소리가 들려왔다.

"예에— 들어오시지요."

우리는 신발을 벗고 방안으로 들어섰다. 방안에는 한 스님이 앉아서 차를 달이고 있었다. 서로 무릎을 꿇어 수인사(修人事)를 닦은 후 스님은 내게 말하였다.

"차 한잔 하시겠습니까."

"좋습니다."

내가 대답하자 스님은 찻잔에 차를 따라 내 앞에 내밀었다. 장경각 안이 훈훈하다 해도 밖은 엄동설한이었다. 비록 추위를 느끼지는 않았다 해도 몸은 꽁꽁 얼어붙어 있었다. 곱은 손으로 뜨겁고 향긋한 차 냄새가 풍겨 나오는 찻잔을 들어 몇모금 마시자 온몸이 녹아내리는 듯하였다.

"스님, 강 교수가 보고 싶어 하셨던 경허 스님의 친필은 어디 있습니까."

내 마음을 대변해 주듯 원성 스님이 옆에서 재촉하여 말하였다.

"여기 있습니다. 보시겠습니까."

스님은 옆에서 보자기로 싼 물건을 들어 앞으로 내보였다. 스님은 천천히 보자기의 매듭을 풀기 시작하였다. 바람에 실린 싸락눈의 눈발이 창문을 싸락싸락 두드리고 있었다. 마치 손으로 두들겨 방안으로 들여주기를 원하듯이.

보자기를 풀자 그 안에서 한 권의 책이 나왔다. 길이 50cm, 폭 30cm 정도의 부피가 큰 책이었다. 책 겉장에는 다음과 같은 글씨가 씌어 있었다.

'해인사수선사방함록(海印寺修禪社芳啣錄).'

"방함록이란 뜻은 무엇입니까."

나는 스님에게 물었다.

"경허 스님께서 해인사에 처음으로 수선사를 개설하시고 그 방함록의 서문을 쓰신 것인데, 방함록이라 함은 안거할 때 전국 각지에서 모인 선객(禪客)들의 이름을 적어 놓은 방명록이라 할 수 있을 것입니다. 입방대중(入榜大衆)들의 법명, 성명, 거주지, 득도본사(得道本寺), 은사명(恩師名), 안거 중 맡은 소임에 대해 기록하여 놓은 것이지요."

스님이 겉장을 한 장 들췄다. 그러자 낯익은 경허의 친필이 드러났다. 그는 이 방함록의 서문을 붓으로 써내린 것이었다.

나는 천천히 그 내용을 읽어 보기 시작하였다.

'〈해인사수선사방함록서〉를 인용하여 방함을 기록하는 까닭은 후인(後人)에게 보여주기 위함이다.

후인에게 보여주는 것은 무슨 뜻인가.

몸은 물거품 같고, 목숨은 바람 앞의 등불처럼 위태로움이라. 무상을 경책(警責)하고 부지런히 정진할 줄 아는 이놈 또한 이 누구인고. 법의 성품은 본래 공하였고 지혜의 해〔日〕는 길이 밝음이라. 능히 깨달아 들어간다고 하는 이놈이 또한 이 누구인가.

뒷사람이 오늘을 보는 것이 마치 오늘사람이 옛적을 보는 것과 같음이요, 뒷사람이 뒷사람을 보는 것이 또한 뒷사람이 오늘을 보는 것과 같이 분명히 지적할 수 있음이로다.

슬프다.

이 수선사에 거하는 모든 사람들은 가위 거울삼아 경계할진저.'

서문을 끝낸 경허는 그 문장 말미에 다음과 같이 기록하고 있다.

'기해년(己亥年) 양월(陽月), 처음으로 안거를 시작하던 날.

호서로 돌아가는 병들고 머리 벗겨진 늙은이 경허는 삼가 기록한다.'

여기에서 기해년 양월이라 하면 1899년 4월.

'호서'라 함은 자신이 주로 머무르던 충청도 일대의 사찰들을 말함인데 경허가 해인사로 온 것은 바로 1899년 봄이었다. 그러므로 경허는 해인사에 오자마자 수선사를 개설하고는 곧바로 자신의 본향이라 할 수 있는 호서로 돌아가려고 마음먹었던 것 같다. 그렇지 않고서야 자신을 '호서로 돌아가는 병들고 머리 벗겨진 늙은이(湖西歸病禿).'라고 표현할 리는 없는 것이다.

그러나 실제로 경허가 해인사를 벗어나 호서로 돌아간 것은 그로부터 5년 뒤인 갑진년(甲辰年), 1904년 2월인 것이다.

자신이 해인사로 오게 된 동기를 '나는 산수에 노닐기를 좋아하는 사람이다. 그런데 아직도 얻어 놀지 못함을 유감으로 생각하던 차에 결연히 기해년 가을에 찾아와서 대장경을 열람하고 그 절에 들러 신선(최치원)의 신령스런 발자취를 더듬어 가슴을 텅 비우고 내 몸까지 잊었노라'고 표현하였듯 경허는 다만 얻어 놀기 위해 잠깐 해인사에 들른 모양이었다. 오던 첫해부터 호서로 돌아가려 하였다면 경허는 오던 첫해부터 자신의 행방을 감추려 계획한 것으로 보여진다.

'병들고 머리 벗겨진 늙은이(病禿).'

이제 겨우 51세밖에 이르지 않았는데도 자신을 병들고 머리 벗겨진 늙은이라고 표현한 것은 경허가 승려로서의 말년에 주로 보여주던 엄살 섞인 감상적 표현의 극치라고 할 수 있을 것이다.

붓으로 글을 쓰다가 한 자가 틀렸는지 '기해년 양월 처음 안거 시작하던 날(己亥之陽月始安倨日)' 중에서 글자 하나를 날카로운 칼로 네모지게 베어내고 그곳에 '시(始)'를 다시 써 덧붙인 흔적이 분명한 것을 보면 뭔가 착오가 있었던 모양이다.

나는 그 다음 장을 들춰보았다.

경허의 친필은 다만 서문에만 그쳐 있고 그 다음 페이지부터는 선방에 모였던 수많은 입방대중의 이름과 소임을 기록하여 놓고 있었는데, 나는 그중에서 낯익은 이름 하나를 발견할 수 있었다.

'한암 중원(漢巖重遠).'

경허 말년의 애제자 한암의 이름이 그곳에 보였으며, 그곳에는 한암이 선원에서 맡았던 소임이 모든 문자를 기록하는 '서기'라고 기록되어 있었다.

경허가 오던 첫해부터 해인사를 떠나려 하였다가 5년이나 이곳에 머물러 있었던 것은 승려로서의 말년에 얻은 옥동자 한암에 대한 애정 때문이 아니었을까.

한암에 대한 경허의 애정은 이토록 각별하였으며, 제자 한암 역시 스승 경허에 대한 애정이 각별하였다.

신미년(辛未年), 그러니까 서력으로 1932년 한암은 금강산 유점사의 조실로 있던 만공으로부터 경허의 행장에 대한 저술을 부촉받는다. 여러 번 사양하다가 한암은 〈먼저 비통한 숨을 내쉬며 쓰는 경허 화상 행장(先呼鏡虛和尙行狀)〉이란 장문의 글을 쓰기 시작한다.

시종일관 스승인 경허에 대한 사랑과 존경으로 인정미가 흘러넘치는 따뜻한 행장기를 쓴 한암의 명문을 통해 스승 경허에 대한 그의 각별한 애정도 엿볼 수 있음인 것이다.

한암은 스승 경허의 성격에 대해 다음과 같이 표현하고 있다.

'천성이 대범하고 활달하여 외형으로 일체 꾸밈이 없고 성격은 활활 타오르는 불별과 같아 대중과 함께 지냄에 있어 옷을 입고 똑바로 앉아 싫어하고, 좋아하고, 부끄러워하고, 자랑하는데 조금도 동요하지 않고 홀로 자기를 파탈하여 형식으로 위의(威儀) 짓는 것을 좋아하지 아니하였으며 한결같이 어리석은 듯하였다.'

또한 한암은 그 둘이 처음으로 만나 수선사에서 자신은 '서기'의 소임을 맡고 경허는 종주로 선원을 이끌어나가던 그때의 일을 다음과 같이 회상하고 있는 것이다.

'기해년에 가야산 해인사로 옮겨 주석하셨던 때는 고종 광무 3년이었다. 깊은 뜻을 밝히고자 칙지(勅旨)를 내리시니 '경'을 인쇄하고 또한 수선사를 세우시고 학자들과 거처하시니 대중의 전부가 화상을 추대하여 종주로 모셨다. 자리에 올라 똑바른 법을 거량(擧揚)하여 본분을 보이다 불조의 이심전심법을 명백히 잡아 떨쳐 수용하시니 살활(殺活)과 기틀이 가위 금강보검이요, 사자의 위엄이 온전하여 듣는 자로 하여금 다 견처(見處)가 있게 하시어 집착을 끊어 버리고 속된 때를 말쑥이 씻어 뼈를 바꾸고 창자를 씻는 듯 분명하게 지도하셨다.'

'집착을 끊어 버리고 속된 때를 말쑥이 씻어 뼈를 바꾸고 창자를 씻는 듯 분명하게 지도하셨다(亡執謝洒然若換骨洗腸矣)'는 한암의 표현대로 경허는 방함록 서문에 자신이 쓴 것처럼 '부지런히 정진할 줄 아는 이놈'을 깨닫게 해주기 위해 부단히 노력하였던 것이다.

경허가 이러한 서문을 쓴 데에는 다음과 같은 유래가 있음이다.

해인사에 수선사를 창건하였을 때, 어느 날 수좌(首座)가 찾아와 다음과 같이 물었다.

"감히 여쭙겠습니다. 부처님의 정법안장이 무엇입니까."

그러자 경허는 대답하였다.

"다만 이놈이니라."

그러자 그 수좌가 다시 물어 말하였다.

"다만 이놈이라고 이르신 이놈이 무엇입니까."

이에 경허는 대답하였다.

"가야산 빛이 하늘에 꽂혀 푸르렀도다(伽倻山色揷天碧)."

잠시 침묵 끝에 다시 경허가 말하였다.

"당장 말하기 전에 알아보았다 하더라도 가는 곳마다 미친 소견을 면치 못할 것이요, 비록 한 글귀 한 마디 말에 이치를 통달할지라도 이것은 화살이 서천(西天)에 스쳐 지나감이다. 만일 이렇다 하면 머리 위에 머리를 더할 것이요, 만일 그렇지 않다 한다면 머리를 자르고 살 길을 찾음이로다."

그리고 나서 경허는 큰소리로 일갈(喝)을 하였다. 그런 후 경허는 다음과 같이 말을 끝냈다.

"오늘 부질없는 말로 해서 그림자만 옮겼으니 내 몸 안의 잊어버리는 취미에 오히려 방해로웠도다."

이때 수좌가 벼루에 먹을 갈아들고 경허에게 방함록의 서문을 써주기를 간청하니 곧바로 쓴 것이 바로 이 문장인 것이다. 때문에 이 서문에는 '정법안장이 무엇입니까' 하는 수좌의 질문에 '다만 이놈이니라' 하고 대답하였던 '이놈'에 대한 설명이 다음과 같이 나오고 있는 것이다.

'무상을 경책하고 부지런히 정진할 줄 이놈 또한 이 누구인고.

능히 깨달아 들어간다고 하는 이놈이 또한 이 누구인가.'

경허의 친필을 본 것은 이번이 처음이 아니었다.

하지만 이제껏 내가 본 글씨는 모두 경허의 초기 글씨들이며 서문의 이 글씨는 경허가 51세 되던, 승려로서의 가장 말년에 씌어진 글씨였던 것이다.

그러니까 이 서문의 글씨를 절필(絶筆)로 해서 경허의 글씨는 그 어디에서도 보이지 않는 것이다. 그런 의미에서 이 서문은 경허가 남긴 공식적인 유언(遺言)이라고 할 수 있는 것이다.

활달하고 거침이 없는 필체. 전체적으로 미(美)의 조화를 갖춘 글자들의 모양새. 한 획 한 획 단숨에 써내린 필치.

경허의 글씨에서는 이제 막 붓을 끝낸 듯 묵향이 생생하게 번져 오고 있었다.

"한잔 더 하시겠습니까."

스님이 내게 녹차 한 잔을 더 따르면서 말하였다.

"아, 예. 좋습니다."

나는 두 손으로 찻잔을 받았다.

"경허 스님께서 서문을 쓰신 것은 후인에게 보여주기 위함이라고 하셨는데 그렇다면 오늘 이렇게 백년 뒤에 강 교수님이 찾아오셔서 당신이 쓴 글씨를 친견하게 될 줄을 미리 예견하고 계셨던 모양이지요."

옆에서 원성 스님이 웃으면서 말하였다. 원성 스님은 단순하게 말하였는지 모르지만 나로서는 절실한 느낌이었다. 경허는 '뒤에 오는 사람', 즉 후인인 내게 보여주기 위해 이 글을 썼다.

나뿐 아니라 뒤에 오는 모든 사람들에게 보여주기 위해 이 글을 쓴 것이다.

그런 의미에서 이 서문은 경허가 승려로서는 마지막으로 침몰하는 선상에서 보낸 모르스 부호(符號)라고 할 수 있을 것이다. 이 글을 끝으로 경허는 수면 위에서 완전히 사라져 버린다.

'호서로 돌아가는 병들고 머리 벗겨진 늙은이'라고 자신을 표현하고 경허는 승려로서의 껍질과 구각(舊殼)을 벗어 던지는 것이다. 이 글 이후부터는 경허는 더 이상 승려가 아니었다. 이 글 이후부터 경허는 부처도 아니고, 법왕(法王)도 아니었다. 이 글 이후부터 경허는 더 이상 대중들을 지도하는 선지식도 아니었다. 이 글 이후부터 경허는 더 이상 주장자를 들고 다니면서 남을 깨우치기 위해 고함을 지르고 몽둥이를 휘두르는 스승도 아니었다. 이 글 이후부터 경허는 더 이상 경허가 아니었다.

나는 허리를 굽히고 유심히 들여다보던 책자에서 눈을 떼고 물러섰다.

"다 보았습니다, 스님."

"아, 그렇습니까."

찻잔에 차를 따르던 스님이 무심히 말을 받고는 펼쳤던 책자의 겉장을 닫고 다시 보자기로 차근차근 싸기 시작하였다. 단단히 매듭을 짓고 나서 스님은 그것을 한옆으로 밀어 두었다.

"한잔 더 하시겠습니까."

스님이 내 앞에 놓인 빈 찻잔을 가리키면서 말하였다.

"아니, 괜찮습니다. 충분히 마셨습니다."

나로서는 해인사를 찾아온 소기의 목적은 거둔 셈이었다. 경허의 발자취를 따라 그의 마지막 주석처였던 해인사에서 승려로서 남긴 마지막 문장까지 직접 접하고 돌아가게 되는 것은 참으로 다행스런 일일 것이다.

"그럼 몸도 피로하실 터인데 일어나실까요."

옆에서 침묵을 지키던 원성 스님이 몸을 일으키면서 말하였다. 우리는 다시 인사를 나눈 후 방을 나섰다.

방을 나서자 새의 깃털처럼 푸드득푸드득 듣기던 눈발은 어느덧 함박눈으로 변해 있었다.

"들어가 쉬십시오. 제 방은 저쪽 아래채입니다. 아마 방안에 이불이랑 침구들은 들여놓았을 것입니다."

"고맙습니다, 스님. 안녕히 주무십시오."

원성 스님은 나를 향해 두 손을 모아 합장을 해보였다.

나는 천천히 내가 하룻밤 묵을 객실 쪽으로 걸어가기 시작하였다.

이제껏 나는 '깨우친 소'인 성우(惺牛) 경허의 행적을 좇아 이곳까지 찾아온 것이다. 이제부터 내게 깨우친 소는 더 이상 없다. 마침내 십우도의 여덟 번째 단계인 사람도 소도 없는 인우구망(人牛俱亡)의 경지에 이른 것이다. 경허는 이제 더 이상 존재하지 않는다. 경허는 사라지고 대신 이름도 없는 '병들고 머리 벗겨진 늙은이' 하나만 남아 있게 된 것이다.

경허를 좇아가는 내 족적은 이제 그 병든 늙은이의 행적을 좇아가는 것으로 바뀌어야 할 것이다.

'출문석비(出門錫飛).'

문자 그대로 '문밖으로 나와서 주장자를 휘저어 본다'는 뜻. 경허는 이제 해인사를 끝으로 불문(佛門)을 나서서 주장자를 휘젓고 손을 드리우고 저잣거리의 전방으로 들어가는 '입전수수(入廛垂手)'의 가장 마지막 단계로 접어들어서고 있는 것이다.

이 무렵 경허는 〈출문석비〉란 제목의 시를 한 수 남기고 있다.

산사에 몇 번이나 흥망성쇠 반복하였던가
거북이 호수에 들어가 고요히 형상을 잊어버리고
밝은 해 안개에 가려 그 흰빛 가리기 어려워라
깊은 가을 고목 가지엔 푸른 봄소식 머금었구나
한집에 비록 있으나 나누어질 인연
일만 일 다같이 술 취하고 깨는 일일 뿐
뒷날 살구빛 약속은 구름바다만 아득히 막혀
오늘도 하 심심하여 주장자 짚고 정자에나 오르리.
幾廻出刹復烟汀　來到龜湖靜忘形
映日郊霞難辯白　深秋巷木喜留青
一宵雖忽知緣分　萬事拈來付醉醒
後約杳茫雲海隔　出門怊悵錫飛亭

— 문을 나서서 주장자를 저어본다(出門錫飛)

눈발은 더욱 거세어져 지척을 분간하기 어려울 정도였다. 한 치 앞을 가릴 수 없을 만큼 난분분(亂紛紛) 난분분, 어지러이 흩날리는 눈발을 뚫고 나는 객실 앞으로 걸어왔다.

툇마루에 올라서서 온몸에 묻은 눈발을 털고 머리카락 위에도 내린 눈을 털고 있노라니 문득 해인사에서의 지난 하루가 억겁의 시간처럼 느껴지고 있었다.

경허는 이 해인사에서 56세 되던 해인 1904년 국왕으로부터 칙명을 받은 장경 간행 불사를 매듭짓고 그해 2월, 5년 만에 호서 지방으로 돌아가게 된다. 그때 경허가 돌아간 곳은 젊은 시인 태허가 주지로 있었으며 어머니 박씨가 머무르던 곳.

56세의 나이로 천장사로 돌아갈 때에는 아마도 그의 어머니는 물론 형 태허도 숨을 거두고 돌아가 있었을 것이다.

행방불명되기 직전 경허는 자신의 고향이라고 할 수 있는 추억이 어린 곳, 33세의 젊은 나이로 활연대오하였던 천장사를 마지막으로 들러보고 싶을 만큼 향수에 잠겨 있었던 것일까.

어쨌든.

나는 객실의 문을 열면서 중얼거려 말하였다.

'아직 가야 할 길은 멀다. 내일은 내일의 바람이 불어올 것이다. 내일부터는 병들고 머리 벗겨진 늙은이의 발자취를 좇아가야 할 것이다.'

하늘가의 방랑객

빈 거울에는 본래 거울이 없고
깨친 소는 일찍이 소가 아니다
거울도 없고 소도 아닌 곳곳 길머리에
살아 있는 눈 자유로운 술 더불어 색이로다.
— 만공 월면 / 추모송

하늘가의 방랑객

1

고종 43년. 그러니까 새로 사용하기 시작한 연호로 광무 8년, 서력으로는 1904년, 갑진년(甲辰年).

한겨울인 2월.

그해 초 미국을 위시한 각국의 공사관들이 거류민 보호를 위해 각기 자기 군대를 입석시키고, 마침내 일본 함대가 인천에서 러시아 군함 두 척을 격파하고 그곳을 기화로 러일전쟁이 시작되었을 무렵.

연암산 천장사에 객승 하나가 이제 막 들어서고 있었다.

"객승 문안드리오."

엄동설한에 눈에 덮인 암자가 쩌렁하고 흔들릴 만큼 큰 목소리였다. 이곳에서 어머니 김(金)씨를 모시고 보임하고 있던 만공은 온 산이 떠나갈 듯한 호령 소리에 정신이 번쩍 들었다. 낯익고 반가운 목소리였던 것이다. 당장에 문을 열고 바라보니 문밖에 서 있는 사람은 스승인 경허.

그는 봉두난발에 승복인지, 속복인지 알 수 없는 괴상한 옷차림에 술 취한 모습이었다. 늙고 병들었다는 이 무렵 자신의 표현이 과장만은 아니었는지 골수에 깊은 병이 들어 있는 신색(身色)이었다.

일설에 의하면 경허는 나병 걸린 여인으로부터 고질적인 피부병을 옮겨 받았다고 전해지고 있는데 어쨌든 이 무렵의 경허는 완전한 거렁뱅이였다.

경허를 본 순간 만공은 맨발로 뛰어 달려나가 스승을 맞아들였다던가.

경허가 천장암에 머무른 것은 열흘 남짓이었다. 그가 자취를 감추기 전에 천장암에서 무엇을 하였던가는 정확히 알려진 바가 없다.

전해 오는 바에 의하면 만공에게 함께 길을 떠나자고 권유하였고 만공 역시 함께 모시고 살고 있는 홀어머니 때문에 이를 완곡히 거절하였다고 하는데 이 역시 풍문일 뿐 정확한 사실은 아닐 것이다.

다만 천장사에서 있었던 분명한 사실 가운데 한 가지는 만공이 스승 경허로부터 깨달음을 인가받고 전법게를 내려받았다는 것이다.

만공이 경허 앞에 무릎 꿇고 공부한 사실을 낱낱이 아뢰자 경허는 기꺼이 제자 만공의 깨달음을 인정하고 다음과 같은 전법게를 내린다.

구름 달 시냇물 산 곳곳마다 같은데
수산선자의 대가풍이여
은근히 무문인을 분부하노니
한 조각 권세 기틀 안중에 살았구나.
雲月溪山處處同 叟山禪子大家風
慇懃分付無文印 一段機權活眼中

이때가 2월 11일.

경허가 만공에게 내린 전법게는 오늘까지 남아 전해지고 있다. 그리고 나서 경허는 월면에게 만공이라는 법호를 사호(賜號)하고는 다음과 같이 일러 말하였다.

"불조로부터의 혜명(慧命)을 그대에게 이어가도록 부촉(付囑)하노니 이를 잘 지켜나아가 불망신지(不忘信之)하고 그 불을 꺼뜨리지 않도록 하라."

그리고 나서 경허는 느닷없이 주장자를 들어 법상을 내리치면서 다음과 같이 말하였다.

"이 말소리. 이것을 또한 일러 보아라. 이 무슨 도리인고."

그리고 나서 경허는 소리를 내어 웃고는 다시 주장자를 들어 법상을 내리치고는 말하였다.

"한번 웃노니 알지 못하겠도다. 어느 곳으로 갔는고. 안면도의 봄물이 푸르기가 쪽과 같도다(一笑不知何處去 安眠春水碧如籃)."

이 무렵.

스승 경허로부터 법을 전해 받은 만공은 경허가 쓰는 담뱃대와 쌈지가 너무 낡아 그것이 마음에 걸려 가슴 아팠다고 전해지고 있다. 그래서 경허가 모르게 시자들을 시켜 장터에 나가 질 좋은 담뱃대와 쌈지를 사오라고 한 후, 며칠 뒤 스승에게 그 담뱃대와 쌈지를 선물하자 경허는 마치 어린애처럼 좋아하였다고 전해지고 있다.

그러나 만공이 바쳐 올린 그 담뱃대와 쌈지는 먼 훗날 보다 큰 역할을 하게 된다.

그로부터 8년 후 경허는 낯선 북방의 갑산(甲山)에서 숨을 거두기 직전, 다음과 같은 수수께끼의 유언을 남기는 것이다.

경허는 임종에 앞서 머리맡에서 담뱃대와 쌈지를 꺼내 보이고는 이렇게 말했다고 전해지고 있다.

"내가 죽으면 이 물건들을 꼭 내 시신과 함께 묻어 주시오."

그러나 부탁을 받은 집주인 담여(淡如) 김탁은 그 이유를 몰라 이렇게 물어 말하였다고 한다.

"그 담뱃대와 쌈지가 그토록 소중한 물건이란 말입니까."

그러자 경허는 웃으면서 말하였다.

"언젠가 이걸 찾으러 여기에 올 사람이 있어서 그러하오. 이 물건은 그의 것이니 돌려줘야만 하오."

집주인은 경허의 유언대로 열반 후 그의 시신과 함께 담뱃대와 쌈지를 파묻었으며, 그 후 만공과 혜월이 스승 경허가 열반하였다는 풍문을 전해 듣고 갑산까지 찾아가 가매장한 묘를 파헤치고 보니 과연 그 속에 만공이 헤어질 때 사드린 담뱃대와 쌈지가 나왔던 것이다. 그것을 보고서야 만공은 그 시신이 분명히 유랑하다가 객지에서 열반하신 스승 경허의 진신(眞身)임을 확인할 수 있었던 것이다. 만약 그 담뱃대와 쌈지가 없었더라면 이미 죽은 지 일년여가 지나 부패한 시신이 과연 스승 경허의 시신임을 입증할 수 없었기 때문이다.

제자로부터 담뱃대와 쌈지를 받는 순간 경허는 자신의 열반을 예감하였으며 그 담뱃대와 쌈지가 장래에 역할을 하게 될 것을 미리 꿰뚫어 볼 수 있었기 때문에 그토록 어린애처럼 즐거워하였던 것이 아닐까.

경허는 만공으로부터 담뱃대와 쌈지를 선물받고 그 대가로 자신이 품속에 지니고 있던 일곱 알의 염주를 선물하게 되는 것이다.

그러므로 그 염주는 경허가 제자 만공에게 남긴 마지막 유산이 되는 것이다.

경허가 천장사에 머무른 것은 열흘 남짓. 올 때에 소식 없이 온 경허는 갈 때도 소리 없이 떠나 버린다. 아침 공양 시간이 되어 만공이 문안 인사를 드리기 위해 스승 경허가 머무르고 있던 방을 찾았으나 이미 경허는 어디론가 떠나 버리고 방은 텅 비어 있었다고 전해지고 있다.

천장사를 떠난 경허가 찾아간 곳은 금강산. 자취를 감추기 전에 조선 최고 경승지인 금강산을 봐야 한다고 마음의 결정을 내린 것일까.

금강산에 이르기 전 경허는 오대산을 지나게 되었다. 이때 월정사에는 유인명(柳寅明) 스님이 방장으로 머무르고 있었는데 그는 떠돌이 객승인 경허를 맞아들여《화엄경》을 설법해 줄 것을 간청하고, 경허는 이를 받아들여 3개월 간이나 법회를 열게 된다.

그 당시 천여 명의 승속이 청법하게 된 자리에서 경허는 법좌에 올라 이렇게 말문을 열었다고 전해지고 있다.

"대방광불(大方廣佛) 화엄경이라."

느닷없이 한소리 하고는 먼저 '대(大)' 자에 대해 설법하였는데 다음과 같았다.

"대들보도 대요, 댓돌도 대요, 대가리도 대요, 세숫대야도 대요, 담뱃대도 대이니라."

다시 이어 '방(方)' 자에 대해 말하였다.

"큰 방도 방이요, 작은 방도 방이요, 지대방도 방이요, 절방도 방이요, 동서남북 사방도 방이니라."

다시 '광(廣)' 자에 대해 법문을 이어 나갔다.

"쌀광도 광이요, 찬광도 광이요, 연장광도 광이요, 광장도 광이니라."

다시 '불(佛)' 자에 대해 말하였다.

"등잔불도 불이요, 모닥불도 불이요, 촛불도 불이요, 화롯불도 불이요, 번갯불도 불이요, 이불도 불이요, 횃불도 불이니라."

다시 '화(華)' 자에 대해 말하였다.

"매화도 화요, 국화도 화요, 탱화도 화요, 화병도 화요, 화살도 화요, 화엄경도 화이니라."

다시 '엄(嚴)' 자에 대해 말하였다.

"엄마도 엄이요, 엄살도 엄이요, 엄명도 엄이요, 엄정함도 엄이요, 화엄경도 엄이니라."

끝으로 '경(經)' 자에 대해 말하였다.

"면경도 경이요, 구경도 경이요, 풍경도 경이요, 인경도 경이요, 안경도 경이요, 화엄경도 경이니라."

기상천외의 자유가(自由歌)로부터 설법을 시작한 경허는 심오한 화엄경의 대의진수를 3개월 동안 설법한 후 한여름 또다시 온다 간다 말없이 종적을 감추고 만다.

경허가 찾아간 곳은 금강산.

금강산을 돌아본 경허는 연작시 〈금강산 유산가(金剛山遊山歌)〉를 짓는다.

'人間天地 此世間이 渺蒼海之一寨라 蜉蝣草露 우리 生涯 朝不謀夕世道로다…'로 시작되는 이 장시는 무려 175편의 연작으로 이어지고 있다. 금강산 1만 2천의 바위봉처럼 끊임없이 이어진 이 장시를 보면 경허의 뛰어난 문재(文才)를 엿볼 수 있게 된다.

자신의 표현대로 산수에 노닐기 좋아하고 '병들고 머리 벗겨진 늙은이'는 금강산에 들러 마치 어린아이처럼 즐거워하고 있다.

경허는 다시 〈금강산 명구(金剛山名句)〉란 시를 두 편 짓고 있는데 그 시를 보면 이때 경허가 느낀 심정을 알 수 있게 된다.

푸른 산 푸른 절벽의 굽이길 구름 속에 가렸는데
누구로 하여금 능히 지팡이를 멈추게 하는 시객이 되어 줄 것인가
용의 조화인 듯 눈처럼 시원하게 날아내리는 폭포수와
예리한 창끝처럼 깎아지른 듯 하늘 위에 솟은 봉우리들
금강산의 흰 새들은 몇천 년이나 묵은 학이로구나
바위 사이 푸른 나무 삼백 가지 늘어진 노송
중들은 모를 테지 이 즐거운 봄의 졸음 맛을
문득 무심히 기우는 달빛 아래 종이 울리네.
綠蒼壁路入雲中　誰使能詩客駐節
龍造化呑飛雪瀑　釰精神削揷天峰
山禽白幾千年鶴　巖樹青三百丈松
僧不知吳春睡困　忽無心打月邊鐘

금강산을 순례하는 도중에 지은 이 시를 보면 경허가 이미 자신을 '중〔僧〕'이라기보다 '시객(詩客)'으로 생각하고 있었음이 분명하다. 경허는 '중들은 모를 테지 이 즐거운 봄의 졸음 맛을' 하고 표현함으로써 이미 자신은 중의 경지를 뛰어넘어 '중도 아니고 속도 아닌(非僧非俗)' 떠돌이 시객임을 분명히 못박고 있는 것이다.

그렇다.

이미 경허는 중이 아니다. 그는 한갓 이름 없는 떠돌이 가객인 것이다.

경허는 금강산 이후에도 그 이전만큼이나 많은 시를 남겼다. 그러나 그의 시들은 금강산 순례를 고비로 확연한 구분을 이룬다.

금강산 이전의 시들은 거의 전부가 선시(禪詩)들이다. 시의 형식을 빌려 깨우침을 노래하고 인간의 본성을 꿰뚫고 있으므로 하나하나 비수처럼 예리하다. 그러므로 금강산 이전의 시들은 시라기보다 촌철들이다.

그러나 금강산 이후의 시들에는 그런 비수가 없다. 경허의 선기도 엿보이지 않는다. 이미 스승이기를, 중이기를, 경허이기를 포기하고 다만 이름 없는 병든 늙은이기만을 고집하는 경허였으므로 금강산 이후의 시들은 마침내 서정시로 승화하고 있다.

경허는 드디어 중에서 시인으로 변신하고 있는 것이다. 서슬이 퍼런 선기마저 사라져 버렸으므로 금강산 이후의 시에서는 이미 불(佛)도, 부처도 보이지 않는다. 그 자신 일찍이 해인사 구광루(九光樓)에서 노래하였듯 '모든 사물을 삼켰다 뱉는 객(每事乾坤呑吐客)'으로서 '천산을 저울질(秤千山)'해야만 직성이 풀리는 선객은 이제 사라져 버리고 늙은 시객(詩客)으로만 오롯이 남아 있게 되는 것이다.

금강산에서 지은 '명구(名句)' 또 한 편.

한 지팡이로 구름 위에 솟아 서너 걸음 걸어보니
푸른 산 흰 돌 사이마다 기이한 꽃들
만약 화공으로 하여금 이 경치는 그릴 수 있겠지만
저 숲속에서 우는 새소리는 어찌할 것인가
산과 구름 함께 희니
구름과 산 모양 가려낼 수 없구나
구름은 흘러 돌아가고 산만 홀로 남았으니
아름다운 일만이천봉.
一杖穿雲三步立　山青石白間間花
若使畵工模此景　其於林下鳥聲何
山與雲俱白　雲山不辨客
雲歸山獨立　一萬二千峰

경허가 금강산을 유력(遊歷)하고 떠난 것은 가을 무렵이라고 전해지고 있다.

금강산을 떠난 경허가 그 다음에 이른 곳은 석왕사(釋王寺).

함경남도 안변군 문산면 설봉산(雪峰山)에 있는 사찰로 당시에는 31본산 중의 하나였으며 48개의 말사를 거느리고 있던 대가람 중의 하나였다.

이 석왕사야말로 경허가 승려의 신분으로서 공적인 불사를 마지막으로 행하였던 뜻깊은 사찰이라고 할 수 있을 것이다.

금강산을 내려와 석왕사에 이르는 동안 경허는 동해의 해안선을 따라 북상한다.

산 못지않게 바다 역시 좋아하였던 경허는 동해의 바다를 실컷 즐긴다. 이때 지은 시가 한 수 남아 있다.

바다 동쪽의 장엄함이여 과연 명산이로다
가야 할 길은 비록 멀지만 굳은 뜻을 돌려
층층한 누각은 반이나 솟구친 구름 밖의 날개요
어지러이 서 있는 산봉우리들 그림 가운데 얼굴이네
신령한 자취 이곳에 있으나 장차는 어느 곳에 있으리요
해와 달이 달아나는 때 이 사이를 점치니
만약 안개 구름으로 하여금 한번 판국을 헤아린다면
영원히 돌베개를 베고 누워 진세 분별을 멀리한다고 말하리라.
海東壯絶是名山　程恨雖遙强意還
層閣半徒雲外翼　亂峯來作畵中顔
靈跡有在將何處　上主遯時卜此間
若使烟霞分一局　永言枕石遠塵班

— 동해 절경(東海絶景)

동해안 따라 바다를 구경하면서 북상하여 석왕사에 이른 경허는 그곳에서 법회를 증명할 임무를 맡은 법사인 증사(證師)로 초대받는다.

석왕사에는 오백 나한이 있었는데 그 나한들의 몸에 새로이 칠을 한 개분불사(改粉佛事)를 증명해 주는 법사로 초대받았던 것이다.

석왕사의 오백 나한은 유래가 깊은 성상으로 조선 태조 이성계와 무학 대사의 인연에서부터 출발한다.

청년 시절 설봉산의 귀주사(歸州寺)에서 무술을 연마하고 심신 단련과 독서로 소일하던 이성계는 어느 날 꿈을 꾼다.

꿈의 내용인즉 쇠지팡이로 자신의 머리와 허리와 팔 세 곳을 꿰었고, 또한 거울이 깨지고 꽃이 떨어지는 꿈이었다. 꿈을 깬 이성계는 이 괴이한 꿈이 흉몽인지 길몽인지 알 수 없어 번민하다가 가까운 토굴에서 수도하고 있던 무학을 찾아가 꿈을 이야기하고 해몽을 부탁한다.

토굴에서 수도하고 있던 무학은 이성계가 꾼 꿈 이야기를 묵묵히 다 듣더니 벌떡 일어나 이성계 앞에 큰절을 하고 다음과 같이 말하였다고 전해지고 있다.

"쇠단장 셋이 몸을 세 곳 찔렀으니 임금 왕(王)자요, 꽃이 떨어짐은 열매가 맺힐 것이요, 거울이 깨짐은 소리가 있을 징조입니다. 이는 그대가 장차 왕위에 오를 꿈이나이다."

이 말을 들은 이성계는 훗날 토굴 자리에 자신이 왕이 될 것을 기도하기 위해 절을 지었는데 그 이름을 석왕사라 하였던 것이다.

뿐만 아니라 이성계는 이곳에 대장경 한 부를 옮겼으며 등극하기 전에 왕업을 이루기 위한 기도처로 응진전(應眞殿)을 세워 그 속에 오백 나한을 봉안하였던 것이다. 왕이 된 후에는 직접 이곳까지 찾아와 동구에는 소나무를, 뜰에는 배나무를 심었으며 그 뒤 왕명으로 이곳의 소나무를 베는 것을 금하였고, 이곳에서 나는 배는 해마다 임금에게 진상하도록 하였던 것이다.

이처럼 조선의 왕조와 깊은 인연을 맺고 있던 석왕사는 함경도 일대의 최대 거찰로 특히 부처의 밑에서 수도하던 500명의 성자, 아라한과(阿羅漢果)를 증득(證得)하여, 존경과 공양을 받을 만한 석존의 제자 오백 나한의 상수(上首)들은 이성계의 왕업을 도와준 성자들이라 하여 대단한 숭배를 받고 있었던 것이다.

이성계가 직접 오백나한재(伍百羅漢齋)를 개설하였고 자신이 친히 이곳에 참석하여 불공을 주재하곤 하였으므로 이 재는 해마다 되풀이되어 연중행사로 벌어지고 있었다.

그 오백 나한들의 몸에 칠해져 있던 물감이 벗겨지고 낡아 지워지곤 하였으므로 이를 새로 칠한 불사에 경허가 증사로 초대받은 것이었다.

이것이 경허가 승려로서 행한 마지막 공식 행사였다.

증사로 참석한 경허는 이곳의 영월루에서 승려로서의 마지막 시를 한 수 남긴다. 영월루는 1730년 영조 7년에 이르러 개수한 누각으로 특히 그곳에서 달을 맞이하는 풍경이 아름답다 하여 이름을 그렇게 지었는데, 경허는 봄날 이곳에서 낮잠을 자고 나서 문득 깨어 일어나 다음과 같은 시를 한 수 남긴다.

화창한 봄날씨에 꽃은 안개처럼 피었고
기이한 새소리 들으면서 달게 잔 낮잠이었네
만덕의 광명 통하였지만 그 증거 남기지 않는 곳
하늘을 찌를 듯 우뚝한 봉우리 푸르기가 쪽과 같구나
上方春日花如霰　異鳥聲中吾夢日

萬德通光無證處 揷天曉嶂碧於藍

석왕사에서 또다시 간다 온다 하는 인사말 하나 없이 훌쩍 도망쳐 나온 경허는 이로부터 완전히 자신의 이름을 던져 버린다.

자신의 법명인 깨우친 소, 성우(惺牛)도 던져 버리고 자신의 법호인 빈 거울, 경허(鏡虛)도 던져 버린다. 이제부터 경허는 깨우친 소도, 빈 거울도 아닌 다만 병든 늙은이일 뿐이었다.

그는 남한 일대를 돌아다녔던 자신의 젊은 시절에 대해 한풀이라도 하듯 북으로만 북으로만 나아가고 있었다.

이 무렵 경허는 영변을 지나고 있었는데 어쩌면 그는 시인 김소월이 노래하였듯 관서팔경 중의 하나인 '약산의 진달래꽃'을 구경하기 위해 평안북도 관서 지방까지 이른 것은 아닐까.

영변에 이른 경허는 유명한 시장터에서 시장이 열리자마자 술 한잔을 얻어 마시고 나서 다음과 같은 시를 남기고 있다. 영변의 장터라 하면 예부터 유명해 닷새 만에 한 번씩 매 2일과 7일에 열리곤 하였는데 영변에서 나는 특산물로 인해 인근에서 몰려온 상인들로 항상 성시를 이루었다.

그중에서도 부내장(府內場)이 가장 번성하였는데 이곳에서 주로 거래되는 물건들은 쌀 · 콩 · 밀 · 배 · 포목 · 생선 · 밤 · 철물 · 목기 · 옹기 · 사기그릇 · 한약재 · 꿀 · 담배 · 가축 · 쇠가죽과 같은 물건들이었다.

이 저잣거리에서 경허는 술에 취해 시를 한 수 남긴다.

시 읊는 소리 술기운 올라 영웅 호걸이 이 아닌가
첫 시장 한복판에 나그네 정 떠나보낸다
강물은 흘러흘러 천리나 달려가고
웅장한 봉 뾰죽뾰죽 벼랑마다 절경인데
하늘을 덮은 훈훈한 도덕 누가 능히 쳐다볼까
바다처럼 많은 문장 울리기를 바라지 않네
괴로운 영화 명예 모두 다 떨쳐 버리고
스스로 구름과 학을 벗삼아 남은 생을 보내리.

詩聲酒力擬豪英　新市場中遣旅情
大水淼茫千里走　雄峰嶄屹萬崖傾
薰天道德誰能仰　量海文章不待鳴
桎梏榮名都棄拂　自饒雲鶴伴餘生

새벽 첫 시장이 열리는 낯선 북방의 신시장터에서 공짜로 술 한잔 얻어먹은 늙은 나그네는 술기운이 올라 흥에 겨워 마치 호걸이나 된 듯 주장자를 저으면서 이렇게 앞날을 맹세하는 것이다. '괴로운 영화 명예 모두 다 떨쳐 버리고 스스로 구름과 학을 벗삼아 남은 생을 보내리.'

경허가 이처럼 말년에 이르러 승려로서의 직분도 버리고 마침내 늙고 병든 저잣거리의 중생으로 돌아간 것은 지극히 당연한 일이다.

중으로 머물러 있음은 중에 얽매여 있음인 것이다. 부처를 이루었다 하더라도 부처에 머물러 있음은 부처에 얽매여 있음인 것이다. 부처를 만나면 부처도 죽여야 하듯 일체의 머무름도, 일체의 걸림도 없어야 하는 것이다.

걸림〔礙〕.

마음에 있어 걸림은 마음의 동맥경화를 초래한다. 흐르지 않고 괸 물이 썩어 버리듯 마음의 흐름을 방해하는 머무름과 걸림은 마음을 썩게 하여 방일(放逸)과 게으름, 그리고 집착을 초래한다. 마음의 장애물을 뛰어넘어야만 비로소 그 어느 것에도 얽매이지 않는 대자유인이 될 것이다.

그 어느 것에도 얽매이지 않는 사람을 무애인(無礙人)이라고 부른다. 부처의 덕호(德號)가 바로 '무애인'이며, 부처의 지혜를 이름하여 어떤 것에도 거리낌이 없어 모든 사리를 통달하였다 하여 '무애지(無礙智)'라고 부르는 것을 보면 무애야말로 진리의 최고 구경(究竟)인 것이다.

부처는《화엄경》에서 네 가지의 걸림이 없는 지혜, 즉 '무애지'에 대해 다음과 같이 설법하고 있다.

'보살은 항상 네 가지의 걸림이 없는 지혜를 따라 말하고 이를 잠시도 버리지 말아야 한다. 그 네 가지란 법(法)에 걸림이 없는 지혜, 뜻에 걸림이 없는 지혜, 말에 걸림이 없는 지혜, 말하기 좋아하는 데에 걸림이 없는 지혜다.'

결국 부처가 설법한 거리낌 없는 지혜, 즉 무애지란 부처의 법을 따라, 부처의 뜻을 따라, 부처의 말을 따라 이를 행하는 지혜를 의미하는 것이다.

부처와 중생을 차별하고 둘로 본다면 그는 반쪽의 자유만 누릴 수밖에 없을 것이다. 그리하여《화엄경》에는 다음과 같은 진리가 흘러 나오고 있는 것이다.

'일체에 걸림이 없는 사람은 단번에 생사를 벗어난다(一切無礙人一道出生死).'

화엄경에 나오는 이 구절처럼 일체에 걸림이 없는 사람을 무애인이라 부르고 있는 것이다.

그런 의미에서 경허를 이름하여 무애인이라 부른다. 그런 의미에서 경허의 파탈한 행동을 무애행(無礙行)이라 부르고 있는 것이다.

2

경허의 이러한 무애사상을 천년이나 앞서 몸소 실천해 보인, 우리나라가 낳은 최고의 성인이 있다. 그의 이름은 원효.

원효는 우리나라가 낳은 가장 뛰어난 종교인이며, 사상가며, 또한 자유인이었다. 원효를 일러 무애인이라 하였기 때문에 경허를 원효의 환생이라고까지 과장하는 사람도 있고 그저 별칭으로 원효보살이라고 부르는 사람도 있는 것이다.

경허의 철저한 무애행은 천년 전 이를 몸소 실천해 보인 원효의 무애행과 쌍둥이처럼 닮아 있다.

원효는 신라 진평왕 39년, 서기 617년에 태어나 신문왕 6년, 686년에 죽은 신라 시대의 고승이었다.

속성은 설씨(薛氏)였으며 아명(兒名)은 서당(誓幢) 또는 신당(新幢)이라 하였다.

지금의 경산군인 압량주(押梁州) 출신으로《삼국유사》에 의하면 그가 태어난 곳은 불지촌(佛地村) 혹은 발지촌(發智村)이라고도 불린다. 잉피공(仍皮公)의 손자며 내마(柰麻) 담날(談捺)의 아들이라 알려져 있다.

《삼국유사》에 의하면 원효의 출생을 다음과 같이 표현하고 있다.

'원효의 집은 본래 율곡의 서남쪽에 있었다. 그의 어머니가 태기가 있어 이미 만삭이었는데 마침 이 골짜기에 있는 밤나무밭을 지나다 갑자기 해산하였으므로 몹시 급해 집에 돌아가지 못하고 남편의 옷을 나무에 걸고 그 속에서 지냈기 때문에 이 나무의 이름을 사라수(裟羅樹)라 불렀으며 이 밤나무의 열매가 이상하게 커서 이를 사라밤(裟羅栗)이라고도 불렀다고 전해지고 있다.'

소년 시절의 원효는 화랑의 무리에 속해 있었으나 도중에 깨달은 바가 있어 출가를 결심하고 자기 집을 헐어 초개사(初開寺)

라 하였으며 또한 자기가 태어난 사라수 옆에 절을 짓고 그 이름을 사라사(裟羅寺)라 부르기도 하였다.

일정한 스승을 모시지 않고, 특별한 경전도 공부하지 않고 타고난 총명으로 31세인 648년 진덕여왕 2년, 황룡사에서 출가하여 중이 된 원효는 스스로 자신의 이름을 '원효'라 명명하였다.

그의 나이 34세에 이르던 해, 원효는 당시의 사회 풍조에 따라 당나라에 들어가 불교를 공부하기 위해 의상과 함께 도당(渡唐)의 길을 떠난다.

그러나 육로로 고구려를 통과하다가 도중에 고구려군에 포로로 잡혀 귀환하였으므로 구도를 향한 초행길은 무위로 돌아가게 된다.

그로부터 10년 뒤 원효는 다시 의상과 함께 이번에는 해로를 통하여 당나라로 들어가기 위해 길을 떠난다. 여행 도중에 원효는 의상과 더불어 빈 집에서 하룻밤을 머무르게 된다.

칠흑처럼 어두운 밤중에 목이 마른 원효는 머리맡을 더듬다가 그릇에 담긴 물을 찾아 이를 마시고 갈증을 풀어 버린다. 그러나 다음날 날이 밝았을 때 원효는 간밤에 자신이 발견한 물잔은 해골이요, 그처럼 맛있었던 물은 해골에 괴었던 썩은 물이었음을 비로소 발견한다.

구역질을 하면서 토하다 말고 원효는 깨달음을 얻는다. 간밤에는 그처럼 맛있었던 물이 알고 보니 해골에 괸 썩은 물이었다. 그렇다. 같은 물이었지만 이는 받아들이는 마음에 따라 다르게 느껴지는 것이다. 진리를 구하기 위해 이처럼 바다를 건너 당나라로 가야 할 이유가 어디 있는가. 당나라로 가 밖에서 진리를 찾을 필요 없이 내 마음속에서 진리를 찾아야 할 것이 아니겠는가.

'마음이 생기면 이에 따라 여러 가지 법이 생기고 마음이 없어지면 이에 따라 여러 가지 법도 없어지는 것이다(心生則種種法生 心滅則種種法滅).'

그리하여 원효는 당나라로 향했던 발길을 돌려 의상과 헤어져 신라로 돌아온다.

그 누구의 도움 없이 스스로 깨달음을 얻은 원효의 위대함은 이처럼 독창적이다. 깨닫고 나서 원효는 다음과 같은 오도송을 짓는다.

첩첩한 푸른 산은 아미타의 굴이요
망망한 큰 바다는 적멸의 궁전이다.
青山疊疊彌陀窟 滄海茫茫寂滅宮

원효의 나이 44세에 이르러 갑자기 거리를 돌아다니면서 미친 듯 노래를 부르기 시작하였다.

'그 누가 자루 빠진 도끼를 주겠는가
나는 하늘을 떠받칠 기둥을 만들련다.
誰許沒柯斧 我斫支天柱'

저잣거리를 돌아다니면서 이 노래를 부르는 원효의 말을 전해 듣고 당시 신라의 국왕이었던 태종 무열왕은 이렇게 말한다.

"저 노래는 대사께서 귀부인을 만나 어진 자식을 낳고 싶다는 노래다. 나라에 어진 이가 있다면 그보다 더 큰 유익이 어디 있겠는가."

마침 태종 무열왕에게는 백제와의 싸움에서 남편을 사별하고 홀로 살고 있는 둘째 딸 요석 공주가 있었다. 자신의 둘째 딸을 원효의 '자루 빠진 도끼(沒柯斧)'로 생각한 태종 무열왕은 궁리(宮吏)들을 보내 원효를 데려오게 하였다. 궁리들이 원효를 찾으니 때마침 원효는 문천교(蚊川橋)를 지나고 있었다. 원효를 일부러 다리 위에서 떨어뜨려 옷을 적시게 해 요석궁으로 인도하여 옷을 벗어 말리게 하였다. 요석궁에는 과부가 된 공주가 거처하고 있었는데 원효가 궁에 머무르게 된 뒤 공주는 잉태하여 아들 설총을 낳았다. 설총은 나면서부터 총명하여 경서와 역사책을 널리 통달하였고 신라 십현(十賢)의 한 사람으로 꼽혔으며 이두문자를 창안하였다고 전해지고 있다.

원효는 자신이 노래하였던 대로 '하늘을 떠받칠 기둥(天柱)'을 만들어낸 것이다.

이로써 원효는 파계하고 아들 설총을 낳은 이후로는 속인의 옷으로 바꿔 입고 스스로 복성거사(卜性居士) 혹은 소성거사(小姓居士)라고 이름도 바꿔 부르곤 하였다. 그는 우연히 춤추며 노는 거리의 광대들로부터 큰 표주박을 얻어 도구로 삼고 이를 이름하여 '무애(無碍)'라 부르고는 천촌만락(千村萬落)을 노래하고 춤추고 다녔다.

원효는 광대와 같은 복장을 하고 화엄경에 나오는 부처의 가르침과 불교의 이치를 가난하고 몽매한 대중들도 알아들을 수 있도록 다음과 같은 노래를 지어 부르고 다녔다.

'모든 것에 거리낌이 없는 사람이라야 생사를 벗어나 평안함을 얻을 것이다.'

스스로 지은 이 노래를 '무애가(無礙歌)'라 이름하고는 마치 미친 사람처럼 노래를 부르며 표주박을 두드리면서 저잣거리를 돌아다니고 술을 마시고 기생집에도 드나들곤 하였다.

그는 철저한 자유가 중생심(衆生心) 속에 내재되어 있다고 보았으며 이를 구현하려 하였던 것이다.

원효의 일생 중에 마치 한 폭의 동양화를 보는 것 같은 풍경 하나가 야사로 전해 내려오고 있다.

백결이라 하는 사람은 신라시대 음악가로 거문고의 명수였는데 경주의 낭산(狼山) 밑에 살던 빈한한 선비로 세사(世事)에 달관했던 인물이다.《삼국사기》에 의하면 그는 이름도 성도 알 수 없으며 빈곤하여 늘 누더기 옷을 입고 다녔는데 그 모양은 마치 메추리가 달린 것과 같았다고 전해지고 있다. 그래서 사람들은 그를 옷을 백 번 기워 입는다고 백결 선생이라 부르고 다녔는데 그는 중국의 춘추전국 시대 때 사슴가죽 옷에 새끼띠를 매고 늘 금(琴)을 타며 노래를 부르고 다녔다는 영계기(榮啓期)를 본받아 스스로 금을 타고 세속에는 마음을 두지 않았다. 어느 해 세모를 맞아 이웃에서는 조〔粟〕를 찧어 별식을 마련하는데, 그의 아내가 방아 찧는 소리를 듣고 말하기를 "남들은 모두 곡식이 있어 방아를 찧는데 우리만 없으니 어떻게 이 해를 보낼까" 하였다. 이 말을 들은 백결은 하늘을 우러러 탄식하면서 다음과 같이 말하였다.

"무릇 죽고 사는 것은 명(命)에 달렸고 부귀는 하늘에 매인 일이어서 그 오는 것을 막을 수도 없고 가는 것을 따를 수도 없거늘 그대는 어째서 부질없이 상심하는가. 내가 그대를 위해 방아 소리를 내주겠소."

그리고 나서 백결은 덩더쿵 덩더쿵 — 거문고를 뜯어 방아 소리를 내어 아내를 위로하였으며 이때의 음악이 후세에 대악(碓樂), 즉 '방아악'이라고 전해진 것이었다.

이 백결 선생과 원효는 친분을 맺어 두터운 우정을 나누고 있었는데 어느 날 백결 선생의 집에 이 두 사람 말고도 원광 법사와 천관녀 이렇게 네 사람이 모여 앉게 된다.

원광의 속성은 박(朴)씨로 25세 때 진(陳)나라 금릉(金陵)에 가서 장안사(長安寺) 승민(僧旻)의 강석(講席)에 참여하였다. 진평왕 22년에 신라로 돌아와 교화를 널리 펴고 608년에는 왕명을 받들어 걸사표(乞師表)를 지어 수 왕(隨王)이 30만 대군을 보내 고구려를 치도록 한 당대의 대문장가이기도 하였다.

원광이 가실사(加悉寺)에 머무르고 있을 때 귀산(貴山)과 추항(箒項)이라는 두 화랑이 찾아와 평생토록 지킬 계명을 청하자 원광은 세속오계를 가르친다.

즉, 그 일은 충성으로 임금을 섬기고(事君以忠), 그 이는 어버이를 섬기기를 효도로 하고(事親以孝), 그 삼은 친구 사귀기를 믿음으로 하고(交友以信), 그 사는 전쟁에서는 물러나지 않고(臨

戰無退), 그 오는 생명이 있는 것은 가려서 죽이라(殺生有擇)는 계명을 주었다.

원광이 준 이 세속오계는 곧 화랑도의 근본사상이 되었으며 신라 호국불교의 원천이 되었던 것이다.

백결 선생의 집에 함께 모여 앉은 원효와 원광, 그리고 나머지 한 사람. 그는 여인으로 이름은 천관녀라 하였는데 그녀에게는 가슴 아픈 과거가 있었다.

그녀는 진평왕 때의 기녀로 장안 제일의 미인이었다. 그녀는 소년 시절 김유신과 서로 좋아하던 사이였다. 그러나 이를 안 김유신의 어머니가 '나는 이미 늙어 밤낮으로 네가 성장하여 가문을 빛내기만 바라고 있는데 너는 기생집에나 드나들고 있느냐'고 울면서 책망하자 김유신은 크게 뉘우치고 다시는 기방에 출입하지 않겠다고 맹세한다. 하루는 김유신이 놀이를 갔다가 술에 취해 집으로 돌아오는데 타고 오던 말이 멈추어 비명을 지르거늘, '벌써 집에 도착하였는가' 잠을 깨어 바라보니 말은 평소의 습관대로 옛길을 따라 천관녀의 집 앞에 머물러 있는 것이 아닌가.

또한 천관녀는 반가운 나머지 맨발로 뛰어나와 김유신을 맞이하였다. 그러나 김유신은 노하여 말에서 내려 허리에 찼던 칼로 말의 목을 내리쳐 죽이고 말안장도 마당에 내던져 버린 채 한마디 말도 없이 그 길로 문을 나와 집으로 돌아와 버렸다. 이 광경을 본 천관녀는 놀라 까무러쳤다가 깨어난 후 김유신을 원망하는 원가(怨歌)를 지었다 하는데 그 노래의 내용은 베어야 할 것은 마음이지 어찌 말의 목을 베십니까, 하는 것으로 상세한 것은 남아 전하지 않는다.

천관녀는 그 길로 기방을 나와 속세를 버리고 중이 되었으며 먼 훗날 김유신은 그녀가 있던, 자신이 말의 목을 내리친 참마항(斬馬巷)의 옛집 자리에 천관사(天官寺)란 절을 지어 그녀의 넋을 위로해 주었는데, 백결 선생의 집에는 이처럼 원효와 원광, 그리고 비구니가 된 천관녀, 이렇게 네 사람이 앉아 있었다.

아마도 세 사람은 모여 앉아 백결이 뜯는 거문고 소리에 귀를 기울이고 있었을 것이다.

거문고를 다 뜯고 나서 백결은 원광과 원효 두 사람에게 답시를 요구한다. 이에 원광이 다음과 같은 시를 짓는다.

멋 속에 늙은 신선 삼교를 다 통하고
거사의 예리한 날 아무도 못 당하리
문수라 어인 말고 웃노라 하는 소리
널따란 방장집엔 언제나 손님이 있네.
老仙風雅函三敎　大士機鋒敵萬人
誤指文殊聊戱爾　恢然丈室每留賓

원광의 시를 들은 백결은 이번에는 원효에게 시를 한 수 청한다.

백결의 청을 받은 원효는 '무애'라는 표주박을 흔들면서 노래를 부르기 시작한다.

옛 소나무 흐르는 물 오막살이집
거문고 흰 머리는 백세의 사람이네
거사의 전생 몸은 본래에 병이 없고
문수도 천녀도 어쩌다가 들렀네.
古松流水三間屋　皓首鳴琴百世人
居士前身本無病　文殊天女偶來賓

아마도 백결은 비구니가 된 천관녀에게도 노래를 한 수 청했을 것이다. 그러나 천관녀가 부른 노래는 오늘날까지 남아 전하지 않는다.

이처럼 원효는 위로는 국왕에서부터 선비 · 승려 · 기녀, 밑으로는 거리의 어릿광대에 이르기까지 모든 사람들을 만나고 사귀고 교화하고 어울려 사람 대하기를 차별 없이 평등하게 하였다.

이러한 원효의 면모를 알 수 있는 일화가《삼국유사》에 한 편 더 남아 전하고 있다.

《삼국유사》에 의하면 경주의 만선북리(萬善北里)에 한 과부가 살고 있었는데 그녀는 어느 날 남편도 없이 한 아들을 낳았다고 한다. 아이가 열두 살이 되도록 말도 못하고 일어나지도 못하여 이름을 사동(蛇童), 혹은 사복(蛇卜)이라고 불렀다.

어느 날 그 어머니가 죽었다. 그러자 사복은 고선사(高仙寺)에 머무르고 있던 원효를 찾아가 다음과 같이 말하였다.

"그대와 내가 옛날에 경(經)을 싣고 다니던 암소 한 마리가 오늘 죽었으니 나와 함께 장사를 지내는 게 어떻겠소."

이 말을 들은 원효는 이를 허락하고 사복의 집에 함께 가서 출가한 이들에게 보름마다 승려들이 찾아가 계경(戒經)을 들려주어 보름 동안에 지은 죄가 있으면 참회시켜 선을 기르고 악을 없애 주는 불교의식 중의 하나의 포살수계(布薩授戒)를 주고 나서 시체 앞에서 다음과 같이 빌기 시작하였다.

"세상에 나지 말지어다. 그 죽는 것이 고통이니라. 죽지도 말지어다. 다시 세상에 나는 것도 괴로우니라(莫生兮其死也苦 莫死兮其生也苦)."

이 말을 들은 사복이 원효에게 빈정거리며 말하였다.

"그대의 말이 너무 번거롭다."

이에 원효는 다음과 같이 고쳐 노래부르기 시작하였다.

"죽는 것도 사는 것도 모두 괴로운 일이로다(生死苦兮)."

둘이서 상여를 메고 활리산(活里山) 동쪽 기슭으로 찾아갔다. 원효가 말하기를 "지혜의 호랑이를 지혜의 숲에 장사지냄이 좋지 아니한가" 하였다. 이에 사복은 다음과 같이 게송을 지어 노래하였다.

이 게송이《삼국유사》에 남아 전하고 있다.

옛날 석가모니 부처님께서는
사라수 사이에서 열반하셨네
지금 또한 그와 같은 사람이 있어
연화장 세계에 들어가려 하네.
往昔釋迦牟尼佛 娑羅樹間入涅槃

于今亦有如彼者 欲入蓮花藏界寬

노래를 마치고 풀뿌리를 뽑으니 지하의 세계 밑에 명랑하고 청허한 세계가 있는데 칠보로 단장한 난간에 누각이 장엄하여 인간의 세계는 아닌 것 같았다. 사복이 시체를 업고 그 지하의 세계로 들어가니 갑자기 그 땅이 도로 합쳐져 오므라들었다고 전해지고 있다.

이렇듯 원효는 차별하여 가리지도 않았고 걸려서 얽매임도 없었다.

때로는 돌에 글을 새기는 비석 깎는 사람들의 쇠칼과 망치를 들고 다니면서 누군가 가르침을 청하면 거리에 굴러다니는 바윗돌에 글자를 새겨 주기도 하였고, 어떤 때는 가야금을 들고 다니면서 사당에 들어가 음악을 즐기기도 하였다. 또는 여염집에 들어가 머무르기도 하였고, 혹은 명산 대천을 찾아가 좌선을 하는 등 기회를 좇아 생활하되 어떤 일정한 틀에 얽매인 생활과는 거리가 멀었다.

어떤 때에는 먹고 있던 밥상을 내동댕이쳐 사람을 구하기도 하였고, 어떤 때는 입 안에 머금고 있던 물을 뱉어 불을 끄기도 하였다고 전해지고 있다.

이러한 원효를 당대의 승려들이 좋게 보았을 리는 만무하였다. 원효의 저술은 1,500년이 지난 오늘날에도 20여 종이 전해져 내려오고 있다. 원래는 각종 대소승률론(大小乘律論) 모두 91종을 지었다고 전해지고 있으나 대부분 산실되어 없어지고 경에 관한 9종, 율에 관한 2종, 논에 관한 4종 등 20여 종이 전해져 내려오는데 그중에서도 원효의 진면을 알 수 있는 것은《금강삼매경(金剛三昧經)》에 대한 찬술(撰述)과《대승기신론(大乘起信論)》에 대한 강술이다.

이 두 불경에 관한 주석으로 해서 원효는 불교가 낳은 3대 성인으로 손꼽히고 있으며 그의《대승기신론》은 해동소(海東疏)라 하여 중국의 고승들이 즐겨 인용하였고,《금강삼매경론》은 인도의 마명(馬鳴)이나 용수(龍樹)와 같은 고승이 즐겨 인용하였다.

이러한 원효의《금강삼매경론》을 찬술할 때의 일화가 오늘날까지 남아 전하고 있다.

중국으로부터《금강삼매경》을 얻게 된 신라 국왕이 국내의 100명 고승대덕을 초청하여 인왕경대회(仁王經大會)를 열었을 때 상주(湘州)의 승려들이 원효를 천거하자 많은 승려들이 벌떼처럼 들고일어나 원효의 인품을 비난하였고, 그의 파계를 들어 헐뜯었기 때문에 받아들여지지 않았다. 그러나《금강삼매경》에 대해 그 누구도 강해하지 못하게 되자 하는 수 없이 원효를 다시 불러 이 경에 대하여 설법을 부탁하게 되었는데, 이때 원효는 불과 며칠 사이 황룡사에 틀어박혀 이에 관한 주석서 3권을 저술하였다고 전해지고 있다.

저술을 끝낸 원효는 다음과 같은 게송을 짓는다.

매우 깊고 미묘한 금강삼매의 가르침
이제 받들어 믿고 대강 기술하였나니

바라건대 이 선근 온 세계에 두루 퍼져
빠짐없이 모두를 이롭게 하여지이다.
甚深且微金剛教　今承仰信略記述
願此善根遍法界　普利一切無遺缺

이윽고 국왕을 비롯하여 여러 왕족들과 대신들과 수많은 고승 사이에서 원효는 금강삼매경을 강론하기 시작하였는데 그의 목소리는 흐르는 물처럼 도도하고 질서 정연하였으며 이에 오만하게 앉아 있던 고승들의 입에서 찬탄하는 소리가 저절로 흘러나왔다고 전해지고 있다.

수일 간에 걸친 강설을 끝내고 원효는 백고좌(百高座)의 사자좌에서 다음과 같이 노래하기 시작하였다.

그 옛날 백 개의 서까래 고를 때에는
나는 비록 거기에 들어가지 못하였지만
오늘날에는 가로지른 대들보가 되었으니
이는 오직 나만이 할 수 있는 일이로다.
昔日採百椽時　雖不五會
今朝橫一棟處　唯我獨能

만좌한 고승들을 이렇게 노래하여 비웃고 법좌를 내려온 원효는 다시 손에 표주박을 들고 거리로 나가 춤추고 노래하였다. 원효는 일찍이 이렇게 말한 적이 있었다.

"구제받을 중생이 한 사람도 없어야 이를 일러 최상의 보리심이라 한다(無一衆生所度者 是名無上菩提心)."

자신이 노래하였던 대로 원효는 구제받을 중생이 마지막 한 사람마저 없어질 때까지 거리에서 춤추고 노래하고 광대짓하며 표주박을 두드리면서 '무애가'를 부른 것은 아닐는지.

원효의 입적 사실에 대해서는 알려진 바가 없다. 말년에는 조용한 곳을 찾아 수도와 저술에만 전념하였다고 하는데 그의 사후 고려 숙종 6년에 이르러 '대성화쟁국사(大聖和諍國師)'라는 시호를 받았다.

3

원효의 이런 철저한 무애행을 본받은 사람이 바로 경허라고 할 수 있는 것이다.

영변의 신시장에서 공술을 한잔 얻어마시고 한껏 기분이 좋아 자신을 영웅호걸이라 자화자찬하고는 괴로운 영화 명예 모두 다 떨쳐 버리고 스스로 구름과 학을 벗삼아 남은 생을 보내리라고 노래하였던 경허는 그로부터 일년 간 다시 종적이 묘연해진다.

북방의 낯선 타향을 유랑하고 있었던 것만은 분명한데 그의 족적은 남아 전해지지 않고 있는 것이다. 다만 이 무렵 지은 것으로 추정되는 시 한 수가 남아 전하고 있다. 제목을 〈술 파는 할멈(酒商老婆)〉이라고 붙인 이 시를 통해 그 당시 경허의 행적을 추정해 볼 수는 있을 것이다.

술 파는 할멈과 장사치 노인들이 늘어서 있는 곳에
자취를 감추는 것이 본래부터 본분인 것을
저물기 전에 빨리 가자 표범이 내려올라
깊은 가을 찬 바람에 기러기떼 북에서 날아오고
금과 옥을 탐하지 않는 것은 인간의 보배로다
또한 안개와 노을을 잊은 세상 밖의 한가함이랴
초탈한 무의 경지 스스로 얻었거늘
지난날 깊은 이치 탐구하던 연유로다.
酒婆商老與之班　韜晦元來好圓圜
未暮火行山豹下　深秋風搏塞雁還
不貪金玉人間寶　亦忘煙霞物外閑
超脫無疑心自得　只緣曩日窺玄關

경허가 다시 희미하나마 발자취를 드러낸 것은 그로부터 일년 뒤.

을사년(乙巳年)인 1905년. 그의 나이 57세 때의 일이었다. 경허는 당시 함경도 갑산과 평안도 강계 지방을 유랑하고 있었는데 강계땅 장평동, 현지 사람들이 장뚜루벌이라고 부르는 낯선 곳에서 있었던 일이다.

강계군 종남면 한전동에 사는 선비 담여 김탁은 개인적인 볼일로 자신의 고향마을에서 10여 리 떨어진 장뚜루벌에 잠시 머물러 있었다.

해질 무렵이었다.

거리에서 흥분한 사람들의 고함소리가 터져 흐르고 있었다.

'죽여라 죽여' 하는 고함소리와 함께 여러 사람이 모여 한 사람을 집중적으로 폭행하는 소리가 들려오고 있었다. 김탁은 무슨 일인가 거리로 나가 보았다. 수많은 사람들이 모여들어 구경하고 있었고 한가운데 대여섯 명의 청년들이 한 사람을 집단폭행하고 있었다. 그런데도 구경하는 사람들은 이를 말리려 하지 않고 있었으며 청년들은 아주 죽일 기세였다. 김탁은 사람들을 제치고 앞으로 나가 보았다. 그러자 얻어맞고 있는 사람의 모습이 드러났다.

속인이라고 보기도 어렵고 그렇다고 스님이라고 보기도 어려운 초로의 늙은이를 둘러싸고 젊은 청년들은 주먹으로, 발길질로 패면서 고함을 지르고 있었던 것이다.

"죽여라 죽여."

"이런 놈의 미친 영감은 죽여도 그만이야."

"다리몽둥이를 분질러 놓아야 한다구."

그런데도 정작 몰매를 맞고 있는 늙은이는 한마디 변명도, 대꾸도, 항의도 없이 때리면 때리는 대로 얻어맞고 있을 뿐이었다. 가만히 두면 살인이라도 할 것 같은 살벌함에 간신히 김탁은 달려들어 싸움을 뜯어말리고 자초지종을 물어보았다.

그러자 흥분한 청년 중 한 명이 나서서 말하였다.

자신의 아내가 우물가에서 물을 길어 머리에 이고 집으로 돌아오는데 이 늙은이가 달려들어 입을 맞추고 희롱을 하였다는 것이었다. 머리에 물동이를 이었으므로 꼼짝없이 자신의 입술을 도둑맞은 여인은 에그머니나— 물동이를 떨어뜨리고 그대로 물귀신이 되어 집으로 뛰쳐들어 왔다는 것이었다.

"그러니 이 늙은이는 죽여도 그만입니다. 미친 영감입니다."

사정을 들어보니 과연 동리 청년들이 그 늙은 영감을 폭행할 이유가 충분히 있었으며 동리 사람들도 이를 뜯어말리지 않고 방관할 만한 충분한 이유가 있었던 것이었다. 그러나 그냥 내버려두었다가는 그 노인은 매맞아 죽을 판이었다. 김탁은 달려들어 청년들의 흥분을 달래고 폭행을 뜯어말려서 간신히 그 노인을 봉변으로부터 구해냈다. 이윽고 사정하다시피 해서 노인을 거리에서부터 구해내 온 김탁은 안전한 곳에 이르러서야 노인에게 말하였다.

"어디 사는 누구십니까."

그때였다.

갑자기 노인이 목청을 돋우어 소리치기 시작하였다.

"이 미친 놈아, 할 일이 없으면 그대로 길이나 가든지 싸움이나 구경하든지 할 것이지. 괘씸하구나, 네 이놈."

간신히 생명을 구해 주고 온정을 베풀었다고 생각하였던 김탁은 적반하장 격으로 시비를 걸며 덤벼드는 노인을 도저히 이해할 수 없었다.

"네 이놈, 이 고얀 놈아. 남의 일을 제대로 알지도 못하고 있는 놈이 어찌 쓸데없는 참견이나 하려 드는가. 이놈아, 네 할 일이

나 하라구. 네가 뭔데 남의 일에 배놔라, 감놔라 참견을 할 수 있단 말이냐. 이 미친 놈아."

김탁은 고맙다는 인사를 듣기는커녕 욕설을 듣게 되니 기가 막히기도 하고 울화가 치밀기도 하였으나 한편으로는 늙은이가 이상하게 느껴져 다시금 눈여겨 바라보았다.

비록 옷은 낡고 누추하였으며 괴상한 복색이었으나 범상치 않은 풍채요, 안광이 무섭게 타오르고 있었다.

일개 시골 선비이긴 하였지만 훗날 3·1만세사건이 나자 중국으로 망명하여 상해임시정부 요인 중 한 사람으로 독립운동에 참가하리만치 기개가 곧고 혜안이 있었던 김탁은 순간 이 늙은이가 보통 사람이 아님을 알았다. 그래서 이렇게 말하였다고 전해지고 있다.

"그렇습니까, 아이고 이거 제가 어른을 몰라뵈어 죄송합니다. 괜찮으시다면 저희집 누처로 함께 가실 수 있겠습니까."

정중한 김탁의 청에 늙은이도 한결 누그러져 이렇게 대답하였다고 한다.

"진작부터 그럴 일이지."

김탁은 한전동에 이르는 자신의 집까지 10여 리 들길을 노인과 둘이서 걷기 시작하였는데 늙은이는 온통 멍에다 피투성이가 된 행색이었는데도 주장자를 앞세운 채 절뚝거리면서 김탁을 따라가고 있을 뿐이었다.

"어디 사는 누구십니까."

김탁의 질문에 늙은이는 다만 이렇게 대답하였다고 전해지고 있다.

"어디 사는가는 알 수도 없고, 알 필요도 없고, 다만 내 이름은 박(朴)씨에다가 난(蘭) 자, 주(舟) 자라 부르고 있소이다."

박난주(朴蘭舟).

이름을 풀어 말하면 난초로 만든 배. 경허는 도대체 어디에서 그러한 기발한 새 이름을 생각해낸 것일까. 아마도 겉으로는 비록 그렇게 말하였지만 속으로는 기특한 세 살 연하의 시골 선비 김탁이야말로 자신의 노후를 기탁할 수 있는 은인이라는 것을 꿰뚫어본 경허는 그 길 위에서 문득 새 이름을 창안해낸 것이 아닐까.

어쨌든 경허는 그때부터 박씨 성을 가진 난주라는 새 인물로 되살아나게 된다.

경허라는 이름을 버리고 박난주라는 새 이름으로 바꾼 경허는 이로부터 때로는 박 진사로 불린다.

이름을 버렸을 뿐 아니라 승려로 보냈던 지난날을 청산하고 그는 낯선 북방의 땅에서 지금까지와는 전혀 다른 새 직업을 갖게 된다.

경허가 새로이 갖게 된 직업은 훈몽(訓蒙). 동리 아이들에게 글을 가르쳐 주고 밥술을 얻어먹는 훈장이 되어 버린 것이었다.

경허는 말년의 벗인 담여 김탁의 집에 머무르면서 방 하나를 빌려 그곳에서 작은 서당 하나를 개설한다.

경허의 소식을 들은 마을 사람들이 자신의 아이들을 몰고 와 가르침을 청했는데 곧 경허가 명선생이라는 소문이 번져 나가 글방은 가르침을 받으려는 학생들로 넘치기 시작한다.

그래서 곧 김탁의 집을 나와 갑산 웅이방(熊耳方) 도하동에 도하방이라는 서당을 정식으로 개설한다.

승려로 있을 때 해인사, 범어사를 비롯한 전국의 사찰들에 서원을 개설하였던 경허는 그때의 버릇이 남아 있음일까. 이번에는 배울 기회조차 없어 까막눈이 되어버린 북방의 어린아이들을 위해 서당을 개설하고 스스로 그 접장(接長)이 되어버리는 것이다.

이 글방에 거처를 정한 경허는 낮으로는 아이들을 가르치면서 밤으로는 술에 취해 무릉도원을 헤맸다.

그는 자신을 구해 준 담여 김탁을 비롯하여 그의 아내인 박씨와 각별한 우정을 맺게 된다. 김탁의 집은 쓰러져 가는 국운을 걱정하고 비분강개하는 시골 선비들과 지사들이 모여들어 토론하는 사랑방 노릇을 하고 있었는데, 경허는 그들과 어울려 유발거사(有髮居士)로서 친분을 맺는다. 경허는 또한 이들과 갑산·강계·장진 일대의 명산·사찰·포구·강과 바다를 돌아다니면서 말년을 보낸다.

그가 남긴 시로 보아 그가 간 곳은 두첩사(頭疊寺)·자북사(子北寺)·오남사(吾南寺)와 같은 사찰, 아득포(牙得浦)·용포(龍浦)와 같은 바닷가, 흥유촌(興有村)·야학촌(野學村) 같은 산골, 장진강(長津江)·용정강(龍汀江) 같은 강, 구중산(九重山), 오수산(烏首山) 같은 산, 동문루(東門樓)·남문루(南門樓)·인풍루(仁風樓) 같은 누각, 육삼정(六三亭)·거연정(居然亭)·망미정(望美亭) 같은 정자들이다.

이 무렵.

경허에게는 새로운 애인이 하나 생겼다. 운파(雲坡)라는 여인으로 자세히 알려진 바 없으나 아마도 젊은 나이에 남편을 잃고 혼자가 된 여인으로 흘러들어서 북방의 갑산으로까지 떼밀려 온 기생으로 보인다.

이 '떠도는 여인(征婦)'을 노래한 경허의 시가 남아 전한다.

동산의 대숲 창창하고 달이 떠오르려고 하는데
옥관(玉關 : 낭군)은 어디 계신가 잠 못 이뤄 하노라
박명한 인연 아니련만 온갖 수심 함께 일어
다못 그대를 생각하면 만년 죽어도 좋으리라
화촉은 가물가물 원앙금침 멀어지고
분단장은 쓸데없네 부질없이 거울만 보는구나
우는 비둘기와 어린 제비도 나보다는 복이 많아서
서로 날개로 감싸고 함께 깃들여 다함 없는 정을 나누네.
園竹蒼蒼月欲生　玉關何在夢難成
非緣薄明千愁竝　只念良人萬死輕
華燭雖殘衾自遠　粉粧無用鏡空明
鳴鳩乳燕還多福　比翼同巢不盡情

그대를 생각하면 만년 죽어도 가볍다고 주책을 떠는 환갑을 넘긴 늙고 병든 머리 벗겨진 경허, 아니 박난주는 기생 운파에게 홀딱 반했는지 이번에는 노골적으로 운파라는 이름을 넣어 시를

지음으로써 추파를 던지고 있다.

제목이 〈운파의 별장을 찾아서(訪雲坡林莊)〉로 되어 있는 이 시를 읽어 보면 늙은이 경허의 변함 없는 열정을 느끼게 된다.

우연히 한 번 만난 인연 또한 정해진 운명인 듯
향기로운 머리태에 아름다운 머리장식이여
양대에 구름과 비는 아침 저녁으로 뿌리고
낙포의 기러기는 용처럼 나네
병든 잎 황폐한 숲에는 늦여름이 길구나
맑은 안개 흐르는 물은 옛성을 들러가는데
이별의 아쉬움 안타까워 남은 술 다 마시고
뜬 인생 이 자리에 남은 생을 한탄하네.
邂逅一緣定亦天　香髮隨后鷴冠前
陽臺雲雨憐朝暮　洛浦鴻龍杳婉翩
病葉荒林長夏晩　淡煙逝水古城邊
惜別依依樽酒了　浮生此席感餘生

이처럼 집요한 추파에 나가떨어지지 않을 여인이 어디 있겠는가. 모르면 몰라도 아마도 기생 운파는 경허와 함께 원앙금침을 베었을 것이다.

기생 운파와의 이야기는 더 이상 남아 전해지지는 않으나 경허의 로맨스는 아마도 죽을 때까지 계속 이어져 내려갔을 것이다.

출전은 분명치 않으나 시의 내용으로나 글귀로 보아 분명히 기생 운파의 집에서 술에 취해 지은 경허의 노래임이 분명한 시가 한 수 더 남아 전해지고 있다.

〈꽃은 뜰에 진다(花落庭心)〉는 제목의 시는 다음과 같다.

버들가지 흔들려 땅에 끌리고 제비와 꾀꼬리는 노닐다 가네
초가집의 시원한 맛을 그 어찌 고루거각(高樓巨閣)에 비할 수 있으리요
시끄러운 천하사 모두가 꿈인 것을
두견새 우는 울타리 위에 청산은 깊고
꽃 지는 뜨락에는 햇빛도 그윽해라
풍광도 좋거니와 높은 벗 더욱 좋아
물 맑은 이곳에서 잠깐 쉬어간들 어떠리요.
緣楊搖曳燕鶯遊　小屋清凉不讓樓
天下奔忙皆夢外　樽前酩酊也心求
鵑啼籬角青山邃　花落庭心白日幽
風光如許高朋又　不妨河淸暫地留

경허가 이렇듯 삼수(三水) 갑산과 강계를 유랑하고 있을 무렵에는 나라가 풍전등화처럼 위태로울 무렵이었다. 경허가 강계에서 서당을 열었던 1905년 11월에는 제2차 을사보호조약이 맺어져 자주권을 박탈당하는 비극이 일어났으며, 그로부터 5년 뒤인 1910년 경술년(庚戌年) 8월에는 드디어 한일합병조약이 조인됨으로써 나라를 송두리째 일본에 빼앗기는 참화가 일어났던

것이다.

당대의 선승 경허가 어찌하여 이러한 나라의 비극을 모른체하고 스스로 홀연히 자취를 감추고 시정주화(詩情酒話)에만 젖어 무가향(無何鄕)하였던가 비난하는 사람들도 있을 것이다. 그러나 어쩔 것인가.

나라는 이미 망하도록 예정되어 있었으며 국운이 그러하니 어쩔 것인가. 혹자는 경허가 승려의 직분을 버리고 홀연히 자취를 감춘 것은 미구에 밀어닥칠 망국의 비보를 예견하고 이를 한탄, 스스로 자조하여 자취를 감춘 것이라 해석하는 사람도 있는데 이 역시 무리는 아니다. 왜냐하면 이 격동의 혼란기에 지은 경허의 시들을 보면 쓰러져 가는 나라의 장래에 대해 걱정하는 충정이 분명히 엿보이고 있기 때문인 것이다.

일찍이 경허는 달걀을 쌓아올린 누란지세(累卵之勢)와 같이 위태로운 나라를 걱정하면서 이렇게 한탄한 적이 있었다.

"나무꾼 아이들은 조국 흥망을 모르는 듯 피리 불고 북 치고 노래하는 소리, 온 마을 문전마다 들리고 있구나(牧童不識邦家恨簫鼓杵謠響里門)."

경허가 조국의 흥망을 모르면서 피리를 부는 아이들의 까막눈을 깨우쳐 주기 위해 서당을 차려 글을 가르쳐 주기 시작하였던 것은 이와 같은 조국에 대한 충정 때문이 아닐 것인가.

그리하여 경허는 병들어 쓰러져가는 나라의 장래를 한탄하면서 다음과 같은 노래를 짓는다.

앉아서 졸다보니 작은 창 방해롭지 않아
봄강 앉아서 졸다보니 어찌 그리 시원할까
한잔 술로 청산을 마주보니
멀고 먼 천리길에 백발만 날리는구나
병든 몸 술 취한들 나라 장래 잊을쏘냐
신선 찾던 이곳을 내 고향 삼아
도시락 산나물 나에게 족한 위로
시끄러운 세속 잊고자 함은 옛 마음 그대로일세.
打坐何妨有小窓　淸冷也喜聽春江
一樽相對靑山萬　千里歸來白髮雙
病酒伊來將忘國　訪仙是處更爲邦
淸簞淡蔬堪足慰　欲忘京洛舊心腔

— 소창(小窓)

나라가 쓰러져갈수록 경허의 주량은 더욱 높아 가고 주정 또한 늘어 갔으며 세월과 더불어 병은 골수에 스며들고 백발은 더 성성해져 늙어만 가고 있을 뿐이었다. 조국의 흥망을 걱정하는 시가 한 수 더 남아 전한다.

고주가 되어 중얼거리는 술주정이 과다한데
풍진이 뒤끓는 이 세상 장차 어찌할 것인가
동풍에 점점 천산의 눈이 녹아내려
후일에 기어이 만리 파도 닥치겠지

그렇게 좋던 교분 이제 서로 이별하니
흥겨운 이 자리를 언제 다시 함께 지낼 것인가
숲속의 집 청량하고 소란한 세상은 멀어지는데
무상한 상전벽해 실 같은 백발만 더하여 가네.

沽酒題詩跌宕多 風塵鼎沸也將何
東風漸釋千山雪 異日竟成萬里波
政以神交今相別 如能乘興更相過
林屋淸凉塵累遠 賴忘桑海鬢絲加

경허가 자신의 시에서 '후일에 기어이 만리 파도 닥치겠지(異日竟成萬里波)' 하고 우려하였던 대로 마침내 한일합방이 되어 나라는 없어지고 망국이 되어 버린 것이었다.

당시 경허가 머무르던 담여 김탁의 집에는 북방의 선비들과 우국지사들이 떼지어 몰려들고 있었다. 그의 시에 남아 있는 대로 그 이름의 면면을 훑어보아도 김탁을 필두로 김유근(金有根), 김수장(金水長), 이여성(李汝盛), 박상사(朴上舍), 임인규(林麟奎)… 등 30여 명에 이르고 있다. 먼 후일 경허가 입적한 후 마침내 3·1운동이 일어나자 이들 중 김탁을 비롯한 많은 선비들이 상해로 망명하여 임시정부 요인으로 가담하였던 것을 보면 이 무렵 경허의 서당을 중심으로 모여들었던 선비들이 경허로부터 받은 영향은 지대하였음을 미뤄 짐작할 수 있을 것이다.

특히 경허를 마을 청년으로부터 구해 주고 자신의 방을 서당으로 내준 담여 김탁과의 우정은 각별한 것이었다.

말년에 경허는 김탁을 향해 세 편의 시를 지을 만큼 그를 총애하고 있었다. 그런 의미에서 수월, 혜월, 만공, 한암, 용성 등이 경허가 승려로 있을 때의 법제자라면 담여 김탁은 경허가 승려의 직분마저 버린 말년의 수제자라고 말할 수 있을 것이다. 경허는 말년에 자신을 다만 유생이라고만 말하고 있을 뿐이었다. 경허가 은근히 마음속으로 담여 김탁을 공자의 수제자인 안회(顏回)로 생각하고 있었음은 김탁에게 준 다음과 같은 시를 보면 짐작할 수 있음이다.

뜻 맞는 세 사람이 백의 벗보다 훨씬 나으리라
우리 서로 마주앉아 술취해 노래를 부른들 누가 방해할 것인가
안회의 즐거움은 항상 가난함이었고
쓸데없는 걱정 또한 간절하나 노장인들 어떠리요
가련하구나 부모 고향 하늘가에 먼데
청명한 이 봄철을 북쪽에서 지나본다
동풍이 꽃과 같아 나무 위에 만발하고
저 강물 술이 되어 끊임없이 취했으면.
三人情契百朋多 不妨聯襟唱醉歌
顏樂常希貧亦可 杞憂雖切老將何
堪憐桑梓天涯遠 又感淸明塞外過
如得東風花滿樹 願酤樽酒若江波

— 김담여에게 화답함(和金淡如)

경허는 김탁뿐만 아니라 그의 아내 박씨를 계수라고 부르면서 각별히 사랑하였으며 아이들 또한 친자식처럼 사랑하였다. 경허는 김탁의 아내 박씨에게 어느 날 다음과 같이 말하였다고 전해진다.

"계수님은 강계땅에서만 사실 분이 아니고 장차 충청도 수덕사 근처로 가서 살 것입니다."

경허의 예언대로 남편 김탁이 낯선 상해에서 객사함으로써 홀몸이 된 부인 박씨는 1945년 해방을 맞아 장손 김홍국(金鴻國)을 비롯한 자손들을 데리고 월남하여 보령땅에서 살다 6·25가 나던 해 그곳에 묻혔다고 알려져 있다. 경허는 김탁과 그의 아이들인 학자(鶴子)들과 그의 아내인 매처(梅妻)를 자신의 가족처럼 사랑하면서 다음과 같은 시를 남긴다.

몸과 마음이 함께 늙었으니 둘 다 모두 어렵구나
우연히 이날을 맞아 즐겁게 놀자꾸나
창문을 반만 열고 여러 산을 바라보니
눈 쌓인 외로운 성에 의관을 벗어 건다
그대의 학자(아이들)와 매처(아내)가 은근히 부럽고
나의 떨어진 옷가지와 한심스런 차림새 부끄러워지는구나
해는 창창히 저물고 술자리는 이미 늦었는데
술 취한 채 화려한 글씨 폭을 두세 번 바라본다.
時危身老兩難寬 偶得淸遊此日歡
半戶群山留面目 孤城深雪上衣冠

羨君鶴子梅妻隱 愧我風裳水佩塞
落日蒼蒼樽酒晩 醉將華軸再三看

그러니 이토록 한가족처럼 함께 지냈으면서도 김탁의 가족은 물론 김탁의 집에 모였던 선비들은 경허의 과거 전력에 대해 전혀 아는 바가 없었다. 경허는 자신을 다만 박난주라는 유생으로만 밝혀 소개하였을 뿐 그 이상에 대해서는 일체 입을 다물고 묵언으로 일관하였다. 해박한 지식과 거침없는 문장, 범상치 않은 몸가짐으로 보아 사람들은 그를 뛰어난 도인으로 미뤄 짐작하고 있었지만 경허 자신은 이에 대해 가타부타 일절 대답을 하지 않았다. 그는 다만 아이들에겐 자상한 접장이요, 선비들에겐 다정한 술친구일 뿐이었다.

이러한 경허의 비밀이 드러나게 된 것은 전혀 생각지도 않았던 엉뚱한 곳에서부터였다. 만약 이때 경허의 비밀이 밝혀지지 않았다면 그는 북방의 산촌에 뼈를 묻고 역사 속에서 완전히 사라져 버리게 되었을 것이다.

경허의 정체가 드러나게 된 것은 경허의 맏제자 수월 때문이었다.

4

수월은 원래 경허의 형인 태허의 제자였으나 경허로부터 법을 받아 천수주(千手呪)를 외어 불망염지(不忘念智)를 얻은 법제자였다. 경허로부터《천수경》에 나오는 '수월'이라는 법명을 얻게 되었는데 나이는 경허보다 여섯 살 아래밖에 되지 않았지만 어디까지나 수월은 경허의 만상좌였다.

당시 수월은 오대산 월정사에서 한암과 함께 정진하다가 경허가 북방으로 자취를 감추었을 무렵 묘향산으로 떠나 그곳의 보현사(普賢寺)에 딸린 작은 암자인 중비로암(中毘盧庵)에 머무르고 있었다.

보현사는 당시 21개 군의 사찰을 관장하던 본산으로 평안도 지방의 최대 가람 중 하나였다. 이 절은 비교적 후대인 고려 광종 19년인 968년에 창건된 사찰이긴 하였지만 조선 시대에 이르러 서산 대사가 머무르면서 자신의 이름을 강서(江西)의 서산에서 따올 만큼 이 절을 사랑하였고, 그의 입적처로 잘 알려져 있는 절이기도 하였다.

수월은 이 보현사에 딸린 암자에서 3년 간 머무르고 있다가 어느 날 훌쩍 길을 떠난다. 스승 경허는 이미 6, 7년 전 행방을 감춰 오리무중이었는데 우연의 일치로 수월 역시 경허의 발자취를 따라 강계를 거쳐 북상하고 있었던 것이다.

알려진 바에 의하면 수월은 보현사를 나와 갑산, 강계를 거쳐 만주 지방으로 가 백두산 근처의 어느 농가에 머슴으로 머무르면서 3년 동안이나 소를 먹여 주었다고 하는데 수월이 스승 경허를 만난 것은 보현사를 나와 백두산으로 가는 도중에 있었던 일이었다.

당시 경허는 갑산의 도하방(道下房)이란 서숙(書塾)을 열고 낮으로는 아이들을 가르치고 밤으로는 북방의 선비들과 술을 마시며 나라의 장래를 걱정하고 있었는데 그곳을 지나던 수월은 우연히 마을 사람들로부터 경허의 소문을 전해 듣게 되었던 것이다.

육척 장신의 기골이 장대한 체구에 말술을 마시고 거침없는 행동에 물 흐르는 듯한 문장을 갖춘 비범한 도인이라는 경허의 소문을 들은 순간, 수월은 직감으로 그 소문의 주인공이 다름아닌 스승 경허임을 깨달았다. 이름은 박난주라 하였고 유생이라 하였을 뿐 어디서 무엇을 하면서 살다가 온 사람인지 모른다는 마을 사람들의 말에 수월은 당장 그 사람이 경허임을 알아차렸던 것이다.

수월은 곧바로 박씨 부인의 안내를 받아 도하리의 글방으로 찾아갔다고 전해지고 있다. 마침 해거름 무렵이라 아이들은 모두 돌아가고 글방에는 경허 혼자 남아 있었는데 섬돌 위에 놓인 짚신을 보자 수월은 그 짚신이 다름아닌 스승 경허의 신발임을 곧바로 알아냈다고 전해지고 있다. 그도 그럴 것이 수월 역시 경허로부터 짚신 삼는 법을 배웠으며, 먼 훗날 만주 지방의 나자구(羅子溝)에 화엄사라는 작은 암자를 짓고 고개를 넘는 길손들에게 무상으로 짚신을 엮어 해어진 신발을 벗게 하고 새 짚신을 갈아 신기면서 말년을 보냈던 수월이고 보면 남보다 훨씬 발이 커 자신의 발에 맞는 짚신을 스스로 삼아 신고 다니는 경허의 짚신 켤레를 보자마자 단번에 스승이 틀림없음을 그는 직감해 냈던 것이다.

그렇지 않아도 6, 7년 간이나 종적이 묘연하던 스승 경허가 아니었던가. 그래서 법제자인 혜월, 만공 등과 만나면 종무소식이던 스승 경허에 대해 걱정들을 많이 하지 않았던가. 그런데 스승을 이런 낯선 북방의 한촌에서 만나게 되다니.

그래서 수월은 반가운 나머지 큰소리로 방안에 있는 경허를 불렀다고 전해지고 있다.

"스님, 안녕하십니까."

문은 비록 닫혀 있었지만 방안에서 헛기침 같은 인기척이 들렸고 섬돌 위에 짚신도 놓여 있는 것으로 보아 안에 사람이 있음이 분명하련만 방안에서는 일체의 반응이 없었다. 행여 잠이라도 들어 못 들었나 하고 수월이 다시 큰소리로 말하였다.

"스님, 안녕하십니까."

역시 방안에서는 묵묵부답.

수월은 삼세 번째 다시 더 소리를 높여 경허를 불렀다.

"스님, 안녕하십니까."

그제야 방안에서 대답이 있었다.

"거기 뉘시오."

수월로서는 거의 10년 만에 듣는 스승의 목소리였다. 늙고 병들어 목소리는 많이 쇠약해져 있었으나 틀림없는 스승 경허의 목소리였다.

"스님, 접니다. 수월입니다."

수월이 대답했으나 방안에서는 여전히 묵묵부답.

"길을 가다가 스님 소문을 들었습니다. 소문을 듣자 틀림없는 경허 스님이라고 생각하고 한걸음에 달려왔습니다, 스님. 스님,

여여(如如)하십니까."

여여하시냐는 제자 수월의 질문은 예전과 변함없이 여전하시냐는 문안 인사의 말.

수월의 문안 인사에도 끝내 방문은 열리지 않았으며 다만 다음과 같은 매몰찬 대답만 들려왔을 뿐이라고 전해지고 있다.

"난 그대가 무슨 말을 하는지 도무지 모르겠소. 난 그대가 생각하는 스님이 아니고 다만 아이들을 가르치는 접장일 뿐이오. 또한 그대가 부른 스승 경허라는 이름도 나는 모르오. 내 이름은 박난주라 하오. 그대가 뜬소문만 믿고 사람을 잘못 찾은 듯 싶소. 그러니 쓸데없이 머무르지 말고 가실 길이나 계속 가시오."

이때 수월은 스승의 속마음을 알고 더 이상 경허의 이름을 부르지 않았다고 전해지고 있다. 그는 다만 그 자리에 앉아 스승 경허를 위해 짚신을 수결레나 삼기 시작하였다고 전해지고 있다.

일찍이 천장사 시절 수월은 스승 경허의 짚신을 즐겨 삼곤 하였었다. 그래서 치수를 일일이 재지 않아도 스승의 발에 딱 맞는 짚신을 삼을 수 있음이었다.

수월은 스승 경허의 얼굴은 비록 뵙지 못하였지만 목소리를 통해 스승 경허가 이미 골수에까지 병이 깊고 몸이 쇠약해져 있음을 알았다. 그래서 수월은 스승 경허가 오래지 않아 열반에 들 것임을 예견하였다.

이때 수월을 도하리 글방까지 안내하고 두 사람 사이에 오가는 기발한 문답을 처음부터 끝까지 들은 사람이 있었으니 바로 김탁의 부인인 박씨였다. 박씨는 두 사람 사이에 오가는 문답을 통해 어렴풋이나마 경허의 실체를 짐작할 수 있었다고 전해지고 있다.

어두워질 때까지 수월은 스승 경허를 위해 짚신을 수결레 삼았는데 다 삼기를 기다려 박씨 부인은 수월을 자신의 집으로 모시고 갔다고 한다.

수결레의 짚신을 삼은 수월은 이를 문지방에 대롱대롱 매어 걸어놓고는 끝내 열리지 않는 글방 문 앞에 서서 다시는 만날 수 없는 마지막 작별 인사를 하였다고 전해지고 있다.

"큰스님, 찾아왔다 그냥 갑니다. 부디 여여하시고, 부디 성성(惺惺)하십시오."

그리고 나서 수월은 무릎을 꿇고 스승과 제자로서의 큰절 삼배를 하였는데 끝내 방안에서는 아무런 대답 소리도 일어나지 않았으며 방문도 열리지 않았다고 전해지고 있다.

그러나 이 우연한 작은 사건이 일으킨 파문은 실로 엄청난 것이었다. 수월을 자신의 집으로 모셔들여 하룻밤 머무르게 한 박씨 부인은 마침내 수월의 입을 통해 박난주라는 이름을 쓰는 유생의 놀라운 과거를 전해 듣게 되는 것이었다.

수월이 하룻밤 묵었을 때 집주인 담여 김탁도 그와 함께 하루를 꼬박 지새웠는데 수월의 입을 통해서야 김탁은 경허의 정체를 알게 된 것이었다. 그러나 수월이 경허의 과거를 낱낱이 알려준 것은 아니라고 전해지고 있다. 굳이 이름을 감추고, 굳이 신분을 감추려는 스승 경허의 속마음을 짐작 못할 수월이 아니었다. 그래서 수월이 김탁에게 밝힌 것은 경허라는 이름과 그가 살아 있는 부처(生佛)라는 사실뿐이었다. 그러나 이러한 사실을 알게 된 것만으로도 김탁은 대단한 충격을 받게 되는 것이다.

"부디 경허 스님에게 아는 체를 하지 말아 주십시오. 스님이 원하시는 대로 유생 박난주로만, 지금껏 대해 오셨듯 알아 주십시오. 다만 한 가지 부탁드릴 것은 만약에 스님께서 돌아가시게 되면 필히 이곳으로 편지를 보내 스님의 입적 사실을 알려 주십시오."

수월이 경허 스님이 열반에 들면 필히 서장을 보내 알려 달라고 가르쳐 준 주소는 만공이 머무르고 있던 정혜사. 수월은 이미 얼마 안 있어 스승 경허가 시적(示寂)하게 될 것을 예감이라도 하였던 것일까.

그리고 그날 밤 수월은 만공에게 보내는 편지 한 장을 썼다고 전해지고 있다. 이 편지의 내용은 훗날 〈돌아가신 스승 경허 화상의 행장(先師鏡虛和尙行狀)〉이란 제목으로 그의 막내 법제자였던 한암이 쓴 행장기에 다음과 같이 간략하게 기술되어 있을 뿐이다.

'…그로부터 경허 화상은 스스로 자취를 감추시어 그 누구도 가신 곳을 알지 못하였다. 이로부터 10년 후 수월 스님이 서신으로 예산 정혜사 선원에 머무르고 있던 만공 화상에서 경허 화상의 소식을 보내왔다. 그 내용인즉 화상이 머리를 기르고 속복의 차림으로 갑산 · 강계 등지로 왕래하시며, 혹은 촌 글방의 훈몽으로도 계시며, 혹은 저잣거리에 들어가 그곳에 있는 난덕산

(蘭德山)에서 술잔을 기울이기도 하신다는 것이 편지의 내용이었던 것이다.'

수월은 자신이 쓴 편지를 김탁에게 부쳐 달라고 말하고 간밤에 당부하였던 대로 스승 경허가 열반에 들면 필히 정혜사의 만공 스님에게 그 사실을 알려 달라고 재삼 부탁하고는 자신도 백두산을 향해 정처없는 길을 떠난다.

수월이 예견하였던 대로 수월이 들렀다 간 뒤 경허는 급속도로 쇠약해지기 시작하였다. 마치 쓰러져 가는 나라의 국운과 운명을 같이하듯 이미 나라는 망해 국호조차 사라져 버렸고 경허 역시 침몰하는 배처럼 가라앉고 있었다.

수월이 잠시 들렀다 떠난 뒤에 쓴 경허의 시가 몇 수 남아 전한다. 이때 쓴 글은 한결같이 인생의 무상과 병든 노년의 고독을 노래하고 있음이다.

수월이 경허에게 문안 인사하였던 것은 1911년 신해년(辛亥年) 한겨울.

그해 10월 압록강 철교가 완성되었고, 러시아의 시베리아에 대한인국민회(大韓人國民會)가 설립되었으며, 만주의 하얼빈에도 대한인국민회 만주 지방 총회가 조직되었으며, 블라디보스토크에도 권업회(勸業會)의 한민회가 조직될 만큼 북방을 중심으로 활발한 독립운동 기운이 태동할 무렵이었다. 수월이 떠나 버린 신해년 한겨울. 다사다난하던 묵은 해가 저물어 가는 섣달 그믐날 밤, 경허는 홀로 글방에 앉아 제야의 밤을 보낸다.

글방 밖으로는 찬 북방의 눈발이 난분분 난분분 쏟아지고 있는 깊은 설야. 골수에까지 깊은 병이 든 늙은이 경허는 붓을 들어 선달 그믐을 보내고 홀로 새해를 맞는 느낌을 〈제석(除夕)〉이라는 제목으로 다음과 같이 써내린다.

천 갈래 이는 회포 어찌 말로 다할쏜가
깊은 산 차가운 눈 글방 하나 외로워라
지난해 청명 때는 강계읍에서 보냈는데
금년 선달 그믐달은 갑산의 산촌에서 맞는구나
홀연히 고향 생각 꿈에 먼저 들어가고
기약 없는 나그네길 슬픔을 잊어볼까
창 앞에 호롱불이 가물가물 거릴 때
인적은 고고하고 이웃집 닭소리를 몇번이나 들었던가.
千緖暗懷詎以言　山深雪冷一書軒
去歲淸明江界邑　今年除夕甲山村
俄忽鄕關先入夢　不期旅悒暫忘痕
窓燈耿耿喧嘩絶　佇聽隣鷄幾倚門

이때 경허의 나이는 61세. 날이 밝아 새해가 됨으로써 그의 나이는 62세가 되어 버리는 것이다. 그러니까 그가 갑산, 강계의 낯선 땅에서 머무른 지 햇수로 8년째 되는 새해가 되는 것이다.

경허는 자신이 머무르고 있던 강계, 갑산 등을 강주(江州)라 부르고 있었는데 그곳에서 햇수로 8년째 머무르게 되는 새해 임자년(壬子年)의 어느 날 다음과 같은 시를 남긴다.

제목을 〈밤에 앉아서(夜坐)〉라고 지은 시에서 경허는 다음과 같이 노래한다.

강주땅 8년 동안을 얇은 옷 한 벌로
눈 덮인 외로운 마을의 사립문을 두드렸도다
마치 다리 저는 나귀가 달아나지 못하듯
날개 꺾인 새가 제 맘대로 날지 못하듯
길고 짧은 창문과 등불 또한 이 세상 형상이로다
알지 못하리라 중니(仲尼 : 공자의 자)는 필경에 무엇을 연구하였고
복희(伏羲)가 내놓은 주역의 이치도
삼절의 운(三絶運)으로 돌아가고야 마는 것일세.
江州劇八一寒衣 氷雲孤村感叩扉
事似蹇驢停未走 心如鈍鳥擧難飛
淺深樽酒皆情境 長短窓燈亦世機
知不仲尼竟何究 羲經三絶運之歸

경허가 그의 생애가 다하는 무렵에 지은 이 시 한 수를 통해 이 무렵 경허의 심정을 미뤄 짐작할 수 있을 것이다.

경허는 자신을 '다리 저는 나귀(蹇驢)'와 '날개 꺾인 새(鈍鳥)'로 비유하였다. 다리 저는 나귀로 절뚝절뚝 거리면서, 날개 꺾인 새로 파드득파드득 날갯짓하면서 눈 덮인 외로운 마을 강주땅

에서 엷은 옷 한 벌로 8년 동안 지냈지만 이제 알겠으니, 평생에 걸쳐 도를 이룩한 부처도, 평생을 몸바쳐 공부하였던 공자도, 황하에서 나온 용마(龍馬)의 등에 있는 도형을 보고 계시를 얻고, 다시 위로 천문(天文)을 보고, 아래로는 지리를 살피고, 중간으로는 만물의 각기 마땅한 바를 관찰하여 인간의 운명을 점치고 꿰뚫어본다는 팔괘(八卦)를 만들어 주역을 완성하였다는 고대 중국의 임금 복희도 결국 이 세상에 나온 사람이라면 '늙고 병들고 죽는다(老病死)'는 삼절운을 벗어나지 못한다는 것을 한탄하면서 이를 노래하고 있는 것이다.

결국 경허는 홀로 방에 앉아 늙고 병들어 죽어 가는 자신이 삼절운을 벗어나지 못하고 있음을 다리 저는 나귀가 쩔뚝쩔뚝 거려도 결코 도망가지 못하고, 날개 꺾인 새가 파드득파드득 필사적으로 날갯짓하여도 벗어날 수 없음을 이렇듯 절창의 시로 노래하고 있는 것이다.

이 무렵 경허는 얼마 안 있어 다가올 자신의 죽음을 예견하고 있었는 듯 짤막한 단상을 두 수 남기고 있다. 그 하나는 〈시비를 말라(莫論是非)〉라는 단시고, 또 하나는 〈구별하지 말라(莫作別事)〉라는 단시였다.

그 내용은 각각 다음과 같다.

누구 옳고 그른가
모두가 꿈속의 일이로다
북망산 아래

누가 너이고 누가 나이더냐.
誰是孰非 夢中之事
北邙山下 誰爾誰我

장 첨지 이 생원이 죽었나니
나도 또한 그 꼴을 당할 것인가
바람 그치고 불 꺼지면 꿈속이로다
평생에 탐욕과 어리석음 너와 나의 싸움뿐.
張三李四遷化 我亦當見其事
風止火滅夢中 平生貪瞋人我

평생을 '너'와 '나'로 싸우고 구분하여도 결국 북망산(北邙山)으로 돌아가는 것은 앞뒤 순서만 다를 뿐 마찬가지라는, 이 무렵 경허의 자조적인 심사를 이 시들은 여실히 드러내 주고 있는 것이다.

북망산이란 중국 한남서(河南省) 낙양(洛陽)에 있는 산으로 예부터 무덤이 많이 있던, 흔히 사람이 죽으면 묻히는 묘지를 암시하는 대명사인 것이다.

죽음에 가까워질수록 경허의 마음은 어린아이와 같은 향수에 젖어 그답지 않게 애수에 잠기게 되는데, 이러한 경허의 마음을 나타내는 서정시 한 수가 이 무렵 쓰여져 오늘날까지 남아 전하고 있다. 제목을 〈귀뚜라미 울음소리(喞喞)〉라고 붙인 이 서정시는 말년의 경허가 더도 덜도 아닌 천생 시인이었음을 나타내 보이고 있음인 것이다.

한결같이 찌륵 찌르륵 동쪽 서쪽 어지러운데
들에도 책상에도 창문 밖에도
달 밝은 깊은 집에 처량한 벌레소리
단풍숲 산들바람이 너를 움직였구나
임 그리는 홀어미는 백년 한이요
꿈속에도 고향 찾는 천리 나그네
무슨 일인들 우리 인생에 슬픈 탄식이 없으리요마는
구슬피 탄식하는 가을비 소리 더더욱 쓸쓸해.
一聲喞喞亂西東　於野於床於戶通
悲語情多深院月　動機又可晩林風
百年孀婦思君裡　千里遊人做夢中
何事浮生無感歎　感歎於雨最難空

여기에서 경허는 자신을 귀뚜라미와 한몸으로 보고 있음인 것이다.

그리하여 마침내 1912년 임자년(壬子年), 인생으로서의 마지막 봄을 맞이하는 경허는 어느 날 글방에 홀로 앉아 낡은 거울에 비친 자신의 늙고 병든 얼굴을 물끄러미 들여다본다.

아마도 이때 씌어진 시가 경허가 남긴 마지막 절시(絶詩)가 아닌가 여겨진다. 그런 의미에서 이 시는 경허의 유작이 되는 것이다.

제목을 〈강계땅 도하리 글방에 있을 때 노래함(至月上浣在道下里書塾寄江界韻)〉이라고 길게 붙인 이 작품은 다음과 같다.

마음도 없고 일도 없는 책장 옆에서
반평생 쓰고 닳은 거울 안고 들여다보니
때는 삼월이라지만 봄은 일러 아직 꽃은 피지 아니하였네
벼랑에 쌓인 눈은 여름에 오히려 차갑고
세월이 하도 빨라 내가 벌써 늙었구나
편지조차 끊겼으니 그대 안부 염려되네
장부는 스스로 얽매이지 않기를 좋아하여
흥에 겨워 넓은 땅 찾아 어렵지 않게 다니고 있네.
無心無事傍書欄　半世榮枯抱鏡看
三月未花春尙早　千岩藏雪夏猶寒
境不厭深知我老　書何頓絶念君安
丈夫自好無覊絆　乘興相尋也不難

경허의 이 시에 나오는 '편지조차 끊긴 그대(書何頓絶念君)'는 누구를 말함일까. 그 무렵 북방에서 사귄 그 많은 시골선비 중의 하나일까, 아니면 평생을 두고 그가 만나고 사귀고 가르치고 어울렸던 수많은 벗들을 가리키는 대명사일까.

아마도 아닐 것이다. 이 시에 나타나는 '편지조차 끊긴 그대'는 짐작컨대 경허 자신을 나타내는 시어일 것이다.

일찍이 서산이 임종을 앞두고 거울 속에 비친 자신의 모습을

보면서 육신으로서의 그대를 향해 탄식하여 말하였듯 경허도 거울을 통해 평생토록 써서 닳아빠진 늙고 병든 자신의 얼굴을 마주 보면서 스스로가 스스로에게 안부를 묻고 있음인 것이다.

이 절시에서 표현되었던 대로 벼랑에 쌓였던 묵은 해의 잔설이 녹아내리고 드디어 봄이 찾아와 온 강산에 꽃이 피기 시작하는 춘사월.

어느 날 경허는 김탁에게 다음과 같이 의미있는 말을 남긴다.

글방으로 찾아온 김탁에게 경허는 자신이 들고 있던 담뱃대와 쌈지를 가리키면서 이렇게 말하였던 것이다.

"여보시오, 담여. 내가 죽게 되면 내 관 속에 이 담뱃대와 쌈지를 함께 묻어 주시오."

이미 지난 겨울 들렀다 간 경허의 제자 수월로부터 박난주, 아니 경허의 전력에 대해 들어 대충이나마 알고 있던 김탁은 다만 이렇게 물었다고 전해지고 있다.

"그 담뱃대와 쌈지가 그토록 소중하십니까."

그 담뱃대와 쌈지는 8년 전 종적을 감출 때 마지막으로 들른 천장암에서 수법제자인 만공이 스승 경허를 위해 사드린 선물이었던 것이다.

경허는 다만 그럴 이유가 있을 뿐이라고 대답을 흐리고는 더 이상 설명하지 아니하였는데, 4월 들어 24일.

경허는 글방으로 글을 배우러 온 아이들을 모두 떠나보낸 오후 무렵, 갑자기 홀로 뜨락으로 나가 정원에 자란 잡초를 뽑기 시작하였다.

이를 본 학동들이 몰려와 접장 경허 대신 자신들이 잡초를 뽑겠다고 말하였으나 경허는 한사코 이들을 물리치고 곁에 오지 못하도록 하였다고 전해지고 있다.

더 이상 아이들이 몰려오지 않도록 울타리의 문을 닫고 경허는 잡초를 매기 시작하였다. 이윽고 뜨락의 잡초를 말끔히 뽑고 아름다운 푸른 잔디만 남게 되자 경허는 봄꽃이 만발한 정원에 누워 일어나지 않았다고 전해진다.

울타리 문틈으로 이를 보던 아이 하나가 선생님이 죽기라도 하였나 겁이 나 사립문을 밀치고 들어가 보니 경허는 푸른 잔디밭 위에 꼼짝도 않고 누워 있을 뿐이었다.

아이가 놀라 경허의 몸을 흔들자 경허가 감았던 눈을 뜨고 이렇게 신음하며 말하였다.

"내가 몹시 피곤하구나."

아이가 뛰어 동리 어른들에게 이를 고하자 동리 어른들이 다투어 글방으로 모여들었다. 여러 사람이 부축하여 잔디 위에 쓰러져 누워 있는 경허를 방안으로 들여 모셨다고 전해지고 있다.

방안으로 모셔진 경허는 줄곧 벽을 보고 모로 누웠을 뿐 식사도 안하고 말도 하지 않고 또한 몸이 불편하였으나 신음소리 하나 내지 않았다고 전해지고 있다. 사람들이 물어도 대답하지 않고 벽만 보고 있을 뿐이었다.

아무래도 심상치 않게 생각한 김탁은 사람들을 보내고 홀로 방을 떠나지 않고 경허의 임종을 지켜보기로 하였다. 깊은 침묵의 밤이 지나고 새벽이 밝아 올 무렵, 먼 곳에서 새벽을 알리는 닭소리가 거푸거푸 들려오자 경허는 주섬주섬 몸을 일으키고 앉았다. 여전히 말을 않고 손으로 무엇을 찾는 형상을 하였는데 김탁은 경허가 붓을 찾고 있음을 알았다. 김탁이 그 손에 붓을 쥐어 주고 그 앞에 종이와 먹을 갖다 주었다. 그러자 어디서 그런 힘이 나올까 싶게도 경허는 붓에 먹을 듬뿍 묻히고 종이 위에 힘차게 찍어내렸다.

김탁은 경허가 쓴 글자를 쳐다보았다. 그것은 글씨가 아니라 하나의 일원상이었다.

'ㅇ'

하나의 동그라미, 하나의 원상을 그리고 나서 경허는 혼신의 힘을 다해 운필하기 시작하였다. 그 내용은 다음과 같다.

마음만 홀로 둥글어
그 빛 만상을 삼켰어라
빛과 경계 다 공한데
또다시 이 무슨 물건이리오.
心月孤圓 光呑萬象
光境俱忘 復是何物

글씨를 쓰고 난 경허는 홀연히 붓을 던져 버린다. 이로써 이 4행 게송이 경허가 남긴 열반송이 되었음이다.

경허는 힘을 다해 글을 쓴 후 붓을 던져 버리고 오른쪽 허리를 누이고 그대로 숨을 거두었다.

이때가 임자년 4월 25일.

5

경허가 숨을 거두자 곧 날이 밝고 핏덩어리 같은 붉은 해가 솟아오르고 있었다.

경허가 숨을 거둔 곳은 갑산 웅이방 도하동 글방. 이때 그의 나이는 세수(世壽)로 64세, 승려의 나이 법랍으로는 56세에 이른다.

후일 스승 경허의 행장을 쓴 한암은 경허의 천화(遷化)를 두고 다음과 같이 비통해 하고 있다.

'아아, 슬프고 애석함이로다. 이러한 대선지식이 이 세상에 출현하심은 실로 만겁에 만나기 어려움이로다(嗚呼哀哉 大善知識出世 實萬劫難遇).'

경허가 입적하자 김탁은 예를 갖추어 장례를 지냈다고 전해지고 있다. 김탁은 갑산의 난덕산(難德山)에 경허의 시신을 유교식으로 모셨다.

김탁은 경허의 유언대로 경허의 시신을 입관할 때 관 속에 담뱃대와 담배쌈지를 함께 넣어 매장하였다. 그리고 그 동안 경허가 쓰던 글방을 폐쇄하는 한편 그 방에서 나온 유품들을 자신이 소중히 간직하였다.

이때 만약 김탁이 경허의 유품들과 주옥 같은 시들을 보관하지 않았더라면 경허가 노년에 객지에서 쓴 100편에 가까운 시들은 햇빛을 보지 못하고 그대로 사장되어 버렸을지도 모르는 일일 것이다.

그리고 나서 김탁은 지난 겨울 우연히 지나다 들른 수월의 당부를 떠올렸다.

혹시 스승 경허가 입적하게 되면 필히 서장을 보내 그 사실을 알려 달라는 주소를 떠올린 것이다.

그 당시 정혜사에는 만공과 혜월 두 수법제자가 머무르고 있었다.

이미 수월이 쓴 편지를 통하여 스승 경허가 갑산에서 머리를 기른 유생의 속복 차림으로 글방을 차리고 훈몽 생활을 하고 있다는 소식을 전해 듣고 있었던 만공과 혜월이었지만 이상하게도 스승 경허의 열반 소식만은 아주 늦게 전해 받게 되는 것이다.

수법제자인 만공과 혜월이었으므로 경허가 열반하였다는 소식을 들었으면 들은 즉시 출발하였으련만 만공과 혜월이 갑산을 찾아가 스승 경허가 써놓은 게송을 접한 것은 경허가 입적한 다음해인 계축년(癸丑年) 7월 25일이라고 알려져 있다.

어째서일까.

만공과 혜월은 어째서 스승 경허가 열반한 지 1년하고도 3개월이 지난 후에야 갑산에 도착하게 되는 것일까.

만공과 혜월이 스승 경허의 열반지에 늦게 도착한 이유에 대해서는 알 수 없는 일이고, 만공은 스승 경허가 천화(遷化)하였다는 소식을 듣자 놀라 통곡하고 나서 노래 한 수를 짓는다.

제목이 〈경허 법사의 천화 소식을 듣고서(聞鏡虛法師遷化吟)〉라고 돼 있는 이 추모송은 경허의 수법제자가 스승을 기리며 쓴 시 중에서 가장 널리 알려져 있으며 유명한 시로 손꼽히고 있다.

그 이유는 경허의 성품을 아주 간략하게 그리면서도 정곡을 찔러 표현하고 있는 것으로 정평이 나 있기 때문인 것이다.

스승을 노래한 만공의 추모송은 다음과 같다.

착함은 부처님을 지나고 악함은 호랑이를 지나던
이 경허 선사여
천화하여 어느 곳으로 향하셨습니까
술 취한 스님께서는 화면에 누워계시네.
善惡過虎佛 是鏡虛禪師
遷化向甚處 酒醉花面臥

스승 경허를 '착함은 부처님을 지나고 악함은 호랑이를 지난다'고 표현한 만공의 한 줄의 시구야말로 경허의 진면을 드러내고 있음이다. 부처는 선의 상징이며 호랑이는 악의 상징이다. 착할 때는 부처를 뛰어넘고 악할 때는 호랑이를 뛰어넘은 경허의 철두철미함. 살 때는 철저히 살고 죽을 때는 철저히 죽은 경허의 철상철하(徹上徹下). 철저란 말은 코끼리가 한 발을 옮길 때마다 단단하게 땅 위를 빈틈없이 딛는 데서 유래된 말이라던가.

경허의 이러한 일생은 선가에서 내려오는 다음과 같은 유명한 금언을 떠올리게 한다.

'살 때는 온몸으로 살고 죽을 때는 온몸으로 죽어라(生也全機現 死也全機現).'

경허의 삶은 선가에서 내려오는 또 다른 유명한 금언을 떠올리게 한다.

'높이 서려면 산꼭대기에 서고 깊이 가려면 바다 밑으로 가라(高高頂上立 深深海底行).'

스승 경허의 천화 소식을 만공과 혜월은 곧바로 경허의 시신을 다비하기 위해 갑산으로 출발한다. 글방에 도착하여 김탁을 만나 대충 이야기를 전해 듣고 스승이 남긴 유품을 본 후 두 제자는 돌아가신 사람이 틀림없는 스승 경허임을 확인한다. 그리고 나서 두 제자는 난덕산 밑 경허가 매장된 무덤을 찾아갔다.

경허는 유생 박난주로 세속 생활을 하였으므로 유교식으로 매장된 것은 당연한 일이었다. 만공과 혜월은 풀이 자란 봉분을 무너뜨리고 땅을 파 경허가 들어 있는 관을 꺼낸다. 전해 내려오는 바에 의하면 관을 꺼내 이를 뜯어내리자 안에서 경허의 시신이 나왔는데 매장된 지 일년여가 지났으므로 육신이 몹시 썩어 형체를 알아볼 수 없었다고 한다. 시일이 오래 지난 후라면 살은 육화되어 썩고 뼈만 탈골되어 남아 있었을 터인데 일년밖에 되지 않았으므로 시신은 한창 썩고 있는 중이라 악취가 나고 차마 눈뜨고 볼 수 없을 만큼 흉하였다고 전해지고 있다.

다만 한 가지 분명한 것은 만공이 천장암에서 헤어질 때 스승 경허에게 선물로 드린 담뱃대와 담배쌈지가 관에서 고스란히 나왔다고 전해지고 있다. 이로써 관에 들어 있는 시신이 경허가 틀림없음이 명백한 증거로 드러나게 된 것이다.

스승 경허의 시신임이 분명하다고 밝혀진 이상 만공과 혜월은 다비를 올려 이번에는 불교식으로 경허의 시신을 화장하기 시작하였다.

경허는 이처럼 죽은 후에도 독특한 장례법으로 두 번을 죽는다. 그의 일생이 승려와 선비의 유생으로 두 번 나뉘어 두 개의 생을 산 것이라면 그의 죽음도 한 번은 유교식으로, 또 한 번은 불교식으로 화장되어 죽는 두 번의 죽음을 경험하게 되는 것이다.

원래부터 고승이라면 시신을 7일장이라 하여 삭발하고 목욕을 시키고 옷을 입힌 후 일단 입감(入龕)하여 관에 넣었다가 7일이 지난 후에야 기감(起龕)하여 노제(路祭)를 올리고 나무를 쌓아 올린 제단 위에 시신을 누이고 거화송(擧火頌)을 왼 후 불을 붙여 태우는 것이 순서로 되어 있었다. 그러나 이미 경허의 시신은 관 속에 넣어져 입감된 지 일년이 훨씬 지난 후였으므로 다른 절차는 생략하고 그대로 시신에 불을 붙여 태우는 다비식부터 거행하기로 한 것이다.

경허의 썩은 시신을 나뭇단 위에 올려놓고 불을 태우는 동안 소쩍새가 숲속에서 소쩍소쩍 울고 있었다고 전해지고 있다.

두 제자는 경허의 시신을 나뭇단 위에 올려놓고 불을 태우면서 거화송을 독경하기 시작하였다.

'차일거화(此一炬火) 비삼독지화(非三毒之火) 시여래일등삼매지화(是如來一燈三昧之火)….'

곧 경허의 썩은 몸 위에 불이 붙어 타오르기 시작하였다.

만공은 요령을 흔드는 법주(法主)가 되고 혜월은 목탁을 두드리는 바라지가 되어 다비식을 거행하고 있었는데, 이 현장에는 김탁을 비롯한 많은 선비들이 참석하여 자리잡고 있었다고 전해지고 있다.

만공은 스승 경허를 위해 다비문을 게송하면서 다비식을 거행하는 동안 문득 17년 전 마곡사에서 나누었던 스승 경허와의 선문답을 떠올렸다.

경허가 물었던 '유안석인제하루(有眼石人齊下淚) 무언동자암차허(無言童子暗嗟噓)'란 다비문은 죽은 사람을 관 속에 넣어 입감시킬 때 외는 제문 중의 일부분이었던 것이다.

그렇다면 스승 경허는 거의 20년 후에 자신이 북방의 낯선 곳에서 죽어 묻힐 것을 예견하고 그때 만공이 찾아와 법주가 되어 다비식을 거행하면서 바로 그 다비문을 송주(頌呪)할 것을 미리 꿰뚫어보기라도 하였던 것일까.

이때 만공은 스승 경허가 물었던 질문에 대한 답을 17년 만에 내린다.

눈 달린 돌사람이 눈물을 흘리는 참뜻과 말없는 동자가 탄식하는 참뜻에 대해 17년 전에는 '모르겠습니다'라고 대답하였다가 스승 경허에게 준엄한 꾸짖음을 당하였지만 이제는 스승 경허가 물었던 그 질문에 대해 17년 만에 당당히 대답을 내리고 있는 것이다.

순간 만공은 숲속에서 울고 있는 소쩍새의 울음소리가 귓속을 파고드는 것을 느꼈다.

"소쩍 소쩍."

그 소쩍새의 울음소리를 만공은 '솥이 적다. 솥이 적다(小鼎)'라는 의미로 파악하였으며 순간 그 솥이 적다고 울어 예는 소쩍새가 원래 모진 시어머니 밑에서 제대로 얻어먹지 못하였던 며느리가 죽어 소쩍새가 되었다는 전설에서 비롯된 먹지 않아 배고픈 새임을 꿰뚫어본 것이었다.

만공의 머리 속으로 한 줄의 시가 떠올라 석화(石火)처럼 번득였다.

'먹지 않은 소쩍새가 '솥이 적다' 한을 하고 있구나(不食杜鵑恨小鼎).'

그러니까 이 구절은 일찍이 17년 전 경허가 마곡사에서 만공이 과연 깨달아 부처를 이루었는가 알아보기 위해 던진 질문에 대한 대답이었던 것이다. 말하자면 '다비문에 눈 달린 돌사람이 눈물을 흘린다고 하였느니 이게 무슨 뜻인고' 하는 스승 경허의 질문에 만공은 17년 만에 다음과 같이 대답하였던 것이다.

'먹지 않은 소쩍새가 '솥적다, 솥적다' 한탄을 하고 있습니다.'

스승 경허의 질문에 대한 17년 만의 대답이 한 편의 시를 이루고 있음이다. 제목이 〈함경남도 갑산군 웅이면 난덕산 밑에서 선법사의 다비를 모실 때(於咸南甲山郡熊耳面難德山下 先法師茶毘時吟)〉라고 길게 붙여진 이 시는 제목 그대로 스승 경허의 시신에 불을 붙여 하화(下火)한 후 기다리는 동안 만공이 지은 시인 것이다. 그러므로 이 시는 마지막으로 스승 경허를 봉송하여 떠나보내는 동안 생전에 경허가 내던진 질문에 대한 수법제자로서의 답변인 것이다.

그 시는 다음과 같다.

예로부터 시비가 여여한 나그네가
난덕산에서 겁 밖의 노래를 그치셨네
나귀와 말을 불태워 저문 이 저녁에
먹지 않은 소쩍새가 '솥적다' 한을 하네.
舊來是非如如客　難德山止劫外歌
驢馬燒盡是暮日　不食杜鵑恨小鼎

원래는 창의(唱衣)라 하여 죽은 사람이 남긴 옷이나 유물들을 주위 사람들에게 남겨 주기도 하는 풍습이 있었지만 이미 사후 일년이 지난 후였으므로 모두 다 한꺼번에 태워 버렸다고 전해지고 있다. 관의 뚜껑을 열었을 때 나온 담뱃대와 담배쌈지도 스승의 유물로 보관하여 기념할 수 있었겠지만 남김없이 타오르는 불 속에 집어넣었다고 전해지고 있다.

만공이 노래한 시처럼 경허의 다비는 날이 저물었을 때야 끝이 났다. 경허는 타오르는 불 속에서 한 줌의 재로 남았다. 물에서 나온 것은 물로 돌아가고, 불에서 나온 것은 불로 돌아가고, 바람에서 나온 것은 바람으로 돌아가고, 흙에서 나온 것은 흙으로 돌아가 경허는 깨끗한 무(無) 그 자체가 되었다.

원래는 잿더미를 뒤져 남은 뼈를 습골(拾骨)하여 굵은 뼛조각을 모아 부도(浮屠)를 만들어 후세를 위해 남길 법도 하련만 만공과 혜월은 이를 철저히 무시하였다. 비록 경허의 입을 통하여 직접적인 유언을 듣지 못하였다 하더라도 만공과 혜월은 죽은 후에 사리를 줍거나 뼛조각을 모아 부도라도 만들려는 짓거리에 대해 스승 경허가 얼마만큼 싫어했는지 잘 알고 있었기 때문이었다.

만공과 혜월은 뼛조각을 남김없이 주워 이를 쇄골(碎骨)하여 골분으로 만들었다. 그리고 두 수법제자는 평소에 경허가 즐겨 다니던 갑산의 강과 산, 절을 찾아다니면서 뼛가루를 흩뿌려 산골(散骨)하기 시작하였다. 원래 갑산은 예로부터 군사의 요충지로 병마첨절제사(兵馬僉節制使)를 두어 북방을 지키던 곳으로 성이 둘러쳐 있고, 그 성을 중심으로 문루(門樓)와 치대(雉臺)들이 산재하여 있는 곳이었다. 경허는 이 문루에 올라가 술을 마시면서 첩첩이 뻗어내려간 산맥의 풍경들을 바라보면서 노닐기를 좋아하였다.

특히 그중에서도 북루(北樓)는 가장 높은 곳에 있으면서도 골짜기로 굽이쳐 흘러내리는 강물의 모습이 그림처럼 아름다워 경허가 생전에 즐겨 찾던 곳이었다.

만공과 혜월은 스승 경허의 뼛가루를 들고 경허가 생전에 즐겨 오르던 북루에 올랐다고 전해지고 있다. 북루에서 바라보면 산을 따라 흘러내리는 성곽의 모습도 한눈에 보이고 굽이쳐 흘러내리는 회린천(會麟川), 허천강(虛川江) 같은 강물들도 한눈에 보이는 최고의 절경이었다. 경허는 생전에 이 북루에 올라 두 편의 시를 지은 적이 있었다.

〈북루에서(北樓)〉라는 평범한 제목으로 남겨진 두 편의 시는 말년에 다만 가인(歌人)으로서의 경허가 얼마나 원숙한 경지에 이르렀는가를 미뤄 짐작케 한다.

그 첫 번째의 시는 다음과 같다.

1

늦더위 찌는 듯 칠월 볕을 피해
북루 높은 곳에 오르니 상쾌하고 시원도 하여라
석양의 산그림자 성과 함께 푸르고
비에 불은 강물빛은 누렇게 넘실거리네
옛 버릇 아직 남아 있다 하나 범 잡기는 어렵고
글자랑하는 것은 죽은 양 내보이듯 귀한 일이 아니다
술동이 앞에 백발 되도록 하늘가의 방랑객
개와 말처럼 아무것도 한 일이 없으니 묘당에 한이 되는구나.

老熱最蒸七月陽　北樓高處爽凉長
日斜山影連城碧　雨漲江光上檻黃
舊習雖存難搏虎　挾書何貴見亡羊
樽前華髮天涯客　大馬無功感廟堂

북루에 올라 지은 두 번째의 시는 다음과 같다.

2

반평생의 심사 푸른 하늘에 맡겨 두고
강성에 돌아다니느라 백발이 다 되었네
우뚝 솟은 이 낱 천 층의 산이요
가는 자는 이와 같이 만리 밖의 냇물인데
담 모퉁이의 가는 바람 먼 나무보다 더 낫고
즐비한 기와집에는 맑은 연기가 일어나네
먼 친척 찾아오고 이웃 벗도 와 있네
맑은 취미가 이 일변뿐임을 마땅히 내 알리로다.
半生心事付靑天　淪落江城白髮前
崒乎是箇千層岳　逝者如斯萬里川
墻角微風添遠樹　瓦鱗匝地起晴煙
遠親幸到隣朋在　淸趣應知此一邊

일찍이 북루에 올라 자신이 노래하였던 대로 마치 몸 파는 여인처럼 윤락(淪落)하여 백발이 다 된 하늘가의 방랑객〔天涯客〕은 이처럼 자신이 표현하였듯 만리 밖의 냇물처럼 죽어 가는 자(逝者)가 되어 푸른 하늘(靑天)로 돌아가고 있음인 것이다.

만공과 혜월은 스승 경허의 뼛가루를 산골하기 시작하였다. 불어오는 북방의 거센 바람은 경허의 골분을 백억계(百億界)의 만물로 돌아가도록 하였다.

만공과 혜월은 요령을 흔들면서 산좌송(散座頌)을 송주하기 시작하였다.

"법신변만백억계(法身遍滿百億界) 보방금색조인천(普放金色照

人天) 응물현형담저월(應物現形潭底月) 체원정좌보련대(體圓正坐寶蓮臺)."

죽은 사람의 신은 백억계의 온 세상으로 가득 차 돌아가고 죽은 사람의 몸체는 보배로운 연꽃으로 이루어진 보련대 위에 앉는다는 산좌송을 끝으로 경허의 다비장은 완전히 끝이 나고 말았다.

6

그로부터 18년 뒤, 경허가 열반하여 사라진 지 18년째 되는 1930년 경오년(庚吾年). 당시 금강산 유점사(楡岾寺)의 선원에 조실로 머무르고 있던 만공은 전국에 흩어져 있는 경허의 법제자인 혜월 · 혜봉(慧峰) · 한암 · 침운(枕雲) 등을 불러 한데 모이게 한 후 스승 경허의 법어집을 출판할 것을 제의한다. 스승 경허의 행장기는 막내 제자였던 한암이 근술(謹述)하기로 하였다.

한암은 이듬해 3월 15일 오대산 월정사에 머무르면서 스승의 행장기를 완성한다.

경허가 열반한 지 24년째 되는 1936년 병자년(丙子年). 그해 섣달인 납월(臘月) 8일. 만공은 당시 유명한 인물화가였던 설산(雪山) 최광익(崔光益)으로 하여금 스승 경허의 진영을 그리도록 한다. 만공의 입을 빌려 생전의 모습을 일일이 구술하여 수정할 것은 수십 번 수정한 뒤에 완성된 경허의 진영은 덕숭산 금선대 진영각(眞影閣)에 봉안된다.

이때 만공은 스승 경허를 기리면서 추모송 한 수를 짓는다. 제목을 〈경허법사영찬(鏡虛法師影贊)〉이라고 붙인 그 노래의 내용은 다음과 같다. 경허를 기리는 만공이 남긴 3절 추모송 중 이 노래야말로 대단원을 이루고 있음이다.

빈 거울에는 본래 거울이 없고
깨친 소는 일찍이 소가 아니다
거울도 없고 소도 아닌 곳곳 길머리에
살아 있는 눈 자유로운 술 더불어 색이로다.
鏡虛本無鏡　惺牛曾非牛
非無處處路　活眼酒與色

빈 거울인 경허(鏡虛)는 경허의 법호, 깨친 소는 경허의 법명. 만공이 노래한 것처럼 빈 거울이라 하지만 경허는 거울이 아니며, 깨친 소라 하지만 경허는 소가 아니다. 이처럼 경허는 거울도 아니고 소도 아니며 길도 아닌 '길 없는 길'을 살아 있는 눈으로 살다가 가버린 것이다.

길 없는 길

마음만 홀로 둥글어
그 빛 만상을 삼켰어라
빛과 경계 다 공한데
또다시 이 무슨 물건이리요.
— 경허 성우 / 열반송

길 없는 길

1

'어서 오십시오. 여기서부터 서울입니다.'

톨게이트 위에 내걸린 대형 광고탑을 나는 읽어 보았다. 그러자 갑자기 한꺼번에 안도의 피로감이 몰려오는 느낌이었다.

출발할 때부터 일요일 오후라는 사실을 미리 알고 있었더라면 아예 아침 일찍 출발하거나 아니면 차라리 밤늦게 출발하여 고속도로가 붐비는 시간을 피하였을 것이다. 아무런 생각 없이 고속도로 위로 올라선 순간 나는 아차, 하는 느낌을 받았다. 고속도로에 진입한 순간부터 벌써 차는 밀리고 있었다.

게다가 봄을 재촉하는 실비까지 뿌려 대고 있어 도로는 촉촉

이 젖어 있었다. 그래서 도로 위는 거대한 주차장처럼 차로 가득 차 있었고 차는 걷는 속도보다 느리게 거북이 걸음을 하고 있을 정도였다.

그러나 어쩌는 수가 없었다.

일단 고속도로 위로 올라온 이상 죽으나 사나 돌아가거나 우회하여 가는 방법 없이 오직 단 하나의 진로뿐이었다. 서울로 서울로 차를 몰아 가는 선택 하나뿐이었다.

나는 너무나 피로하였으므로 차가 밀리면 잠깐 눈을 감고 깜박깜박 졸기도 하였다. 그러다가 뒤편에서 울리는 차의 경적 소리에 깜짝 놀라 깨어 다시 앞으로 나아가곤 하였다.

아직 봄이 온 것은 아니지만 산야에는 봄 기운이 완연하여 모처럼의 휴일 수많은 사람들이 교외로 봄나들이 나왔다가 한꺼번에 돌아가느라 북새통을 이루고 있는 모양이었다.

천안에서 고속도로로 올라섰으므로 차가 밀리지 않는 평일에는 쉬엄쉬엄 휴게소에서 커피를 마시고 휴식을 취해도 길게 잡아 세 시간 정도면 충분히 서울에 닿을 수 있는 거리임에도 이미 두 배인 여섯 시간이 초과하고 있었다.

사람들은 차 속에서 가족들과 더불어 뭐라고 떠들며 마시고 먹으면서 어울리고 있었기 때문에 그 지리한 체증을 용케 견뎌내고 있었지만 나는 완전히 혼자였다.

그 누구와 이야기할 사람도 없고, 먹을 음식도 없었다. 씹을 수 있는 것은 껌뿐이었다. 그러나 무엇보다 견딜 수 없는 것은 잠이 쏟아지고 있다는 사실이었다.

나는 물먹은 솜처럼 피로했다. 눈꺼풀이 닻처럼 무거워 견뎌낼 재주가 없었다. 조금만 차를 세우고 있으면 그대로 눈꺼풀이 감기고 잠이 쏟아졌다. 잠을 쫓기 위해 껌을 씹기도 하고 라디오 스위치를 올려 음악을 듣기도 하였지만 다 소용없는 짓이었다. 견디다 못해 휴게소에 들어가 차를 세우고 30분 정도 눈을 감고 잠을 청해 보기도 하였다. 자판기에서 뜨거운 커피를 빼 두 잔 연거푸 마셔 보기도 하였지만 잠은 달아나지 않았다.

나는 꿈속에서 운전대를 잡고, 꿈속에서 차의 액셀러레이터를 밟고, 꿈속에서 와이퍼를 돌려 차창 위에 점점이 맺히는 빗방울을 지우는 느낌이었다. 차창에 맺힌 빗방울 위로는 맞은편 고속도로 위를 달리는 차량들의 불빛이 보석처럼 반짝이고 있었다. 상대적으로 텅 비어 있는 하행선을 질주하는 차들의 불빛이 빗방울에 반사되어 내 눈을 가시처럼 찌르곤 하였다. 그럴 때면 나는 내가 꿈을 꾸고 있는 것 같은 느낌을 받곤 하였다.

길을 떠난 지 불과 사흘밖에 안 되었지만 나는 거의 수년 만에 집으로 돌아가고 있는 느낌이었다. 내가 견딜 수 없을 정도로 피로했던 것은 지난 수년 동안의 지속된 긴장이 한꺼번에 풀려버린 것 같은 허탈감 때문이었을 것이다.

지난 수년 동안 나는 줄곧 경허의 행적을 좇으면서 지내왔다. 경허는 낮이나 밤이나 그 어디에서나, 심지어 꿈속에서까지도 내 마음을 지배하는 화두였었다. 경허는 내가 먹는 밥이었으며, 내가 꾸는 꿈이었으며, 내가 보는 사물이었으며, 내가 입는 옷이었으며, 내 머리 속에 끊임없이 떠오르는 생각이었다. 나는 단 한순간도 경허를 잊어 본 적이 없었다. 나는 경허의 입을 빌려 말을 하고, 경허의 눈을 빌려 사물을 보고, 경허의 코를 빌려 냄새를 맡고, 경허의 귀를 빌려 소리를 듣고, 경허의 손을 빌려 사물을 만지고, 경허의 마음을 빌려 생각하고, 경허의 잠을 빌려 꿈을 꾸었다.

경허는 나의 모든 것이었다. 경허가 일찍이 젊은 시절 장곡사(長谷寺)에서 '둘이 없는 집'이라는 법문을 지어 노래하였듯 경허와 나는 너와 내가 따로 없는 그대로의 '무이당(無二堂)'이었다.

경허가 웃으면 나도 웃었으며, 경허가 울면 나도 울었다. 경허가 화를 내면 나도 화를 냈으며, 경허가 술을 마시면 나도 술을 마셨다. 경허가 길을 떠나면 나 또한 길을 떠났다. 나는 경허의 그림자였으며 경허 또한 나의 그림자였다.

일찍이 인도의 요가 수행자인 요가난다(Yogananda : 1893~1952)는 〈내 안에 계신 그대〉란 시를 지은 적이 있었다.

내가 미소 지을 때
그대는 나를 통해 미소 짓는다
내가 눈물을 흘릴 때
내 속에서 그대는 눈물을 흘린다
내가 잠에서 눈을 뜰 때
그대는 나에게 인사를 한다
내가 길을 걸을 때

그대는 나와 함께 있다
그대는 나처럼 미소 짓고 눈물 흘리고
잠에서 깨어나고 길을 걷는다
나는 얼마나 그대와 비슷한가
하지만 내가 꿈을 꿀 때에도
그대는 깨어 있다
내가 넘어질 때
그대는 똑바로 서 있다
내가 죽을 때
그대는 나의 생명.

요가난다의 시처럼 경허는 내 안에 있는 그대였다. 경허는 나와 함께 미소 짓고, 눈물을 흘리고, 잠에서 깨어나고, 길을 함께 걸었다. 경허는 나의 전부, 나의 모든 것이었다. 그러하던 경허가 마침내 죽음으로써 내 곁을 떠났다. 경허는 내가 탄 소(牛)였다. 경허는 일찍이 〈심우송(尋牛頌)〉에서 다음과 같이 노래한 적이 있었다.

가위 우습구나 소를 찾는 자여
소를 타고 다시 소를 찾는구나
별 비낀 방초길에
이 일이 실로 유유하구나.
可笑尋牛者 騎牛更覓牛

斜陽芳草路 那事實悠悠

경허는 내가 탄 소였으며 나 역시 경허가 탄 소였다. 그러나 이제 소에서 내릴 때가 다가왔다고 나는 생각하였다. 경허가 읊은 이 노래는 중국의 청원(淸遠) 선사가 읊은 한 노래에서 비롯된 것이다. 청원 선사는 선을 수행함에 두 가지의 병이 있다고 말하고 있다.

"하나는 나귀를 타고 나귀를 찾는 병이요, 또 하나는 나귀를 타고 나귀에서 내리지 않으려고 하는 병이다."

경허가 나의 소며, 말이며, 나귀였다면 이제 나는 그 소인 경허에서, 말인 경허에서, 나귀인 경허에서 내릴 때가 되었다고 생각하였던 것이다.

분명히 말해 지난 수년 간 경허는 나였으며 나 또한 경허였지만 이제는 '경허는 경허고 나는 나인 것'이다.

일찍이 당나라의 선승 무착 문희(無着 文喜 : 821~900)는 7세에 출가하여 계율과 교학을 공부하였으나 평생 소원이 문수보살을 만나는 것이었다.

문수보살은 부처의 왼쪽에 있어 지혜를 맡고, 보현보살은 오른쪽에 있어 이덕(理德) · 정덕(定德) · 행덕(行德)을 맡고 있는 양대 보살인데 문수는 특히 오른손에는 지혜의 칼을 들고 있고 왼손에는 지혜의 꽃인 청련화(淸蓮花)를 들고 있다고 알려져 있다. 일체 보살의 으뜸이 되어 언제나 중생 제도의 일을 돕고 드날리기 위해 수시로 형상을 바꾸어 현신(現身)한다고 알려져 있는데 중국의 산서성(山西省) 오대산에서 일만 보살과 더불어 머무르고 있다고 알려져 있었다.

이에 무착은 평생 소원인 문수보살을 친견하기 위해 오대산을 찾아가기로 결심하였던 것이다.

무착은 문수를 만나기 위해 오대산으로 찾아갔지만 무착의 이런 깊은 마음을 꿰뚫어본 문수는 노인으로 현신하여 무착 앞에 몇 번이고 계속 나타나 보였다. 그럼에도 무착은 눈이 어두워 눈앞에 나타난 문수를 알아보지 못하였던 것이다.

한번은 문수가 노인으로 현신하여 무착에게 물었다.

"요즈음 어디서 왔는가."

무착이 대답하였다.

"남방에서 왔습니다."

문수가 다시 물었다.

"남방의 불법이 어떻게 유지되던가."

무착이 대답하였다.

"말법이라 계율을 지키는 비구가 적습니다."

문수가 다시 물었다.

"대중은 얼마나 되는가."

무착이 대답하였다.

"혹 300, 혹 500이라고 합니다."

무착이 이번에는 문수에게 물었다.

"여기서는 어떻게 사십니까."

그러자 문수가 대답하였다.

"범부와 성인이 함께 살고 용과 뱀이 섞여 살고 있소(凡聖同居龍蛇混雜)."

무착이 다시 물었다.

"대중은 얼마입니까."

문수가 대답하였다.

"앞이 33이요, 후가 33이니라(前三三後三三)."

문수보살을 친견하러 오대산까지 찾아간 무착은 바로 눈앞에 나타난 문수를 이처럼 알아보지 못한 것이었다. 문수는 무착이 자신을 알아볼 때까지 계속 나타나기로 결심을 굳힌다. 그렇다. 우리 인생에 있어서도 문수는 '지혜'의 빛으로 계속 나타나고 있다. 눈앞에 있는 그 빛을 보지 못하는 것은 그것을 보는 우리의 눈이 욕망과 집착과 어리석음으로 장님이 되어 있기 때문인 것이다.

이처럼 그토록 보기를 원하는 무착의 마음을 헤아려 그의 눈앞에 노인으로 현신하여 나타나도 자신을 알아보지 못하는 무착에게 문수는 다시 유리잔을 들어올리고 물었다.

"남방에도 이런 것이 있는가."

그러자 무착이 대답하였다.

"없습니다."

문수가 다시 물었다.

"이런 것이 없으면 무엇으로 차를 마시는가."

무착이 말문이 막혀 대답을 못하였다. 마침내 해가 져서 무착이 하룻밤을 머무르려고 하자 문수가 말하였다.

"그대에게는 '집착하는 마음'이 있다. 그러므로 여기에서는 잘 수가 없다."

이에 무착이 말하였다.

"나는 이미 집착하는 마음을 끊었습니다. 그래서 집착하는 마음이 없습니다."

문수가 다시 물었다.

"그대는 계를 받은 지 얼마나 되는가."

무착이 대답하였다.

"20년이 됩니다."

이에 문수가 화를 내면서 말하였다.

"그대는 집착하는 마음이 없다는 말을 몹시도 좋아하는구나."

그리고 문수는 동자 균제(均提)를 시켜 무착을 내쫓으라고 말하였다.

무착이 동자에게 물었다.

"아까 화상께서 말씀하시기를 '앞이 33이요, 뒤도 33이니라' 하셨는데 그게 도대체 얼마인가."

그러자 문수의 시자인 균제가 무착을 불러세웠다.

"대덕(大德)이시여."

무착이 고개를 돌려 보자 동자가 물어 말하였다.

"그게 얼마입니까."

무착이 고개를 들어 보니 그 절의 편액(扁額)이 없는지라 동자에게 물었다.

"이 절의 이름이 무엇인가."

동자가 손으로 금강신장(金剛神將)의 등뒤를 가리키면서 말하였다.

"보십시오."

무착이 고개를 올려 보니 절도, 금강신장도, 동자도, 문수도 모든 것이 홀연히 사라져 버리는 것이었다.

이처럼 지혜의 빛인 문수보살은 자신을 간절히 만나기를 염원하는 무착 앞에 수시로 나타나 보이는 것이다. 그럼에도 불구하고 무착은 유리잔과, 절 이름과, 대중의 숫자에만 정신이 팔려 바로 눈앞에 나타난 문수를 '보지〔見〕' 못하고 있는 것이다. 자신은 집착을 버렸다고 주장하지만 무착은 유리잔의 소유욕과, 절 이름의 분별과, 대중의 숫자가 가리키는 명성에만 눈이 어두워 문수를 보지 못하고 있는 것이다.

'선문염송(禪門拈頌)'에 이르면 문수는 무착 앞에 두어 번 더 나타나 보인 것으로 되어 있다.

무착이 문수보살을 친견하기 위해 오대산에 갔다가 행랑에서 한 노인을 만난다. 노인은 무착에게 묻는다.

"대덕은 어디서 오셨습니까."

이에 무착은 대답한다.

"남방에서 왔습니다."

노인이 다시 묻는다.

"듣건대 그곳에서는 목환자(木槵子) 나무로 된 염주가 나온다는데 가지고 오셨습니까."

이에 무착이 말하였다.

"좋은 것은 없고 좋지 못한 것은 하나 있소이다."
노인이 손을 내밀면서 부탁하였다.
"제게 좀 보여주시겠습니까."
무착이 염주를 내밀자 노인은 염주를 받아든 채 홀연히 사라져 보이지 아니하였다.
한번은 무착이 오대산에서 한 노인을 만나 묻되 '혹시 문수보살이 아니십니까' 하였다. 그러자 노인이 대답하였다.
"어찌 두 문수가 있으리오."
무착이 무릎을 꿇고 절을 하매 노인은 홀연히 보이지 않았다.
이처럼 무착은 평생 소원으로 문수보살 보기를 간절히 바라고 있었던 것이다.
당대(唐代)에는 화엄사상의 유행에 따라《화엄경》이 설법되는 문수보살의 영장(靈場)으로 산서성(山西省)의 오대산 혹은 청량산에 문수보살이 머무르고 있다는 성지신앙(聖地信仰)이 있었으므로 문수보살을 만남으로써 진리를 깨우치려는 무착은 그 성지인 오대산을 순례하고 있었던 것이다.
그러나 그는 문수가 오대산에만 머무르고 있다고 집착하고 있었던 것이다.
이미 그는 젊은 시절 문수보살을 만나보았던 것이다. 가화(嘉禾)의 어아(御兒) 사람으로 속성이 주(朱)씨였던 무착은 7세에 벌써 출가하여 전국을 두루 돌아다니다 마침내 홍주(洪州)의 관음원(觀音院)으로 가 앙산 혜적(仰山 慧寂) 밑에서 공부하였다. 한눈에 무착이 법기임을 알아본 앙산은 무착에게 전좌(典座)의 소임을 맡겼다.

어느 날 이상한 떠돌이 중이 찾아와 밥을 달라고 하자 무착은 자기 몫을 내주어 배불리 먹였다. 앙산이 이를 알고서도 모른 체하고 짐짓 물어 말하였다.

"아까 떠돌이 중이 왔었는데 밥을 주었는가."

이에 무착이 대답하였다.

"제 것을 그에게 주어 먹여 보냈습니다."

앙산이 기뻐 말하였다.

"그대는 큰 이익을 얻었다."

일찍이 인도에서 온 중으로부터 '소석가(小釋迦)'라고 불린 앙산은 그 떠돌이 중이 문수보살의 현신임을 꿰뚫어보았던 것이다. 그러나 제자 무착의 눈이 아직 열리지 아니하였으므로 앙산은 '그대가 큰 이익을 얻었다'고만 말하였을 뿐 그 떠돌이 중이 그대가 그토록 보기를 원하는 문수보살이라는 사실은 가르쳐 주지 않았다. 문수를 볼 수 있는 것은 '눈'이 아니라 '마음의 눈'임을 앙산은 알고 있었으며, 눈은 다만 볼〔視〕 뿐이며 마음의 눈이 열려야만 비로소 보고〔見〕 꿰뚫어볼〔觀〕 수 있음을 앙산은 알고 있었기 때문이었다.

앙산의 절친한 친구이자 지객(知客)이었던 임제는 다음과 같은 유명한 설법을 내리고 있다.

"함께 도를 닦는 여러 벗들이여

그대들이 지금 법문을 듣는 것은 그대들의 사대(四大)가 아니라 법문을 듣는 주인공이 사대로 이루어진 육신을 사용할 수 있기 때문이다. 만일 이와 같이 볼 수 있다면 곧바로 자유자재하게 가고 머무를 것이다. 삶에 대한 이 산승(山僧)의 통찰로는 싫어하며 피해야 할 삶은 없는 것이다.

여러분들이 성인을 좇아 구한다고 하지만 성인이라는 것은 단지 이름에 지나지 않는다. 어떤 구도자가 오대산으로 가서 문수보살을 친견하려 한다면 이는 벌써 자신을 그르친 꼴이 되고 만다. 오대산에 문수는 없다. 그대들은 진정 문수보살을 만나고 싶은가. 그렇다면 그대들의 목전에서 작용하고 처음부터 끝까지 다르지 않고 공간적으로 도처에 의심하는 곳 없이 작용하는 바로 그 주인공이 '살아 있는 문수'인 것이다. 그대들의 한 생각이 차별없이 작용하는 광명으로 처처에 비치는 것이 '참된 보현(眞普賢)'이다. 그대들의 한 생각이 자기 스스로의 결박을 풀어 이르는 곳마다 해탈하는 것이 바로 관음삼매법(觀音三昧法)이다. 문수, 보현, 관음 셋이 서로 주인이 되기도 하고 벗이 되어 출현할 때는 일시에 출현한다. 하나가 곧 셋이고, 셋이 곧 하나다. 이와 같이 깨달으면 비로소 부처님의 일대 시교와 조사의 어록을 볼 수 있다고 할 것이다."

'오대산에 문수는 없다(伍臺山無文殊)'는 이 유명한 설법대로 무착은 아직 심안이 열리지 않아 자기 마음속에 있는 문수를 보기보다 오대산이라는 이름에 끌려 마음 밖에서 문수를 만나려 허사를 하였던 것이다. 만약 '하나가 곧 셋이고, 셋이 곧 하나다(一卽三 三卽一)'라는 임제의 법문을 깨달았다면 무착은 문수가 대답한 '앞이 33, 뒤가 33'이라는 화두를 그 즉시 깨달았을 것이다.

무착은 그러나 문수를 친견하려는 소망을 쉽게 포기하지 않았다. 일찍이 부처도 보리수 아래에서 도를 이루었으나 7일 동안 그 나무 아래 앉아 보임하던 중 마지막 날에야 문수보살을 만나 마침내 그로부터 여래밀인(如來密印)을 전해 받아 원만한 부처를 이루었던 것이다. 그러므로 문수보살은 '일체 지혜로운 자(一切智者)'로서 석가여래의 스승이라고까지도 불리고 있는 것이다.

여래조차 문수보살을 친견함으로써 원만한 부처를 이루었듯 선(禪)이 곧 문수요, 문수가 곧 선인 것이다.

선을 통해 견성하여 깨달음을 얻는 것은 곧 석가의 스승이며 칠불(七佛)의 스승이자 삼세제불(三世諸佛)의 성모(聖母)이신 문수를 친견하여 그로부터 지혜의 빛을 증득(證得)하는 일이었기 때문이다.

그러므로 무착은 문수를 친견하려는 소망을 포기할 수 없었다. 세월은 흘러 오대산의 절에서 노경(老境)에 이르게 된 무착은 어느 날 부엌 앞을 지나다 여러 대중이 먹을 팥죽을 쑤고 있는 행자들의 모습을 보게 되었다. 갓 산문에 들어온 행자들이라 죽을 쑤는 솜씨가 서툴렀으므로 무착은 주걱을 빼앗아 들고 죽을 젓는 법을 가르쳐 주고 있었다.

한동안 설명을 해준 뒤 혼자서 죽을 젓고 있는데 돌연 김이 무럭무럭 나는 팥죽 속에서 문수보살의 모습이 장엄하게 나타나기 시작하였다.

“내게 양식을 나누어 주신 문희는 그동안 안녕하신가.”

앞에서 말하였듯 무착이 일찍이 앙산 혜적의 밑에서 시자 노릇을 할 때 떠돌이 중 하나가 찾아왔던 적이 있었다. 당시 총림의 규칙으로는 객승은 3일 이상 머무를 수 없고 혹 객승으로 남의 절에 가서 머무르고 있으려면 필히 방부(房付)를 들여야 하는데, 그렇지 않고 계속 머무르려면 자기 몫의 양식을 따로 지불해야 하는 법도가 있었다. 전좌의 소임을 맡아 하던 무착은 객승의 딱한 사정을 듣자 자기 몫의 식량을 주어 간호한 적이 있었는데, 그때 스승 앙산은 무착에게 다음과 같이 말한 적이 있었던 것이다.

‘그대는 큰 이익을 얻었다.’

바로 그 떠돌이 객승이 장엄한 모습으로 끓는 팥죽 위에 현신하여 나타내 보인 것이다.

그러나 그토록 평생을 두고 고대하던 문수보살이 끓는 팥죽 위에 막상 나타내 보였지만 무착은 종을 치고 향을 피워 여러 대중을 운집시켜 이 사실을 알리지도 아니하고 그저 묵묵히 팥죽을 저을 뿐이었다.

당황한 문수보살이 다시 입을 열어 말하였다.

“이 사람, 날세. 문수일세.”

그러자 느닷없이 무착은 팥죽을 젓고 있던 주걱을 들어 문수보살의 얼굴을 사정없이 때리기 시작하였다. 밥을 청하러 갔다가 놀부의 아내로부터 뺨을 얻어맞은 흥부 꼴이 된 문수는 당황해 소리를 치면서 말하였다.

"이 사람, 내가 바로 문수보살이라니까."

평생토록 문수보살을 원불(願佛)로 모시고 항상 친견하기를 염원하던 무착이 아니었던가. 그럼에도 불구하고 문수보살이 화현하여 나타났지만 무착은 무릎을 꿇어 예배를 올리기는커녕 다시 주걱을 들어 문수의 얼굴을 이리 치고 저리 치며 다음과 같이 말하였다.

"문수는 문수고 무착은 무착이다. 만일 문수가 아니라 석가나 미륵이 나타났더라도 내가 주걱으로 뺨을 때려 줄 것이다."

이에 팥죽 속에 나타났던 문수보살은 다음과 같이 말하였다고 한다.

"쓴 박은 뿌리까지 쓰고 단 호박은 꼭지까지 단 법. 내 삼지법을 수행하여 오는 동안 오늘에야 문득 노승의 미움을 받게 되는구나."

그러면서도 문수보살은 기쁨에 가득 차 다음과 같은 게송을 내리는 것이었다.

누구나 잠깐 조용히 앉아 있는 것이
항하사 모래탑같이 많은 칠보탑을 만드는 것보다 낫다
칠보탑은 끝내 부서져 티끌이 되거니와
한생각 깨끗한 마음은 바른 깨달음을 이루느니라.
若人靜坐一須臾 勝造恒沙七寶塔
寶塔畢竟碎微塵 一念淨心成正覺

일찍이 '집착하는 마음을 끊었습니다. 그래서 집착하는 마음이 없습니다' 하고 노인으로 화신하여 나타난 문수에게 대답하였다가 '그대는 집착하는 마음이 없다는 말을 몹시도 좋아하는구나' 하고 쫓겨난 무착은 마침내 집착하는 마음이 없어짐으로써 문수보살을 친견하게 되는 것이다.

그의 법호가 말년에 무착(無着)이 된 것은 그런 연유 때문인 것이다.

2

오대산에 가서 문수보살을 친견하려고 평생을 기다렸던 무착처럼 지난 수년 간 내게 있어 경허는 문수보살이었다.

나는 경허를 만나기 위해 수십 개의 절을 돌아다녔으며, 경허를 만나기 위해 수백 권 불전을 뒤졌다. 나는 경허를 만나기 위해 그가 갔던 곳, 그가 다녔던 곳, 그가 머물렀던 곳이면 어디든 찾아가 함께 가고, 함께 다니고, 함께 머물렀다.

단 한 곳의 예외가 있다면 경허의 열반지인 갑산과 강계 땅을 가보지 못한 것뿐이다.

그것은 현실에서는 불가능한 일이었다.

만약 남북이 가로막히지 않았더라면 나는 그의 열반지인 갑산에서 보다 많은 경허의 발자취를 발견해 낼 수 있었을 것이다. 그러나 그 일은 어쩔 수 없는 일이고.

경허가 남긴 유품, 경허가 남긴 유시(遺詩), 경허의 필체, 그 모든 것을 나는 접하고, 보고, 확인하였던 것이다.

지난 수년 간 경허는 바로 나였으며, 나는 또한 경허였다.

그러나 이제는 경허는 경허고, 나는 나인 것이다. 마치 평생을 기다리다 끓는 팥죽 위에 나타난 문수의 뺨을 주걱으로 때리면서 '문수는 문수고, 무착은 무착이다'라고 호통을 쳤던 무착처럼 나도 이제 경허의 뺨을 주걱으로 때리고 이렇게 호령하여 말해야 할 것이다.

'경허는 경허고, 나는 나다.'

한평생을 함께 산 부부도 서로를 본 것(見)은 아니다. 보는 것은 한순간이다. 찰나에 이루어진다. 그러므로 한평생을 함께 지냈다 하더라도 둘은 다만 함께 살아간 것에 지나지 않는다. 한평생을 통해 먹은 밥도 밥을 먹은 것이 아니라 행위를 반복하여 되풀이한 것에 지나지 않는다. 한평생을 통해 밥 한 그릇을 제대로 먹은 사람은 마침내 밥을 본 사람이다. 밥을 본 사람이야말로 진짜의 밥을 먹을 수 있다. 한평생을 통해 잠을 자도 다만 잠에 중독되어 잠자는 행위를 흉내내어 되풀이한 것에 지나지 않는다. 잠을 본 사람이야말로 진짜의 잠을 잘 수 있다.

밥을 제대로 본 사람은 밥을 제대로 먹을 수 있을 뿐 아니라 마침내 잠도 잠다운 잠을 잘 수 있을 것이며, 꽃도 있는 그대로의 꽃을 볼 수 있을 것이다. 달도 있는 모습 그대로의 달을 볼 수 있을 것이며, 아내의 모습과 이웃의 모습을 있는 그대로의 모습으로 제대로 볼 수 있을 것이다.

나는 지난 수년 간 경허를 찾아 헤맸다. 마치 문수보살을 친견하기 위해 멀고 먼 산서성의 오대산으로 순례의 길을 떠난 무착처럼.

나는 경허를 만났으며, 그를 붙들었으며, 그의 등 위에 올라타 그가 도망치지 않도록 고삐를 바짝 움켜쥐고 그와 함께 달렸다. 그리하여 마침내 그를 보았다.

그를 찾아다니고 그와 함께 있었던 것은 수년이었지만 그를 본 것은 한 찰나에 지나지 않았다. 본 뒤에 나는 깨달았다.

'경허는 경허다.'

산은 산이고 물은 물인 것처럼 경허는 경허였던 것이다.

그것을 깨달은 순간 나는 청원(淸遠)이 일찍이 말하였던 것처럼 말을 타고 말에서 내리려 하지 않는 병에서 벗어나기로 결심했던 것이다.

마치 수행자들이 한여름의 음력 4월 15일과 한겨울의 10월 15일 안거(安居)에 들어감으로써 결제(結制)하였다가 안거를 끝내고 해제(解制)하는 것처럼 나도 이제는 수년 간 내 온 마음과 온 생각을 지배하였던 경허라는 화두에서 벗어나야겠다는 생각을 하였던 것이다.

그 방법은 단 한 가지뿐이었다.

내게 경허라는 화두를 주어 결제시킨 사람은 법명(法明) 스님이었으니 그를 만나야만 경허라는 화두에서 비로소 해제될 수 있다고 나는 생각하였던 것이다.

'결자해지(結者解之).'

법명 스님과 나는 기묘한 인연으로 만났다. 오래전 아버지 의 친왕이 만공 스님에게 정표로 준 공민왕의 거문고를 보기 위해 수덕사를 찾아갔을 때 나를 맞아준 주지가 바로 법명 스님이었다. 그를 통해 나는 경허를 발견하였다. 법명 스님과의 인연은 그것으로 그치지 않는다.

그로부터 얼마 뒤 나는 우연히 지방의 학술회의에 갔다가 지나는 길에 법명 스님을 만나기 위해 수덕사에 다시 들렀지만 그를 만나지는 못하였다. 법명 스님을 만난 곳은 서산 앞바다의 작은 섬 간월도(看月島).

일찍이 조선조 태조(太祖)의 왕사였던 무학(無學)이 달을 보고 부처를 이루었다고 해서 간월도로 불리는 작은 섬의 암자인 간월암에서 홀로 정진하기 위해 주지의 소임도 모두 버리고 수도하고 있던 법명 스님을 배를 타고 찾아가 두 번째로 만날 수 있었던 것이다.

그 이름이 의미하듯 황홀한 보름달이 뜬 바닷가 암자에서 하룻밤을 머무르면서 나는 법명 스님으로부터 경허라는 화두를 얻었던 것이다.

그것이 시작이었던 것이다.

깨우친 소, 경허로의 여행은 그처럼 시작되었던 것이다. 경허를 찾아 내 마음속의 숲과 마음속의 우주 속으로 미지의 탐험을 떠난 것은 그처럼 내게 경허라는 화두를 점지해 준 법명 스님 때문이었던 것이다.

맺은 사람에 의해 풀어져야 한다는 결자해지의 성어가 사실이라면 경허라는 화두를 주어 나를 결제시킨 법명 스님에 의해서만 내가 해제될 수 있다고 생각하였던 것이다.

경허가 열반지인 갑산에서 숨을 거둠으로써 내 마음에서 사라진 것은 아니다. 내게 경허라는 공안을 준 법명 스님에게 이를 되돌려줌으로써 비로소 나는 경허를 버릴 수 있으며, 경허라는 소로부터 발을 내려 비로소 착지(着地)할 수 있음인 것이다.

오랜만에 법명 스님을 찾으러 가야겠다고 결심한 것은 그런 연유 때문이었다. 벌써 오랜 세월이 흘렀으므로 법명 스님이 아직 서해안 바닷가에 있는 작은 섬인 간월도에 그대로 머무르고 있을지 알 수 없는 일이었지만 어쨌든 그를 만나기 위해서는 가장 마지막에 만났던 그곳을 선택할 수밖에 없었다.

법명 스님을 찾아 길을 떠난 것은 사흘 전이었다. 봄이 가까웠는데도 매서운 강추위가 몰아치고 있는 엄동설한이었다. 서해안 국도를 따라 차를 몰아 나가면서도 나는 오래전 법명 스님을 만나기 위해 작은 어항에서 배를 타고 바다를 건너 섬 안으로 들어갔던 기억을 떠올리면서 줄곧 걱정하였다.

이와 같이 매서운 추위에 배를 타고 바다를 건넌다는 것은 고역일 것이다. 게다가 눈보라를 동반한 강풍이 몰아치고 있었으므로 이처럼 날씨가 궂다면 간월도로 가는 배가 결항(缺航)될지도 모른다고 나는 내내 근심하였다.

온천지에서 하룻밤을 머물고 옛 기억을 더듬어 배가 출발하였던 포구를 찾은 나는 아연할 수밖에 없었다.

바다가 사라져 버린 것이었다.

나는 도저히 믿을 수 없어 몇 번이고 그 포구를 확인하여 보았다. 언젠가 한번 들렀던 다방이 그대로 남아 있는 것을 보면 옛 그대로의 어항이었는데도 바다는 귀신처럼 사라져 버린 것이었다. 옛말에 뽕나무밭이 변하여 푸른 바다를 이룬다 하여 상전벽해(桑田碧海)라 하였지만, 바다는 없어지고 모두 육지가 되어버린 것이었다.

그제야 나는 바다를 메워 제방을 쌓고 거대한 육지를 만드는 간척사업을 벌이느라 일개미처럼 흙을 실어나르는 트럭들이 바닷가를 오르내리던 옛 기억을 떠올렸다.

그 간척사업이 그새 완성되어 바다가 없어져 버린 모양이었다.

나는 일단 언젠가 한번 들렀던 다방 안에 들어가 커피를 시켜 마셨다. 커피를 사달라고 내 옆에 앉아 떼를 쓰던 아가씨의 모습은 물론 보이지 않았다.

다방의 창밖으로 눈발이 흩날리고 있었고, 그 넓던 바다는 모두 사라지고 겨우 한 뼘 정도의 바닷물이 마치 얼굴을 씻기 위해 대야 속에 받아놓은 세숫물처럼 괴어 있을 뿐이었다.

커피를 나르러 온 다방 아가씨에게 나는 간월도로 들어가는 배가 어디서 출발하느냐고 물었다. 그러자 여인은 몸을 꼬면서 웃었다.

"배라니요."

나는 놀림을 당하는 느낌이었다.

"간월도라는 섬으로 들어가는 나룻배 말인데…."

"…섬이라니요."

여인은 간지럼을 타듯 다시 웃었다.

"섬이 어디 있는데요. 이 아저씨, 웃기는 아저씨야. 언제적 얘기를 하고 계시냐구요."

여인의 대답인즉 그 동안 간척사업이 완성되어 벌써 오래전에 바다가 사라지고 거대한 육지가 생겼으며, 때문에 간월도는 섬이 아니라 이미 육지가 돼버렸다는 것이었다. 바닷물을 막은 제방 위로 생긴 신작로를 따라 쭉 내려가면 마치 튀어나온 혹처럼 간월도가 육지에 붙어 있다는 것이었다.

여인이 안내해 준 대로 제방 위로 난 도로를 따라 내려가면서 나는 차라리 다행이라고 생각하였다. 이처럼 눈 내리는 날 배를 타고 섬으로 들어간다면 몹시 고통스러웠을 것이다.

지도를 바꾸는 대역사(大役事)로 끝간 데를 모르는 제방이 바닷물을 막아 거대한 간척지가 형성되어 있었다. 아직 바닷물의 염분이 빠지지 않아 본격적으로 농사를 짓지는 못하는 모양으로 드문드문 빠져 나가지 못한 바닷물이 괴어 그대로 얼어붙어 있었다. 흙 속에 들어 있는 소금기를 증발시키기 위해서인 듯 곳곳에 개토(開土)해 놓은 흙더미들이 쌓여 있었으며 부분적으로는 시험 생산을 하듯 개간된 농지가 보이기도 하였다.

황량한 벌판 위로 삭풍이 몰아치고 있었고 바람에 실린 눈발은 방고래를 덮어 구들장을 만든 다음 장판을 바르듯 거대한 간척지 위에 흰눈의 도배질을 하고 있었다. 자신의 의지와는 상관없이 제방을 쌓아 거세(去勢)된 바다는 그 고통을 울부짖듯 둑을 향해 미친 듯이 파도를 몰아치고 있었다.

황야였으므로 무엇 하나 제대로 된 것이 없었다. 안내해 줄 이 정표도 보이지 않았다. 그래서 나는 조심스럽게 주위를 살피면서 차체를 날려버릴 것처럼 몰아치는 바람 속을 뚫고 나아가고 있었다.

이윽고 바다로 튀어나온 곶(岬)과 같은 지형이 보였다. 나는 본능적으로 그곳이 이제는 섬이 아니라 육지가 되어버린 간월도임을 알아차렸다. 마침 밀물 때였는지 간만(干滿)의 차가 심한 서해안의 바닷가로 파도가 밀려들어 모래사장도, 뻘밭도 모두 가득 채우고 있었다. 그전에 법명 스님을 만나기 위해 배를 타고 이 섬으로 건너왔을 때도 이와 같이 만조(滿潮) 시간이었다. 그래서 섬 중의 섬이라고 할 수 있는 암자로 가는 바윗길은 바닷물로 가로막혀 길이 열릴 때까지 한참을 기다려야만 했었다. 그러나 지도의 모습을 바꿀 만큼의 간척공사로 바닷물의 조류(潮流)가 바뀌어 섬으로 감싸드는 해류의 수량도 줄어들었는지 밀물 시간이었음에도 암자로 들어가는 길은 그대로 열린 채 노출되어 있었다. 예전 그대로 남쪽을 향해 민가들이 형성되어 있었고 해안초소가 세워져 있었다. 한철에는 굴을 양식하는 바윗돌들이 이제는 버림을 받고 모두가 화가 나 뾰족뾰족하게 신경질들을 부리고 있었다.

도로가 끝나는 곳에 차를 세우고 나는 암자로 질러가는 뻘밭을 가로지르기 시작하였다. 예전 그대로의 바위섬 위에 예전 그대로의 암자가 예전 그대로 세워져 있었지만 그새 섬은 변해 곶이 되어 있었다. 암자로 오르는 계단 위에 예전 그대로의 모습으로 모감주 한 그루가 자라고 있었다.

모감주나무는 거센 해풍과 바닷물에 시달려 심사가 뒤틀려 배배 꼬이고 있었다.

나는 활짝 열린 절문 안으로 들어섰다. 온통 암벽으로 이루어진 암자의 뜨락에는 수령이 오래된 팽나무 두 그루가 자라고 있었고 해풍을 막느라 겹겹이 방풍벽이 드리워져 있었다. 법당 뒤편의 사철나무와 대나무 숲들은 한겨울에도 푸르름을 더하고 있었으므로 온통 잿빛의 바다 풍경과 어지러운 눈발 속에서도 독야청청(獨也青青)하고 있었다.

바람이 세어 이중의 겹문으로 법당은 굳게 닫혀 있었고 그 어디에서도 사람의 모습은 보이지 않았다. 하는 수 없이 그 언젠가 하룻밤 머물렀던 살림채를 향해 나는 발길을 옮겼다.

추워서 견딜 수가 없을 정도였다. 막힌 데가 없는 바다 위를 그대로 스쳐오는 거센 바닷바람이었으므로 내 몸은 얼음장처럼 식어 있었다.

별채 앞 댓돌 위에 흰 고무신 두어 켤레가 있는 것으로 보아 안에 사람이 있는 것만은 분명하였다.

"계십니까."

나는 소리를 높여 말하였다. 바람 소리와 바위섬을 때리는 파도 소리가 어우러져 내 목소리를 무력하게 만들었다.

"계십니까."

내가 고함을 지르듯 말하자 이윽고 안에서 인기척이 일었다. 방문이 열리고 한눈에도 풋중으로 보이는 젊은 승려 하나가 나를 마주보고 있었다.

"무슨 일로 오셨습니까."
"스님을 만나러 왔는데요."
"스님이라니요."
젊은 승려가 내게 물어 말하였다.
"어떤 스님을 말씀하시는지요."
"법명 스님을 찾아왔습니다."
"법 · 명 · 스 · 님이요."
승려는 한 자 한 자 떼어 말을 받아 말하고는 고개를 갸우뚱거렸다.
"언제 계셨던 스님인가요."
"한 4, 5년 전쯤 되었는데요. 이곳의 암자에서 수도하고 계시던 스님인데요."
"잠깐 기다려 보세요."
아무래도 자신이 없는 듯 젊은 승려는 내게 양해를 구한 후 방안으로 사라졌다. 법당 뒤 대나무 숲에서 고양이 울음소리가 바람에 섞여 들려오는 것으로 보아 예전 그대로 대나무 숲은 도둑고양이들의 별천지인 모양이었다.
잠시 후.
아까와는 달리 나이 든 스님 하나가 대신 나타나 내게 물어 말하였다.
"누구를 찾으러 오셨다구요."
내가 다시 법명 스님의 이름을 말하자 스님은 고개를 갸우뚱하면서 말하였다.

"글쎄요. 법명 스님은 벌써 오래 전에 이 암자를 떠나 다른 곳으로 가셨는데요."

"어디로 가셨는지 모르십니까."

"잘 모르겠습니다. 풍문에 서산(瑞山)에 있는 상왕산(象王山)으로 가셨다는 말을 들은 적은 있습니다만."

매사가 그런 것이었다. 집도 절도 없는 것이 중의 팔자라는 속어도 있듯이 스님들은 가고 오고 하는 일에는 지나치게 무심한 습성이 있게 마련이었다.

나는 스님에게 상왕산으로 가는 길을 물었다. 스님의 설명으로는 서산군 운산면 신창리에 가면 개심사(開心寺)라는 사찰이 있는데 법명 스님은 그곳으로 소임을 맡아 떠났다는 소문을 지나가는 말로 전해 들은 것 같기도 한데 확실하지는 않다는 것이었다.

개심사.

스님의 말에서 개심사란 절의 이름을 듣는 순간 나는 그 절이 경허가 호서 지방의 생활을 마감할 무렵 도비산(都飛山)에 있는 부석사(浮石寺)와 더불어 중요한 대중 지도처(指導處)였음을 기억해 냈다. 개심사는 평생 동안 자신을 '반천리 밖의 호서 나그네(半千里外湖西客)'로 표현하였던 경허가 1898년 범어사의 초청을 받아 시봉하던 만공과 더불어 영남으로 떠나 버릴 때까지 20년 간 머무르던 호서 사찰 중 그가 주로 주석하면서 수법제자들을 가르치고, 선지식으로서 대중을 교화하던 중요한 보임처이기도 하였다.

스님의 입에서 개심사란 사찰의 이름이 나오자 나는 주저없이 곧바로 그곳으로 찾아가리라 결심하였다. 문을 열고 나를 맞아준 스님도 내게 인사치레라도 들어오라느니, 들어와서 차라도 하잔 하고 가라느니 하고 붙잡지 않았다. 가고 오고, 머무르고 헤어지는 다반사의 일에 이골들이 난 스님들이어서 그런지 내가 가면 가나보다 하고 돌아서는 등뒤에서 매몰차게 방문을 닫을 뿐이었다.

설혹 스님의 말이 자신의 표현처럼 불확실한 풍문이어서 개심사에 법명 스님이 있을까 없을까 정확하지는 않다 해도 나는 그곳으로 찾아갈 수밖에 없었다.

왜냐하면 그것만이 내가 선택할 수 있는 유일한 길이었으므로.

나는 암자를 나서서 다시 바윗돌들이 널브러져 있는 해안을 걷기 시작하였다. 눈은 그쳐 있었지만 바람은 더욱 더 강해졌다. 몸은 사시나무처럼 떨리고 있었다. 도로가 끝나는 곳에 세워둔 차에 올라타 한껏 히터를 올린 후 한참을 냉동된 어물처럼 얼어붙은 몸을 녹이고 나서 나는 다시 출발하였다.

스님의 설명인즉 서산으로 나가 홍성 쪽으로 가다보면 해미읍(海美邑)이 나오는데 그 읍성의 옆담을 따라 뒷산길을 쭈욱 올라가면 개심사에 이를 수 있다는 것이었다.

해미읍이라면 오래 전 경허의 보임처였던 천장암을 찾아가는 길에 일차로 들렀던 작은 읍이었다. 지금은 퇴락해 있지만 한때는 병마절도사영(兵馬節度使營)이라 하여 군병들이 주둔하던 군사적 요충지였다. 한때는 이순신(李舜臣) 장군이 훈련원봉사(訓鍊院奉事)로 잠깐 근무한 적도 있는 곳이었는데, 최근에는 천주교 신자들이 수천 명 집단 학살되어 순교한 곳으로 유명해진 성지(聖地)이기도 하였다.

한번 들렀던 곳이라 길에 대해 어둡지는 않았다. 나는 차의 방향을 돌려 방조제(防潮堤) 위의 뚝길을 따라 달려나갔다.

3

경허가 개심사의 조실로 있을 무렵 몇 개의 일화가 오늘날까지 전해 내려오고 있다. 경허가 개심사에 머무르고 있을 무렵에는 동학혁명이 일어나 온 나라가 혁명의 와중에 휩쓸려 있을 때였다. 동학 접주(接主) 전봉준(全琫準)이 고부(古阜) 군수 조병갑(趙秉甲)의 탐학(貪虐)에 항거하여 일으킨 혁명은 곧바로 요원의 들불처럼 번져 나가 전라도 지방은 물론 경허가 머무르고 있던 호서지방도 곧 야화(野火)의 불길 속에 휩싸이게 되었던 것이었다. 동학군의 평정을 도와준다 하여 출병한 일본군 역시 곧 지방의 중요한 도시에 주재하기 시작하였으며, 마침내 국왕 자신도 머리를 자르고 전국에 단발령(斷髮令)을 선포할 무렵이었다. 모든 백성들에게 머리를 깎으라는 법령이 내려지자 경허는 반대로 머리를 기르기 시작하였다. 뿐만 아니라 선사들이 쓰는 관의 일종인 비로관(毗盧冠)을 머리에 쓰고 검은 장삼을 만들어 입은 채 마치 장례를 치르는 상복 차림으로 한 손에는 시뻘건 핏물이 떨어지는 고기를 주장자에 매달아 걸고 돌아다녔다고 전해지고 있다.

이 무렵 공주(公州)에서 있었던 일이었다.

공주의 옛 이름은 웅진(熊津)이라 하여 '곰나루'라 불렀는데 경허는 백제의 옛 도읍인 웅진과 부여를 특히 사랑하여 이곳에서 노닐기를 좋아하였다.

무르익은 가을날 배를 타고 곰나루에 들른 경허는 다음과 같은 노래를 짓는다.

소슬한 나뭇가지 평상 위에서 울고 온 산은 가을이 무르익어
열반의 대광명은 다함 없이 흘러 펴진다.
성사(性師 : 운거하는 도인)가 있다지만 아직 만나지 못하였고
곰나루 공주땅은 달라지지 않았구나.
蕭條一榻滿山秋 大涅槃光不盡流
賴有性師終未會 熊津元不異公州

그 공주의 시내를 비로관을 만들어 쓰고 검은 장삼을 걸친 경허가 한 손에는 시뻘건 고기를 매단 주장자를 들고서 성큼성큼 걸어가자 이 정체불명의 행색을 한 경허의 모습을 본 경찰 보조원 두 사람이 아직 소탕되지 않아 남아 있는 동학군의 잔군쯤으로 착각하여 경허를 체포한 뒤 결박하고는 경찰서로 끌고 가려 하였다.

이에 경허는 그대로 땅에 주저앉아 버렸다고 했다. 육척 장신

에다 거구인 경허가 신통력이라도 발휘하였는지 그대로 땅바닥에 주저앉아 버리자 태산처럼 꿈쩍도 하지 않았다고 전해지고 있다. 하는 수 없이 보조원들은 장목을 구해 와서 꽁꽁 잡아 맨 두 팔과 양 다리 사이에 꿰어 앞과 뒤에서 들쳐메어 경찰서로 압송하여 갔다고 전해지고 있다.

이에 경허가 매달려 가면서 통쾌하게 웃으며 다음과 같이 말하였다고 한다.

"이제 보니 내가 대단한 사람이로구나."

화가 난 보조원들이 퉁명스럽게 "그게 무슨 소리요" 하고 물으니 경허는 한쪽에 매달린 채 다음과 같이 말하는 것이었다.

"너희들이 나를 이처럼 가마에 태워 모시니 내가 대단한 사람이 아니겠느냐, 이놈들아."

꼼짝없이 경허를 가마에 태워 모시는 보군(步軍)으로 전락해 버린 보조원들이 이번에는 손발에 동여맨 밧줄을 풀어놓으면서 "걸어갑시다. 말을 듣지 않으면 혼을 내겠다"고 윽박지르니 경허는 다시 껄껄 웃으면서 말하는 것이었다.

"그럼 그래야지. 내가 내 발로 걸어가야지 너희들에게 매여 가서야 되겠느냐. 덫에 걸려 사로잡힌 산돼지도 아니고."

당연한 결과지만 경찰서로 끌려간 경허는 죽도록 얻어맞았다고 전해지고 있다. 인사불성이 될 만큼 얻어맞으면서도 경허는 한마디의 변명도, 한마디의 항의도 하지 않고 그저 줄곧 묵비권(默秘權)만 행사하고 있었다고 전해지고 있다.

이때 경허를 취조하던 사람은 야마모토(山本)라 하였는데 한

참을 얻어맞은 경허는 마침내 붓과 종이를 청하여 먹을 갈게 한 뒤 다음과 같이 일필휘지(一筆揮之)하였다.

그 뜻을 얻겠다면
거리의 한담도
다 진리의 가르침일 것이요
말하는 주인을 알지 못하면
용궁에 간직한 보배로운 경전도
한갓 잠꼬대일 뿐.
得基志也 街中閑談 常轸法輪
失於言也 龍宮寶藏 一場寐語

경찰서장 야마모토는 이 검은 상복 차림의 경허가 보통 사람이 아님을 깨닫고 곧 자기 집으로 모시고 갔다고 전해고 있다. 경허는 그 집에 며칠을 머무르면서 융숭한 대접을 받았다고 하는데 그 집에서도 역행(逆行)은 그치지 아니하였다. 경찰서장의 집에 보관된 엽전들을 끄집어내어다가 주머니 속에 가득 넣고 다니면서 시가에 나아가 한껏 술을 마실 뿐만 아니라 배고픈 걸인에게 모두 나누어 주곤 하였던 것이었다.

나라가 풍전등화처럼 어지럽고, 국운이 기울어 가는 저잣거리에서 비로관을 만들어 쓰고 검은 장삼을 입고 돌아다닌 경허의 역행은 마치 자신이 죽을 관을 스스로 짊어지고 거리를 다니면서 죽음을 예고하였던 보화(普化)의 기행을 떠올리게 한다.

이러한 경계를 역행보살(逆行菩薩)이라 하는데, 이는 육신의 애착이나 생사의 공포가 완전히 없어져 용무(用無)의 경지에 도달함을 말함이다. 누구나 다 거룩한 행과 아름다운 말로 남에게 존경받는 일은 차라리 쉽지만 기괴한 역행으로 고통을 무릅쓰고 남으로부터 비방받는 일을 짐짓 만드는 것은 오히려 쉬운 일이 아닌 것이다.

개심사에 머무르고 있을 무렵 경허의 만행(萬行)은 서서히 절정으로 치닫고 있었다. 기울어져 가는 국운과 비례해 경계도 점차 역행으로 기울어져 가고 있었던 것이다. 경허가 개심사 조실로 있을 때의 일이었다. 그 무렵 개심사의 주지로는 동은(東隱) 스님이 있었는데 그는 해마다 쌀을 모아 논을 사들여 스님으로서는 부자 이름을 듣고 있던 명리승(名利僧)이었다.

그는 부자이면서도 계를 굳게 지켰으며 신도들로부터 신망과 존경을 한몸에 받고 있었다.

이때 경허의 시자로 경환이라는 사미승이 있었는데 하루는 경허가 그를 시켜 한밤중에 주지의 방으로 숨어들어가 저장된 쌀을 훔쳐 내오라고 명령하였다. 이 말을 들은 시자는 어이가 없어 말하였다.

"스님, 그게 무슨 말씀이십니까. 남의 물건을 몰래 가져오면 정직하지 못한 짓이며 또한 도둑질이 아니겠습니까. 스님, 이는 남의 물건을 훔치지 말라는 불투도(不偸盜)의 계율을 깨뜨리는 중죄인데 어찌하여 스님께서는 그런 일을 저에게 시키십니까."

이에 경허는 다음과 같이 말하였다.

"이놈아, 너무 정직하기만 한 것도 못쓰는 법이다. 정직한 것과 정직한 체하는 것은 근본적으로 다르다. 청정한 것과 청정한 체하는 것은 근본적으로 다르다. 거룩한 것과 거룩한 체하는 것도 근본적으로 다르다. 정직한 체하는 것과 청정한 체하는 것은 남에게 그렇게 보여지기 위해 꾸미는 것에 불과하므로 이는 자기를 속이고 남을 속이는 무서운 거짓이니라. 나는 기쁘면 웃고, 화가 나면 펄펄 뛰고, 술을 보면 참을 수 없고, 고기를 보면 혀가 동하고, 아름다운 여인을 보면 마음이 동한다. 내가 청정하다는 것과 네가 보기에 청정하게 보여야 한다는 것은 전혀 별개의 문제인 것이다."

하는 수 없이 시자는 주지스님의 방으로 숨어들어가 쌀을 훔쳐내기 시작하였다. 그러나 마침내 주지인 동은 스님에게 현장을 들키고 난 시자가 하는 수 없이 조실스님인 경허가 시킨 사실을 모두 아뢰자 주지는 다음과 같이 한탄하여 말하였다.

"참으로 알 수 없는 일이로구나. 조실스님이 이런 도둑질까지 시키시다니, 참 알 수 없는 일이로구나."

참 알 수 없는 일이라고 한탄하면서 주지는 자루에 쌀을 가득 퍼 담아 주면서 말하였다.

"조실스님께 이 쌀을 갖다 바쳐드려라."

시자가 쌀자루를 들고 경허에게 오자 경허는 이렇게 말하였다고 전해지고 있다.

"이 쌀을 가지고 아랫동네 내려가 대신 막걸리를 받아 가지고 오너라."

이 짤막한 농세(弄世)를 통해 경허는 자신의 속마음을 송두리째 드러내 보이고 있음이다.

경허는 정직한 체하기보다 정직에, 청정한 체 꾸미기보다 청정에, 거룩한 체 보이기보다 거룩함 그 자체에 철두철미하였던 것이다.

아름답게 보이는 것은 아름다움〔美〕과는 별개의 문제다. 거룩하게 보이는 것은 거룩함〔聖〕과는 별개의 문제다. 거룩하게 보이기 위해 거룩함을 꾸미는 것은 그것이야말로 거짓이다. 정직하게 보이기 위해 정직함을 꾸미는 것은 그것이야말로 도둑질인 것이다.

쌀을 훔쳐 내오라고 시킨 경허의 속마음을 알아낼 수 없었던 주지는 '알 수 없는 일'이라고 한탄할 수밖에 없었던 것이다.

경허의 이러한 역행에 넌덜머리를 낸 행자가 또 하나 있었다. 관섭(寬燮)이라는 이름의 행자였는데 그의 어린 속견(俗見)으로 조실스님의 무애행은 견딜 수 없는 고통이었다.

경허의 곡차 심부름을 몹시 귀찮아하던 그는 어느 날 마침 안주를 사오라고 경허가 돈을 주자 안주를 사고 난 나머지 돈으로 몰래 비상(砒霜)을 샀다.

비상은 농약으로 사용되는 약이기도 하지만 독성이 강해 조금만 먹어도 죽음에 이르기 때문에 예부터 사약(死藥)으로도 사용되었던 극약이었던 것이다. 수도는 고사하고 밤낮 술심부름의 시봉 노릇도 몹시 귀찮은 마당에 비상이나 먹고 빨리 죽어버렸으면 원이 없겠다는 막된 생각으로 비상을 산 행자는 잘게 빻아 구운 안주 위에 골고루 뿌렸다고 전해지고 있다.

그리고는 곡차와 안주를 경허에게 천연스레 바쳐올렸다고 한다. 경허가 이를 맛있게 먹으려는 모습을 본 행자는 그만 겁이 덜컥 나 방을 빠져나가 뒷문에 바짝 붙어 서서 문구멍을 통해 경허의 동정을 지켜보았다고 한다.

막상 잠시 꾸며낸 흉계로 구운 안주 위에 비상을 뿌리긴 하였지만 실제로 조실스님이 저것을 먹고 쓰러져 입으로 피를 토하고 돌아가시기라도 하면 어쩔 것인가 하고 조바심이 나 구멍을 통해 방안을 지켜보던 행자는 그만 방안으로 뛰어들어가 이실직고하고 무릎을 꿇고 용서를 빌려고 하였는데, 경허는 이미 곡차를 한잔 쭈욱 든 다음 안주를 집어 입안에 털어넣는 것이 아닌가.

비상의 맛은 예부터 쓰고 시다고 전해지고 있다.

무심코 입 안에 안주 한 점을 집어넣은 경허는 무언가 입 안에서 느껴지는 맛이 있었던지 안주에서 씹히는 것을 차례로 골라 털어 버리고는 아무런 말도 없이 한 동이에 가까운 막걸리를 송두리째 홀로 마시기 시작하였던 것이다.

그뿐인가.

경허는 비상이 뿌려진 고기 안주를 젓가락으로 하나하나 들어 올려 털어낸 뒤 한 점도 남기지 않고 끝까지 맛있게 다 먹어버리는 것이었다.

'아, 잘 먹었다.'

다 먹고 나서 혼잣말로 말하는 경허의 모습을 문구멍을 통해 끝까지 지켜본 행자는 두렵고 황공하여서 그 길로 절을 도망쳐 버릴까 하고 생각하였다고 전해지고 있다. 비상을 먹고 죽기는 커녕 비상을 뿌린 안주를 한 점도 남김없이 모두 먹어치운 경허. 행자가 자신을 죽이기 위해 비상을 뿌린 안주를 올렸다는 사실을 번연히 알면서도 이를 모른체하고 끝까지 먹어 버리는 경허.

그리고 나서도 경허는 절대로 이 사실을 입 밖으로 내어 말한 적이 없었다. 말한 적이 없을 뿐 아니라 관섭이라는 행자는 또다시 전처럼 아무런 일이 없었던 듯 곡차 심부름에 안주 시봉을 계속 맡아 할 수밖에 없음이었다.

"관섭아."

경허가 부르면 행자는 변함없이 뛰어간다.

"곡차를 가져오너라. 고기 안주도 가져오고."

이 사실이 밝혀진 것은 경허의 입으로부터가 아니라 안주에 비상을 뿌렸던 관섭 스스로의 입을 통해서였다. 관섭은 이 비밀을 가슴 속 깊이 묻어 두고 있다가 후일 만공에게 자진해서 경허 큰스님에게 저지른 죄를 고백하여 참회를 하고 용서를 빌었기 때문이었다.

일찍이 천장암에 있을 때 만공은 경허의 배 위에 길고 시커먼 독사 한 마리가 누워 있는 것을 본 적이 있었다. 만공이 놀라 '스님, 스님의 배 위에 뱀 한 마리가 누워 있습니다' 하고 말하자 경허는 감았던 눈을 뜨고 이렇게 말하였다.

"가만히 내버려 두어라. 실컷 놀다 가게."

관섭이라는 행자가 지난날 자신이 경허의 안주 위에 비상을 뿌렸던 과거를 고백하고 참회를 빌자 만공은 다음과 같이 탄식하였다고 전해지고 있다.

"방정맞은 파리란 놈은 밥그릇이나 똥 무더기 위나 날아가는 곳이면 그 어디도 가리지 않고 앉을 수 있지만 시뻘겋게 달아오른 불덩어리 위에는 능히 앉을 수 없는 일이고, 한 개의 불씨로도 온 산과 들을 모두 태울 수 있으나 태허공(太虛空)은 감히 태울 수 없는 것이다."

만공의 탄식은 적절한 표현이다. 일체의 시시비비를 초월한 경허에게는 뱀이건 비상이건 더 이상 두려움도, 독(毒)의 대상도 되지 못하는 것이다.

이러한 경허의 무심(無心) 경계를 가장 극명하게 드러내보이는 행장 하나가 경허의 개심사 시절에 이루어져 오늘날까지 남아 전하고 있다.

경허의 생애 중 그가 남긴 행장 중에서 가장 비난받고, 가장 험담을 많이 받는 일화 중의 하나인데, 만약 경허가 이 누명을 벗지 못하였더라면 오늘날에 이르러 오히려 찬란히 빛나는 그의 광채는 일시에 꺼져 어둠이 되었을 것이다.

경허가 살인 혐의를 받은 것이었다.

만일 이 혐의가 밝혀지지 않았더라면 근세의 선승 경허는 살인범인 떠돌이 객승으로 전락해 버렸을 것이다.

경허의 일생에서 가장 의심쩍은 그 사건의 경위는 다음과 같다.

개심사에 주석하고 있던 호서객으로서의 거의 마지막 무렵.

어느 날 경허는 충청남도 공주군 계룡면 양화리의 연천봉(連天峰)에 있는 등운암(騰雲庵)에 올라갔던 적이 있었다. 연천봉은 계룡산의 한 봉우리로 동학사(東鶴寺)에서 직선 거리로 10리가 채 못 되는 한쪽에 정상을 이루고 있는 곳인데 한갓 초옥의 등운암은 연천봉 정상에 있고 그곳에서 내려온 곳에 신원사(新元寺)가 있었다. 그러니까 등운암은 신원사에 딸린 암자였던 것이다.

신원사라는 절은 신라 진덕여왕 5년(651) 보덕(普德)에 의해 창건된 사찰로 작은 절이긴 하지만 운치가 있는 고찰이었다. 등운암에서 하루를 머무른 경허는 영주라는 사미승을 데리고 신원사를 향해 산길을 내려오고 있었다.

그날로 신원사를 거쳐 동학사까지 갈 참이었으므로 두 사람은 잰 걸음으로 걷고 있었다.

경허를 시봉하던 영주라는 사미는 경허의 바랑을 대신 메고 앞장서서 길을 열어 가고 있었다.

이때 산길에서 웬 젊은이 일행이 떼지어 올라오는 모습이 보였다. 그 젊은이들 중에는 동학사에서 심부름도 하고 잡일도 하는 양화의 김 도령이라고 불리는 젊은이도 끼여 있었다. 이들은 비록 절밥을 얻어먹고 있었지만 실은 부목 노릇은 자신들의 정체를 숨기기 위함이었고 비적(匪賊) 노릇을 하고 있었던 것이다. 떼지어 돌아다니며 재물을 약탈하는 도둑들을 비도(匪徒)라 하였는데 당시 나라가 어지러워 도탄(塗炭)에 빠져 있는 백성들 중에는 어쩔 수 없이 먹고 살기 위해서라도 비적떼에 가담하여 입에 풀칠을 하는 경우가 왕왕 있었던 것이다.

양화의 김 도령은 바로 그 비적떼의 두목이었던 것이다. 이들은 영주가 멘 걸망이 두둑한 것을 보자 탐심이 일어났다. 절에서 쓰는 공금이나 시줏돈 같은 것이 가득 들어 있을 것이라 착각한 무리들은 서로 눈짓으로 걸망을 빼앗기로 무언의 약속을 하였다. 평소에 김 도령과 잘 알고 지내던 경허의 시봉 영주가 먼저 알아보고 말을 건넸다.

"아니, 양화의 김 도령 아니신가. 이 산길로 어딜 가시유."

그러자 비적떼의 두목 김 도령은 뒤따라오는 경허가 마음에 걸렸다. 자신들이 비록 사나운 도둑의 무리이긴 하지만 두 사람을 상대하여 싸워 재물을 빼앗을 수는 없는 일이었다. 더욱이 뒤따라오는 경허는 육척장신에 기골이 장대하여 자칫 덤벼들었다가는 오히려 이쪽에서 낭패를 당할지도 모르는 일이었으므로 김 도령은 한 가지 꾀를 냈다. 그래서 그는 경허에게 달려가 합장 배례하면서 말하였다.

"큰스님, 저는 영주 스님과 긴밀히 할 말이 있구먼유. 잠깐 동안이면 되니까 스님일랑 먼저 신원사로 내려가 계세유. 이 사람도 곧 뒤따라 갈 테니까유."

이미 시자 영주와 젊은이들 사이에 오가는 인사말을 통해 그들이 서로 잘 아는 사이라는 것을 알게 된 경허는 별 의심도 없이 대답하여 말하였다.

"그런가. 그렇다면 서로 할 말을 나누고 오시게나. 나는 신원사로 먼저 내려가 있을 터이니."

별 의심 없이 경허는 신원사로 내려갔으며, 경허의 모습이 보이지 않게 되자 그들은 곧 정체를 드러내기 시작하였다. 그들은 영주가 메고 있는 걸망을 가로채 빼앗아 그 안을 풀어헤쳐 보았다. 그러나 그 안에는 기대했던 큰 돈은 없었으며 노수(路需) 몇 푼에 헌 옷가지와 책 몇 권이 들어 있을 뿐이었다. 비적떼들은 잔돈푼만 거둬들인 것으로는 성이 차지 않았다. 두목 김 도령은 영주 사미에게 윽박지르면서 말하였다.

"가지고 있는 돈을 다 내놓으면 살려 주려니와 없으면 목을 매달아 죽여 버릴 것이다."

그들이 산적떼임을 그제야 알아본 영주 사미는 떨면서 말하였다.

"가진 것이라곤 그것밖에 없는데유."

그들은 영주를 결박하고 샅샅이 몸을 수색하였다. 그러나 더 이상 돈은 나오지 않았다. 그렇게 되니 난처해진 쪽은 잔돈 몇푼에 자신들의 정체를 고스란히 드러내게 된 비적떼들이었다. 그냥 사미승을 살려보내면 자신들의 정체가 백일하에 드러나게 될 판이었다.

영주 사미를 문초한 것은 오직 두툼한 걸망 속에 행여 들어 있을지도 모르는 시줏돈에 대한 탐심 때문이었다. 그러나 막상 바랑 속에서 잔돈푼이 나오고 몸을 샅샅이 수색한 뒤끝에도 돈이 나오지 않자 젊은 패들은 당황하였다. 만약 영주를 그대로 살려 보내면 잔돈푼에 자신들의 정체가 고스란히 드러날 판이었다.

그들은 심사숙고한 결과, 하는 수 없이 비밀을 유지하기 위해서는 이 어린 사미승을 죽일 수밖에 없다는 결론을 내렸다. 그래서 그들은 사람의 발길이 닿지 않는 숲속으로 사미승을 끌고 가 사정없이 때려 정신을 잃게 한 후 나뭇가지에 발갱기 줄을 매어 나무에 매달아 놓고 그대로 도망쳐 버렸다.

한편, 먼저 신원사까지 내려간 경허는 한참을 두고 시자인 영주를 기다렸다. 그러나 종내 오지 않자 무작정 기다릴 수는 없다고 생각하였다. 그로서는 오늘 안으로 동학사로 들어가야 할 급한 일이 있었기 때문이었다. 하는 수 없이 절을 나온 경허는 다시 혼자 산길을 올라 젊은이들과 영주 사미가 만났던 자리까지 되돌아가 보았다. 그러나 그 산길까지 올라가 보았지만 영주의 모습은 보이지 않았다. 그도 그럴 것이 비적떼들이 영주를 끌고 사람의 발길이 닿지 않는 깊은 숲속으로 들어가 살인을 하여 나무 위에 매달아 놓았기 때문이었다.

별 수 없이 혼자 동학사로 넘어온 경허는 그곳에서 며칠을 머무르면서 기다렸지만 끝내 시봉 영주가 돌아오지 않자 혹시 동학사로 넘어오지 않고 딴 길로 갑사(甲寺)로 넘어가 버렸는가 이상히 여겨 사람을 시켜 편지를 보내 갑사에 문의를 하여 보기도 하였다. 경허의 편지를 받은 갑사의 스님들도 백방으로 영주의 소식을 수소문하여 보았으나 오리무중이었다.

경허는 더 이상 동학사에 머무를 수가 없었다. 그는 곧 자신이 주석하고 있던 개심사로 돌아왔으며 그해 초여름 시봉으로 있던 만공을 데리고 금릉(金陵)의 청암사(青巖寺)를 거쳐 범어사로 떠나게 되는 것이다. 이로써 경허의 호서 생활은 끝나고 비로소 승려로서의 후반기인 영남 생활이 시작되었는데 바로 이 무렵, 어느 날 나무꾼 하나가 나무를 하기 위해 깊은 산 속으로 들어가다 우연히 나무 위에 매달린 사람의 시체를 발견하게 된다. 벌써 수 개월이 지나 시체는 몹시 썩어 형체를 알 수 없었는데 다만 알 수 있는 것은 승복으로 미루어 죽은 사람이 승려임에 틀림없다는 한 가지뿐이었다.

나무꾼의 신고로 곧 경찰들이 들이닥쳤다. 그들은 죽은 사람의 신원을 살펴보았는데 시체가 부패하여 확인할 수 없었다.

그런데 현장 검증을 하던 경찰들은 놀라운 사실들을 발견하게 되는 것이다. 즉, 시체 옆에는 바랑이 하나 흩어져 있었는데 그 속을 뒤져본 결과 헌 옷가지와 책 몇 권이 나온 것이었다.

책 몇권에는 경허의 인장이 분명히 찍혀 있었으므로 경찰들은 그것이 경허의 바랑임을 알게 되었던 것이었다. 이것을 통해 경찰들은 목매달아 죽은 중의 시체가 다름아닌 경허의 시자였던 영주의 시신임을 비로소 확인할 수 있게 되는 것이다.

그러나 죽은 사람의 신원이 영주라는 사미임은 밝혀졌으나 그를 죽인 범인에 대해서는 감감하였다. 한 경찰이 시체의 목을 매달아 건 노끈으로 사용된 발갱기에 주의를 기울였다. 어쨌든 그 발갱기는 살인에 사용되었던 도구임이 분명하였으며 살인범을 추적할 수 있는 단 하나의 단서였기 때문이었다.

그 경찰은 그 발갱기가 누구의 소유인가를 면밀히 수사하였다. 그는 영주가 머무르고 있던 개심사와 부석사에 들러 스님들에게 그 발갱기를 내보이면서 그것이 누구의 것인가를 추적하여 보았다. 그리고 곧 경찰은 놀라운 사실을 알게 되었다. 한결같이 스님들의 입을 통해 살인의 도구로 사용되었던 그 발갱기가 큰스님 경허의 것임이 밝혀진 것이었다.

그렇다면 영주 사미는 경허가 죽였다는 결과가 되는 셈이었다. 그런 후 남의 시선을 피해 20여 년 간 머무르고 있던 호서에서 도망쳐 영남으로 건너가 버린 것이다.

이로써 경허는 살인범의 누명을 쓰게 된 것이었다. 그러나 경찰은 당장 경허를 체포할 수는 없었다. 왜냐하면 경허가 살인범으로 제일의 혐의를 받는 용의자이긴 하였지만 경허에게서 굳이 자신이 가장 사랑하던 시자 영주를 죽이지 않으면 안 될 만한 살인 동기를 발견할 수 없었기 때문이었다.

혐의점은 두되 보다 완벽한 증거를 수집하고 있는 동안 경허는 해가 바뀌어 마침내 조실로 초대받아 해인사에서 법주(法主)로 추대되게 되는 것이다. 그러나 그가 없는 호서 지방에서는 큰스님 경허가 살인범이라는 소문이 파다하게 돌고 있었다. 평소에 경허의 역행을 싫어하던 스님들은 이때다 하고 경허를 험담하고 매도하고 있었던 것이었다. 바야흐로 살아 있는 생불이라고까지 불리던 경허는 하루아침에 살인범이 되어 버린 것이었다.

이때 동학사에는 문석(文石)이란 비구니가 있었다. 문석은 그 어느 편도 아니었다. 사람을 죽였다는 경허에 대해 매도하는 편도, 설마 자신을 그토록 따르고 존경하는 시자를 해칠 이유가 어디 있느냐고 경허를 옹호하는 편도 아니었다. 다만 문석은 큰스님을 직접 만나 이 사실을 묻고 따져 봐야겠다는 승려적 사명감에 불타고 있었다.

그녀는 즉시 동학사를 출발하여 해인사로 향하였다. 그 무렵 경허는 해인사에서 수선사(修禪寺)를 창설하는 데 온힘을 쏟고 있었다.

문석은 해인사에 이르러 방장실로 경허를 만나러 간다. 경허를 만난 문석은 세 번 절하여 예를 갖춘 후 곧바로 물어 말하였다.

자신은 동학사에 머무르고 있는 비구니로, 해인사로 이렇게 찾아온 것은 오직 경허 큰스님을 친견해 단 한 가지만을 물어보기 위함이다. 지금 경허가 떠나고 없는 호서 지방에서는 큰 소문이 떠돌고 있다. 그 소문에 대해 알고 있느냐고 묻자 경허는 묵묵부답이었다. 문석은 다시 말을 이었다. 지난 봄 숲속에서 나무꾼이 나뭇가지에 목매달려 죽은 시신을 한 구 발견하였다. 세월이 오래 지나 몹시 부패하여 신원을 알 수 없었으나 시체 옆에 놓인 바랑이 큰스님 경허의 소유임이 밝혀졌으며 그로 인해 죽은 사람은 행방불명되었던 바로 큰스님 경허의 시자인 사미승 영주임이 밝혀졌다. '그 사실을 알고 계십니까' 하고 문석이 물었으나 경허는 여전히 묵묵부답이었다.

그런데 그 영주의 목을 맨 노끈이 바로 큰스님이 사용하던 발갱기로 경찰에서는 큰스님이 영주를 죽인 살인범이라고 생각하고 있는 눈치이며, 호서 지방의 스님들도 모두 두 패로 나뉘어 한쪽은 큰스님께서 사미승을 죽인 살인자라 비난하고 있고, 또 한쪽은 그럴 리가 없다, 큰스님이 무슨 억하심정(抑何心情)으로 사랑하는 시자의 목을 매 죽일 수 있을 것인가, 여기에는 필히 설명할 수 없는 다른 연유가 있을 것이다라고 옹호하고 있다고 문석은 경허에게 낱낱이 고백하였다.

막상 문석의 입을 통해 놀라운 사실을 전해 들었으면서도 경허는 여전히 낯빛 하나 변하지 않고 그대로 묵묵부답일 뿐이었다.

모든 소문을 낱낱이 털어놓은 문석은 마침내 경허를 정면으로 마주보고 말하였다.

"제가 해인사로 큰스님을 찾아온 것은 그러므로 그 시신에 대해 직접 묻기 위함이며 큰스님의 입을 통해 분명한 진실을 알기 위함이나이다."

비록 여자인 비구니이긴 하였지만 문석의 눈빛은 날카롭고 당당하였다. 문석은 경허를 정면으로 쏘아보면서 물어 말하였다.

"큰스님께오서 영주 사미를 죽이셨나이까."

이에 경허는 여전히 묵묵부답이었다. 그러자 문석은 다시 물어 말하였다.

"그렇다면 큰스님께오서 영주 사미를 죽이지 않으셨나이까."

같은 질문에도 경허는 여전히 묵묵부답이었다. 경허는 입을 열어 아무런 대답도, 아무런 변명도 하지 않았을 뿐만 아니라 정면으로 쏘아보는 문석의 눈빛에도 반쯤 비껴 있을 뿐이었다.

"만일 큰스님께오서 영주 사미를 죽이지 아니하셨더라도 영주 사미가 죽는 현장을 지켜본 유일한 목격자인 셈이오니 큰스님께오서는 영주 사미가 무슨 연유로 누구에 의해 죽게 되었는가를 알 수 있으실 것이나이다. 그러므로 큰스님께오서는 영주 사미를 죽인 살인범을 알고 계실 것이나이다. 도대체 영주 사미를 죽인 사람이 누구이오니까."

경허는 여전히 묵묵부답이었다.

이로써 큰스님 경허를 직접 친견하고 소문으로 떠도는 진위에 대해 직접 따져 물으리라 결심하고 불원천리 동학사에서 해인사로 걸어온 문석 비구니는 아무런 소득도 없이 홀로 돌아가게 되어 버렸음이다. 그러나 문석이 다녀간 이후로 호서 지방을 떠돌던 풍문은 마침내 해인사로까지 퍼져 나가게 되었으며, 전국으로 번져간 경허의 소문을 모르는 사람들이 없게 되었을 정도였다.

쑥덕공론이 해인사까지 퍼지게 되자 어쩔 수 없이 만공이 나서서 직접 경허에게 물어보았다고 전해지고 있다. 당시 경허는 해인사에서 법주로 추대되어 장경 간행 불사를 증명하는 한편 수선사를 창설하는 데 온힘을 쏟고 있었는데, 조실스님이 살인범이라는 소문이 바람에 바람으로 전해져 와 대중이 두셋만 모여도 경허를 비방하고 의심하느라 불사가 제대로 진행되지 않았기 때문이었다.

물론 만공은 스승 경허가 영주 사미를 죽이지 않았음을 잘 알고 있었다.

그러나 만공은 경허가 현장에 있었으므로 사미승이 죽게 된 경위와 그를 죽인 범인에 대해 알고 있는 유일한 증인임을 알고 있었다. 만공은 어째서 스승 경허가 속시원히 있는 사실을 털어놓고 눈덩이처럼 불어 가는 소문을 잠재우지 않는가 그것이 못

마땅하였다.

만공은 주위가 조용하기를 기다려 한밤중에 경허가 머무르고 있는 퇴설당으로 찾아갔다고 전해지고 있다. 스승을 만난 만공은 해인사를 떠도는 풍문에 대해 자세히 아뢰고 나서 다음과 같이 경허에게 말하였다.

"스님, 어째서 속시원히 털어놓지 않는단 말입니까. 모든 사찰과 전 대중이 모였다 하면 모두들 쑥덕공론을 벌이고 있습니다. 이러할 때 큰스님께서 친고(親告)하여 사실을 분명히 밝히시면 모든 풍문이 가라앉을 것이 아니겠습니까."

이에 경허가 마침내 입을 열어 말하였다.

"무엇을 말하란 말인가, 만공. 내가 영주를 죽인 사실을 만천하에 공개하라는 말인가. 내가 살인범이라고 내 입으로 스스로 고백하란 말인가."

"옛?"

느닷없는 의외의 답변에 놀란 것은 오히려 만공이었다. 만공은 믿어지지 않는 눈으로 스승을 쳐다보면서 다시 물었다.

"뭐라구요?"

"여보게 만공, 영주 사미를 죽인 사람은 바로 날세. 내가 영주 사미를 죽였네."

만공은 행여 스승이 지금 농세라도 한바탕 하고 있는 것이 아닐까 정색을 하고 스승의 얼굴을 쳐다보았다. 그러나 경허의 얼굴은 정안(正顔)이었다.

"무엇 때문에 스님께서 사미승을 죽이셨단 말입니까."

"술을 먹고 싶어서 내가 영주의 걸망을 훔쳤네. 영주의 걸망에는 돈이 가득 들어 있었거든."

"달라면 마땅히 주었을 터인데 스님께서 무엇 때문에 훔치셨단 말입니까."

"달라고 해도 영주가 주지 않았어. 그래서 홧김에 내가 영주를 죽이고 발갱기로 목을 졸라 나뭇가지에 매달아 두었네. 여보게 만공, 내가 왜 영남으로 건너온 줄 아나. 그것은 행여 내가 지은 살인죄가 발각날까 무서워 도망쳐 온 것이네. 이상이네, 만공."

어이가 없던 만공은 차마 다문 입을 열 수 없었다. 그래서 뭐라고 말을 잇지 못하고 앉아 있으려니까 경허가 덥석 만공의 손을 찾아 쥐면서 다음과 같이 말하는 것이었다.

"이보게 만공, 이 비밀은 자네만 알고 있어야 하네. 그 누구에게도 털어놓아서는 안 되네. 하늘 아래 자네와 나만이 아는 비밀이니까."

너무나도 진지 경허의 간곡한 부탁에 만공은 어쩔 수 없었다.

혹 떼러 갔다가 더 큰 혹을 붙인 꼴이 된 만공은 더 이상 스승에게 물어볼 수 없었다.

경허가 살인범의 누명을 벗은 것은 그로부터 오랜 뒤의 일이었다.

당시 충청남도 도청 소재지였던 공주 경찰서는 호서지방을 무대로 도둑질하던 비적떼를 일망타진하게 되었던 것이었다. 두목 김 도령을 비롯한 비적 일당을 체포한 경찰은 그들의 여죄를 추궁하다가 수년 간 미궁에 빠져 있던 영주 사미의 미제 사건을 해

결할 수 있게 된 것이었다.

그들은 개인적인 원한 때문에 사미승을 죽인 것이 아니라 자기네 비적들의 정체를 아는 사람이었으므로 비밀 유지를 위해 어쩔 수 없이 죽일 수밖에 없었다고 고백하고는 바랑 속에 있던 여비는 모두 빼앗고 그 속에 들어 있던 발갱기로 목을 졸라 나뭇가지에 매어 놓고 도망쳐 버렸노라고 모든 사실을 고백한 것이었다.

이로써 영주 사미를 죽인 살인범들은 모조리 잡히게 되었으며 경허의 누명은 자연적으로 벗겨지게 된 것이었다.

이 소문을 전해 들은 만공이 기뻐 즉시 스승 경허를 찾아뵙고 모든 사실을 다 아뢰고 나자 경허는 다만 이렇게 대답하였다고 전해지고 있다.

"그런가. 난 또 내가 죽인 줄만 알고 있었는데, 이제 와서 보니 영주 사미를 죽인 것은 내가 아니로군. 그것 참."

이때 만공은 스승의 법력 앞에 모골이 송연하여 철퇴로 한 방 얻어맞은 것 같은 충격을 받았다고 전해지고 있다.

그러나 사미승을 죽인 진범이 일망타진되었다고는 하지만 경허에 대한 소문은 쉽사리 사라지지 않았다.

평생을 두고 따라다니던 경허를 향한 비난과 질시와 험담은 경허의 혐의가 벗겨져 내렸다고는 하지만 쉽게 잦아들지 않았던 것이다.

그 후 경허가 종적을 감추어 승려의 직분도 버리고 저 삼수 갑산으로 사라져 버린 뒤에도 여러 대중은 다음과 같이 허위 사실을 유포하여 경허를 험담하곤 하였다.

"미친 중 경허가 마침내 사람까지 죽이게 되었다. 그래서 살인죄로 구속되는 것이 두려워 승복을 벗어던지고 삼수 갑산으로 숨어들어가 종적을 감추어 버린 것이다. 경허는 살아 있는 부처가 아니라 살아 있는 살인범의 마구니인 것이다."

경허가 자신을 죽이려고 먹는 음식에 비상을 뿌린 행자를 모른체하고 그 비밀을 덮어 준 것이나, 자신의 시자인 사미승 영주가 죽은 사실에 대해 가타부타 끝까지 입을 열어 밝히지 않은 것은 일체의 시비 경계를 초월해 버린 경허의 견처를 극명하게 드러내고 있음이다. 만약 경허가 자신의 누명을 벗기 위해 경찰서로 가 영주를 죽인 비적 두목 김 도령을 고발하였다면 자신의 죄를 벗겨낼 수 있었을지는 모르나 비록 산적의 신분이라고는 하지만 다른 사람을 체포케 하는 누를 범하게 될지도 모르는 일이었기 때문이다.

경허의 이러한 행동은《보왕삼매론(寶王三昧論)》으로 널리 알려진 경전의 내용을 떠올리게 한다. 그 내용은 다음과 같다.

'1. 몸에 병 없기를 바라지 말라. 몸에 병이 없으면 탐욕이 생기기 쉽나니. 그래서 성인 말씀하시기를 '병으로써 양약을 삼으라' 하셨느니라.

2. 세상살이에 곤란 없기를 바라지 말라. 세상살이에 곤란이 없으면 업신여기는 마음과 사치하는 마음이 생기나니. 그래서 성인이 말씀하시기를 '근심과 곤란으로써 세상을 살아가라' 하

셨느니라.

3. 공부하는 데 마음에 장애가 없기를 바라지 말라. 마음에 장애가 없으면 배우는 것이 넘치게 되나니. 그래서 성인이 말씀하시되 '장애 속에서 해탈을 얻으라' 하셨느니라.

4. 수행하는 데 마(魔)가 없기를 바라지 말라. 수행하는 데 마가 없으면 서원(誓願)이 굳게 되지 못하나니. 그래서 성인이 말씀하시기를 '모든 마군(魔軍)으로써 수행을 도와주는 벗으로 삼으라' 하셨느니라.

5. 일을 꾀하되 쉽게 되기를 바라지 말라. 일이 쉽게 되면 뜻을 경솔한 데 두게 되나니. 그래서 성인 말씀하시되 '여러 겁을 겪어 일을 성취하라' 하셨느니라.

6. 친구를 사귀되 내가 이롭기를 바라지 말라. 내가 이롭고자 하면 의리를 상하게 되나니. 그래서 성인이 말씀하시되 '순결로써 사귐을 길게 하라' 하셨느니라.

7. 남이 내 뜻대로 순종해 주기를 바라지 말라. 남이 내 뜻대로 순종해 주면 마음이 스스로 교만해지나니. 그래서 성인 말씀하시되 '내 뜻에 맞지 않는 사람들로 원림(園林)을 삼으라' 하셨느니라.

8. 공덕을 베풀려면 과보(果報)를 바라지 말라. 과보를 바라면 도모하는 뜻을 가지게 되나니. 그래서 성인이 말씀하시되 '덕 베푼 것을 헌신처럼 버리라' 하셨느니라.

9. 이익을 분에 넘치게 바라지 말라. 이익이 분에 넘치면 어리석은 마음이 생기나니. 그래서 성인 말씀하시기를 '적은 이익으

로써 부자가 되라' 하셨느니라….'

《보왕삼매론》의 마지막 부분은 다음과 같이 이어지고 있다.

'10. 억울함을 당해 밝히려고 하지 말라. 억울함을 밝히면 원망하는 마음을 돕게 되나니. 그래서 성인 말씀하시되 '억울함을 당하는 것으로 수행하는 본분을 삼으라' 하셨느니라.

이와 같이 막히는 데서 도리에 통하는 것이요, 통함을 구하는 것이 도리어 막히는 것이니, 그래서 부처께서는 장애 가운데서 보리도를 얻으셨느니라.

저 앙굴리마라(999명의 사람을 죽여 피 묻은 손가락을 모으고 다녔던 무서운 살인자)와 데바달라(提婆達多 : 부처를 세 번이나 죽이려 하였던 사람. 자객을 보내고 바위를 굴리고 코끼리를 보내 부처를 죽이려고 하였지만 모두 실패한다)의 무리가 모두 반역된 짓을 하였지만 부처께서는 모두 수기(授記)를 주어 성불케 하셨으니 어찌 저의 거스르는 것이 나를 순종함이 아니며 저가 방해한 것이 나를 성취함이 아닐 것인가….'

4

하루를 다시 온천에서 머문 후 다음날 아침 이와 같이 경허가 호서 지방에 있을 무렵 마지막 주석처였던 개심사를 찾아가는 동안 내 머리속으로 경허의 행장들이 두서없이 떠올랐다 사라지고 있었다.

해미의 읍성을 굽돌아 가파른 산길을 올라 개심사로 가는 노정에서 문득 개심사에 있을 무렵 나누었던 경허와 만공의 간단한 법거량 하나가 떠오르고 있었다.

어느 날 경허가 개심사의 큰방에 앉아 묵묵히 정진하고 있는데 만공이 슬그머니 다가와 말하였다.

"큰스님, 저는 지금 간질간질합니다."

느닷없는 한소리에 경허가 물어 말하였다.

"어디가 간질간질한가."

그러자 만공이 대답하였다.

"콧구멍 속이 간질간질합니다."

이에 경허가 물었다.

"콧구멍 속이 어째서 간질간질한가."

만공이 씩 웃으면서 말하였다.

"벌들이 저의 콧구멍 속을 무시로 드나들고 있습니다. 그래서 간질간질합니다."

이에 경허는 다음과 같이 나무라면서 말하였다.

"이보게 만공, 벌이 드나드는 콧구멍은 간질간질하지 않는 법일세."

뒷날 해인사의 한 스님이, 장난꾸러기 시자가 자꾸 벌집을 건드려 사람들을 벌에 쏘이도록 하는 데 재미를 붙이고 있었으므로 경허에게 그 시자의 못된 버릇을 고쳐 달라고 부탁하자 경허는 다음과 같이 말한 적이 있었다.

"벌집을 건드린 아이가 오히려 천당에 가고 그것을 말리는 사람은 지옥에 갈 것이다."

벌집을 건드려 벌의 쏘임을 받아 본 사람만이 벌의 독침 맛을 알 수 있다. 그것이 무서워 미리 피하는 사람은 영원히 벌의 실체를 보지 못할 것이다.

개심사 시절의 경허는 이처럼 벌들이 무시로 콧구멍 속으로 드나들고 있느라 때로는 그 벌들의 독침에 쏘이기도 하고 벌독에 상처를 입느라 무사 분주하였으므로 항상 벌집을 건드려 벌들을 성나게 하는 보임 생활의 연속이었던 것이다.

줄곧 치달아 오르기만 하는 가파른 산길을 굽돌아나가자 갑자기 울창한 삼림이 드러났다. 지금까지는 거의 황무지와 다름없는 초지들이 계속 전개되고 있었다. 봄을 재촉하는 눈발은 개심사를 오르는 산길에서는 내리지 않았다. 그 점은 다행이었다. 만약 어제처럼 하루 종일 눈발이 날렸더라면 이처럼 가파른 산길을 오르는 일은 불가능했을 것이다. 낡은 차는 계속 이어지는 가파른 산길을 오르느라 헐떡이는 엔진 소리를 내고 있었고 차도, 사람도 함께 지쳐 있었다.

난데없는 삼림이 드러나고 지금까지의 황량함과는 다른 푸른 사철나무 숲이 앞을 가로막자 나는 갑자기 생기가 솟아올랐다.

마침내 멀리 개심사의 전경이 드러나기 시작하였다. 텃밭으로 보이는 공터에 차를 세우고 나는 절 입구로 걸어갔다. 절은 울창한 소나무 숲을 병풍처럼 배후에 드리우고 두어 기단 높은 곳에 위치하고 있었다. 주변에서 나는 돌을 쌓아 만든 축대는 역시 가파른 돌계단으로 이어지고 있었다.

계단 옆에는 매화나무들이 우거져 있었는데 가장 양지바른 곳에 있는 꽃나무라 벌써 분홍빛 꽃망울들이 눈을 뜨고 있었다.

개심사는 백제 의자왕 14년(654) 혜감(慧鑑)이 창건하고 이름을 개원사(開元寺)라 하였다. 오늘날의 이름으로 개명한 것은 1350년 처능(處能)이 중창한 이후부터였는데 독특한 오늘의 대웅전은 보물 143호로 지정되어 있으며 명부전, 심검당(尋劍堂), 무량수각(無量壽閣), 안양루(安養樓) 등 10여 채의 당우(堂宇)를 가진 사찰인 것이다.

돌 계단을 올라 경내로 들어서자 어디선가 숨어 있다 나타난 개 한 마리가 나를 보더니 급하게 짖기 시작하였다.

개는 낯선 사람을 경계하듯 더 이상 가까이 달려들지도, 물러가지도 않는 일정한 거리를 유지하면서 계속 짖었으나 사람의 인기척은 일절 없었다. 나는 사납게 짖는 개소리에 더 이상 나아갈 수도, 물러 갈 수도 없었다.

'대웅보전(大雄寶殿)'이라고 현판이 씌어진 독특한 형태의 목조건물인 대웅전은 굳게 문이 닫혀 있었고, 그 앞마당에는 5층 석탑이 우뚝 서 있었다. 대웅전을 중심으로 하여 올망졸망한 당우들이 잇대어 연결되어 있었는데, 그 어디에서고 사람의 모습은 보이지 않았다. 대웅전의 남쪽으로 L자 형태의 다른 요사채와 함께 연결되어 있는 맞배지붕 모양의 승당이 한눈에 들어왔다.

처마 밑에는 흘려 쓴 필체로 '심검당(尋劍堂)'이라 씌어 있었다.

송아지만한 개는 계속 나를 보고 짖고 있었지만 적의는 없었다. 그저 낯선 사람이 찾아왔으므로 자신의 역할만은 충분히 해야겠다는 듯 컹컹컹컹 짖고 있을 뿐이었다.

나는 그 건물 앞으로 다가갔다.

"계십니까."

서너 차례 계속해서 부르자 비로소 안에서 기척이 있었다. 안에서부터 두 겹의 방문이 열리고 젊은 스님 하나가 무슨 일인가 나를 물끄러미 내다보고 있었다.

"…무슨 일입니까."

"스님을 찾아왔는데요."

"스님이요."

젊은 스님이 비로소 문을 열고 툇마루에 나와 서며 받아 말하였다.

"어느 스님을 말씀하시나요."

"법명 스님을 만나러 왔습니다만."

"법명 스님이요."

스님은 추위를 막기 위해 머리 위에 털모자를 쓰고 있었다.

"법명 스님은 지금 여기에 안 계십니다. 지난 여름까지는 여기에 계셨는데 벌써 다른 곳으로 떠나셨습니다만…."

나는 낭패한 느낌이 되었다. 물어 물어 간월암을 거쳐 한걸음에 개심사까지 곧장 달려온 길이 아닌가.

"어디로 가셨는데요."

내가 묻자 젊은 스님은 잘라 말을 받았다.

"모릅니다. 우리도 어디로 떠나셨는지 모릅니다. 공부하기 위해 이름 없는 토굴에 들어가셨다는 소문도 있고, 강원도 어디에 있는 화전민들이 살다가 떠나 버린 초옥에 살면서 혼자 정진하고 계시다는 소문도 있긴 합니다만."

"그곳이 어디입니까."

나는 대답을 꺼리는 듯한 스님을 물고 늘어졌다.

"우리도 모릅니다. 남들에게 자신의 종적을 가르쳐 주기를 싫어하면 우리도 어쩌는 수가 없습니다. 하지만 꼭 연락해야 할 용무가 있으시다면 이곳에 남겨 두세요. 그러면 언젠가는 전해질 것입니다. 아직도 승당 안에 법명 스님의 사물이 그대로 남아 있어 언젠가는 돌아오실 것이 분명하기 때문입니다. 아마도 동안거가 지나 봄이 오면 남겨 두었던 물건들을 찾으러 한번쯤은 절에 들르시겠지요. 하지만 또 모릅니다. 변변치 않은 물건들이라 아예 찾을 생각도 없이 버리기로 작정하고 영영 찾아오지 않을지도 모릅니다."

나는 더 이상 붙들고 늘어질 수가 없었다. 그를 통해 법명 스님에 관한 소식은 더 이상 알 수 없다고 나는 생각하였다. 이렇게 된 이상 어쩔 수 없음이었다. 자신의 종적을 감추기 위해 온다 간다는 말 없이 마치 어느 날 갑자기 산문을 나서서 삼수 갑산의 먼 북방으로 행방을 감춰 버린 경허처럼 이름 없는 절의 이름 없는 토굴에 묻혀 버리거나 젊은 스님의 말처럼 강원도 산골에 있는 화전민들이 살다가 버리고 간 초옥에서 혼자 숨어 살고 있다면 더 이상 법명 스님의 행적을 찾는 것은 불가능한 일일 것이다. 그보다 그러한 잠행(潛行)은 자신을 더 이상 좇지 말라는 무언의 거부 표시가 아닐 것인가.

"알겠습니다."

나는 어쩌는 수 없이 돌아섰다. 등뒤에서부터 덧문이 닫히는 소리가 들려왔다. 나를 향해 계속 짖던 개도 젊은 스님과의 대화로 더 이상 의심할 필요가 없어졌는지 먼 발치에서 물끄러미 바라만 볼 뿐이고 나는 떠밀리듯 가파른 돌계단을 천천히 내려가기 시작하였다.

법명 스님은 나를 만나기를 거부하고 있다. 그리하여 젊은 스님의 입을 빌려 자신의 속마음을 드러내 보이고 있는 것이다. 내가 수소문하여 법명 스님이 있는 곳을 찾아 이름 모를 토굴에 간다 하더라도 나는 그곳에서 다음과 같은 대답을 듣게 될 것이다.

'떠나셨습니다. 법명 스님은 물처럼 바람처럼 떠나셨습니다. 우리도 그분이 어디 가셨는지 모릅니다.'

또다시 물어 물어 화전민들이 살고 있던 폐옥을 찾아간다 하더라도 나는 그곳에서 나무꾼으로부터 다음과 같은 대답을 듣게 될 것이다.

'어디서 왔는지 알 수 없는 사람 하나가 이 집에서 밥을 지어 먹고 홀로 살다가 어느 날 사라져 버렸습니다. 올 때도 그냥 왔으니 갈 때도 그냥 가버렸습니다.'

일찍이 왕유(王維)는 다음과 같은 시를 썼다.

물이 끝나는 곳까지 따라가
앉아서 구름이 피어 오르는 걸 바라보리라.
行到水窮處 坐看雲起時

물어 물어 마치 물이 끝나는 곳까지 따라가 법명 스님을 만난다 하더라도 내가 할 일이란 무엇인가. 그와 함께 앉아 묵묵히 구름이 피어 오르는 것을 바라보다 묵묵히 온다 간다 말 없이 헤어져 돌아올 것이 아니겠는가.

나는 텃밭에 세워둔 내 차로 돌아오다가 문득 생각하였다.

다시는 그를 찾지 않을 것이다. 본래 그를 만난 적도 없으니 그를 찾아 무엇하겠는가. 일찍이 경허는 〈심우송(尋牛頌)〉에서 다음과 같이 노래하지 않았던가.

'본래 잃지 않았거니 어찌 다시 찾을 것인가(本自不失 何用更尋).'

순간 법명 스님을 만나 내가 하고 싶었던 행동이 내 발걸음을 멈추게 하였다. 내가 법명 스님을 만나려 하였던 것은 그로부터 결제되었으니 그를 만나야 해제될 수 있다고 믿었기 때문이었다. 그러나 그 누구도 나를 속박하거나 묶지 않았으니 이제 내가 그 누구에 의해 짐을 벗고 자유를 얻을 수 있을 것인가.

순간 나는 왔던 걸음을 되돌려 다시 돌계단을 오르기 시작하였다. 곧바로 심검당 앞으로 다가갔으나 이미 구면이었으므로 개는 더 이상 짖지 않았다.

"계십니까."

나는 다시 소리쳐 젊은 스님을 불렀다. 역시 한참 만에 다시 겹문이 열리고 털모자를 눌러쓴 스님이 얼굴을 내밀었다.

"법명 스님에게 전해 드릴 물건이 있어 다시 찾아왔습니다."

나는 품속에서 일곱 알의 염주를 꺼내들었다.

"이것을 법명 스님에게 전해 주십시오."

다소 의외라는 표정으로 젊은 스님은 내가 내미는 염주를 받아들면서 말하였다.

"아까두 말씀드렸지만 글쎄요, 법명 스님이 언제 오실지 정확히는 알 수 없습니다. 봄이 오면 한번 들르실 것 같기는 합니다만 정확하지는 않습니다. 혹시 들르지 않으셔서 이 물건이 법명 스님에게 전해지지 않는다고 해도 저로서는 어쩌는 수가 없습니다만."

"상관없습니다."

나는 웃으면서 말하였다. 그러자 스님은 내게 물었다.

"실례지만 누구시라고 전해 드릴까요."

"그 염주를 받으시면 법명 스님은 누가 다녀갔는지, 왜 찾아왔는지 모든 것을 아시게 될 것입니다. 따로 전할 말은 없습니다. 전할 것은 오직 그 염주뿐입니다."

그러자 젊은 스님은 내가 내민 염주를 받아들면서 말하였다.

"알겠습니다. 법명 스님이 돌아오신다면 꼭 이 물건을 전해드리겠습니다."

염주를 전해 받은 스님은 더 이상 할 말이 없다는 듯 문을 닫았다.

끝났다.

나는 미련 없이 돌아서면서 생각하였다. 이제 모든 일은 끝났다. 돌아서서 돌계단을 내려가는 내 머리 속에 당우 처마밑에 내어걸린 현판에 쓰여진 이름이 떠올랐다.

'심검당(尋劍堂).'

풀어 말하면 칼을 찾는 집.

일찍이 경허는 영운(靈雲) 선사의 '나귀의 일 말의 일(驢事馬事)'이란 화두를 통해 도를 이루었다. 그리하여 영운이 본 복숭아를 함께 보게 되었다.

검을 찾던 나그네(尋劍客)가 복숭아꽃을 한번 보자 그 검 찾기를 던져 버리듯 나는 이제 나의 검을 던져 버린다. 영운이 30년 동안이나 칼을 찾던 나그네였다면 나 역시 40년 동안이나 가슴속에 검을 품고 다니던 검객(劍客)이었다. 이제 나는 그 검을 놓아버림으로써 스스로 무장해제(武裝解除)하고 있는 것이다.

나는 텃밭에 세워 두었던 자동차로 돌아오면서 생각하였다.

법명 스님에게 염주를 전해 줌으로써 내 할 일은 모두 끝났다. 일찍이 임제는 다음과 같은 시를 남겼다.

'길에서 검객을 만나면 칼을 바쳐라(路逢劍客須呈劍).'

나는 이제 더 이상 베어야 할 적을 갖고 있지 않다. 살의를 품고, 복수의 한을 품고 검을 지니고 다녀야 할 원수도 없다. 경허도, 만공도, 아버지도 더 이상 내가 베어야 할 대상이 아니다.

임제는 '달마를 만나면 달마를 죽이고, 부처를 만나면 부처를 죽이라'고 말하였지만 내겐 이제 죽여야 할 경허도 없으며, 베어야 할 만공도 없고, 싸워야 할 아버지도 존재하지 않는다. 그러므로 내게는 더 이상 검이 필요치 않다.

5

'어서 오십시오. 여기서부터 서울입니다.'

그토록 오랜 시간을 정체된 고속도로를 달려와 마침내 톨게이트 위에 세워진 광고탑을 보자 나는 한꺼번에 피로가 몰려오는 느낌을 받았다.

고속도로를 들어올 때 샀던 입장표를 반으로 쪼개 반조각을 도로 검표소에 제출하는 요식행위를 한 대씩 한 대씩 하느라고 도로는 더욱 심한 병목현상을 보이고 있었다. 벌써 밤은 깊어 고속도로 위에서 날이 저물고 그대로 어둠이 내려 밤이 무르익어 가고 있었다. 마침내 내 차례가 되어 나는 입장표를 반으로 끊고 반조각을 무표정한 표정으로 회수하고 있는 사무원에게 내밀었다. 그러기 위해서는 어쩔 수 없이 차창을 열어야 했는데 줄곧 찬바람을 막기 위해 차의 창유리를 꼭 잠그고 밀려드는 잠과 싸우기 위해 악전고투를 하였던 내게 찬 바깥 바람이 갑자기 불어와 순식간에 정신을 일깨우고 있었다.

차창 밖으로 내민 손으로 마치 링거에서 떨어지는 포도당 주사액처럼 빗방울이 떨어지고 있었다. 그 주사액이 내 핏속으로 스며들어와 원기를 회복시키듯 나는 순간 생기를 되찾았다.

톨게이트를 벗어나자 출구에서만 약간 혼잡하였을 뿐 엉킨 실타래를 풀 듯 갑자기 시야가 트이고 속도가 빨라졌다.

그러자 서울이었다.

밤이 깊어 울긋불긋한 네온의 불빛으로 한껏 화장하고 한껏 성장한 도심의 밤 풍경이 불야성처럼 다가서고 있었다. 무언가 내부로부터 끓어오르는 불덩어리들을 간직하고 억제하고 있다가 어쩔 수 없이 지각을 뚫고 분출하여 튀어올라 마침내 화산(火山)을 이루듯 거대한 욕망과 쾌락과 환락의 불덩어리들을 간신히 참고 있다가 어둠이 내림과 동시에 어쩔 수 없이 폭발하여 암광(岩光)을 사출하고 있었다.

도시는 그대로 하나의 활화산이었다.

분출구를 통해서 용암(熔岩)과 같은 불덩어리를 뿜어내고 있을 뿐 아니라 연기, 땅 속으로부터 솟아나는 수증기, 화산회(火山灰)와 같은 재마저도 함께 뿜어올리고 있어서 도시의 밤은 타오르는 유황 냄새와 독기로 가득 차 있었다.

차창에는 빗방울이 가끔 떨어져 맺히고 있었는데 윈도 브러시는 느린 속도로 그 물방울들을 지워내리고 있었다. 물 묻은 차창 밖으로 화사(花蛇)의 껍질과 같은 붉고 푸른 불빛들이 거꾸로 번득이고 있었다.

불과 사흘 만에 돌아오는 서울이었는데도 내게는 수십 년 만에 돌아오는 도시와 같은 느낌으로 다가오고 있었다. 경허의 행적을 좇아 다니는 동안 나는 비록 서울에 머무르고 있었지만 몸만 서울에 머무르고 있었을 뿐 실제로 내 마음이 머무르고 있었던 곳은 산과, 절과, 계곡과 바다였다. 비록 몸은 떠돌아다니고 있지 않았다 하더라도 내 마음은 물과 구름처럼 마음대로 머무르고 떠돌아다니는 운수행각에 나서고 있었음이다.

이제 그 모든 행각을 끝내고 몸뿐 아니라 마음까지 함께 돌아오고 있노라니 고속도로 양 옆으로 타오르고 있는 도심의 야경이 태어날 때부터 소경이었던 심 봉사가 어느 날 갑자기 눈을 뜨고 심청이의 얼굴을 보듯 전혀 새롭게 다가오고 있었다. 한번도 보지 못하였던 차들이 한번도 보지 못하였던 도로 위에서 한번도 보지 못하였던 사람들을 태우고 한번도 보지 못하였던 모습으로 달리고 있었다.

나는 강남으로 가는 사잇길로 접어들었다. 그러자 더욱더 휘황한 네온의 불빛이 폭죽처럼 터지고 있었다.

거리는 깊은 밤인데도 마치 야회(夜會)에라도 나가듯 수많은 알 수 없는 사람들이 알 수 없는 모습으로 알 수 없는 곳으로 사라져 가고 있었다. 도로 한쪽에는 수많은 사람들이 모여 있었고 차 위에서 붉은 경고등이 명멸하는 경찰차가 세워져 있었는데 무슨 교통사고라도 난 모양이었다. 나는 스쳐 지나가면서 사고 현장을 보았는데, 젊은 여인이 찌그러진 차체 속에서 끌려나오고 있었다. 차는 거리의 전신주를 들이받은 채 있었다. 무쇠로 된 전신주도 반쯤 구부러져 꺾여 있었고 알 수 없는 여인은 붉은 피를 흘리면서 들것에 실려 가고 있었다.

나는 내가 갈 곳이 어디인지, 내가 사는 곳이 어디인지 그것을 모르면서 마치 누군가 보이지 않는 지배자의 원격 조종에 의해 움직이는 로봇처럼 차를 몰아 아파트 단지 앞으로 다가갔다.

간신히 주차할 공간 하나를 발견해 차를 세우고 나서 나는 차에서 내렸다.

마침 승강기가 고장이 나 있었으므로 비상계단을 통해 천천히 걸어 올라가기 시작하였다. 주머니를 뒤져 담배 한 대를 빼어 물고 희미한 실내등이 비치고 있는 층계참 너머로 검은 강물이 칙칙하게 잠들어 있는 고수부지의 수은등 불빛을 반사시키면서 흘러내리고 있는 모습을 물끄러미 바라보았다. 10여 층의 계단을 오르는 것은 몹시 고통스런 일이었다. 그래서 내가 가야 할 층에 도착하자 나는 힘이 들어 고꾸라질 것 같았다.

나는 헐떡이면서 초인종을 눌렀다. 분명히 닫힌 문 저편에서 초인종의 벨소리가 울려퍼지고 있었지만 문안에서는 아무런 대답 소리도 들려오지 않고 있었다. 이 시간에 집을 비우고 외출할 아내가 아니었으므로 나는 다시 초인종을 세게 눌렀다. 그래도 아무런 대답이 없었다. 나는 주머니를 뒤져 열쇠를 꺼냈다. 구멍 속에 열쇠를 넣어 비틀자 찰칵 하고 문이 열렸다. 거실의 불은 스탠드 불 하나만 빼놓고 모두 꺼져 있었다. 탁자 위에 마시다 남은 음료수 잔이 놓여 있는 것으로 보아 아내는 소파에 앉아 TV를 보다 방으로 들어가 침대 위에서 잠이 든 모양이었다. 불면증에 시달리고 있는 아내는 아마도 수면제를 먹고 잠이 들었을 것이다. 그래서 서너 번 계속해서 누르는 초인종 소리를 듣지 못하였을 것이다. 탁자 위에 놓인 음료수는 수면제를 집어삼키기 위해 물 대신 마신 주스였을 것이다.

나는 술병을 찾아 컵에 가득 따랐다. 냉장고에서 얼음을 꺼내 두 덩어리를 컵 속에 집어넣은 후 혼자 거실에 앉아 찔끔거리면서 마시기 시작하였다. 들고 온 우편물을 탁자 위에 놓고 하나씩 그 내용을 확인하면서. 그중의 한 편지가 내 눈을 끌었다. 그것은 내가 재직하고 있던 대학으로부터 온 편지였다. 한 1년쯤, 길어 봐야 2년 정도 휴직하고 있으면 학교로부터 재임용될 수 있으리라던 낙관적인 희망은 그러나 아직까지 감감하였다. 나는 아직까지 학교로 되돌아가지 못하고 있었던 것이다.

그런 의미에서 나는 아직까지 실직자인 셈이었다.

봉투를 찢자 안에서 내용물이 나왔는데 그것은 학교의 행정 담당자로부터 온 것이었다. 새 학기부터 학교에 복직되었음을 통고한다는 내용의 편지였다.

새 학기라면 열흘 후.

얼마 후면 다시 학교로 돌아가 학생들을 만나고 그들을 가르칠 수 있다는 생각에 홀로 자축하듯 나는 얼음을 넣은 위스키를 찔끔찔끔 마셨다. 그토록 오랫동안 고대하고 기다렸던 희소식이었지만 오히려 마음은 담담하였다. 잔을 가득 채웠던 술을 다 마시고 나서 나는 비틀거리면서 침실로 들어갔다. 아내는 침대 위에 잠들어 있었다. 스탠드에 희미한 실내등이 켜져 있었고 아내는 수면 마스크를 쓰고 있었다. 아내는 낮이나 밤이나 잠을 자려할 때는 검은 안대를 착용하는 습관을 갖고 있었다.

생각했던 대로 머리맡 탁자 위에는 수면제가 들어 있는 약병이 놓여 있었다. 나는 아내의 몸을 흔들어 깨우기 시작하였다. 아내는 잠에서 깨어났다기보다 혼수상태에서 간신히 정신을 차리듯 힘들게 일어났다. 내가 안대를 벗기자 아내는 눈이 부신듯 얼굴을 찡그리고 나를 간신히 쳐다보았다.

"누구세요?"

"나야, 나."

"언제 오셨어요."

"…방금 왔어."

"어떻게 들어오셨어요."

아내는 길게 하품을 하면서 물어 말하였다.

"초인종을 눌러도 대답이 있어야지. 그래서 열쇠로 문을 열고 들어왔어."

"기다리다 잠이 들었나 봐요. 가신 일은 다 무사히 잘 보셨어요."

"잘 보았어."

"식사는 하셨어요."

"오는 길에 먹었어."

나는 거짓말을 하였다. 마신 술로 밥 생각은 없었으므로.

"오늘 학교 교무처에서 전화가 왔었어요. 학교에 한번 들러 달래요. 당신 새 학기부터 학교에 임용되어 나갈 수 있다더군요."

"알고 있어. 학교로부터 온 편지를 방금 읽어 보았어."

"난 졸려요. 잠이 오지 않아 수면제를 먹었거든요…."

두 눈을 뜨고 있다는 사실만으로도 몹시 지치고 힘든 표정으로 아내가 말하였다.

"자."

나는 다시 아내의 눈에 검은 안대를 씌워 주었다. 아내는 돌아누웠다. 나는 줄을 잡아당겨 불을 끄고 침실을 나왔다.

아무래도 술이 모자랐으므로 다시 잔에 가득 따라 냉장고에서 얼음 덩어리를 꺼내 채운 후 나는 서재로 들어갔다. 내리는 비에 머리도 젖고 옷도 젖었으므로 나는 두터운 옷으로 갈아입었다. 지난 겨우내 앉아 있던 의자 위는 온갖 원고들과 쌓아 놓은 자료들과 책들로 어질러져 있었다. 발을 죽 뻗고 책상 위를 보고 있노라니 한구석에 놓여 있는 유골함이 눈에 띄었다.

나는 천천히 그 유골함을 가져다가 뚜껑을 열고 안을 살펴보았다. 그 안에는 골편(骨片)이 하나 들어 있었다. 골편은 어머니가 남기고 간 뼛가루의 잔해였다.

언제였던가.

어머니가 돌아가신 후 나는 아내와 더불어 어머니의 시신을 화장하였었다. 전기로 작동되는 용광로 속에 어머니의 시신을 집어넣자 어머니는 불과 몇 시간 만에 한 줌의 재로 변하였었다. 육신은 모두 불에 태워져 사라져 버리고 남아 있는 것이라곤 몇 조각의 골편뿐이었다. 그때 나는 작은 골편 하나를 주워 들어 주머니 속에 집어 넣었다. 골편들을 쇠절구에 넣어 공이로 잘게 빻은 후 아버지의 무덤가에 모두 뿌리고 나니 아무것도 남아 있지 않았다. 유골함을 담았던 상자마저 버리고 집으로 돌아왔을 때에는 주머니 속의 골편 하나만이 남게 되었다.

골편을 담은 그 유골함은 줄곧 내 책상머리맡에 놓여 있었으면서도 전혀 내 의식과는 동떨어져 방치되고 있었다.

나는 뼛조각을 손으로 집어 들었다. 책상 위만을 더 밝게 비추도록 되어 있는 조명 속에서 어머니의 뼛조각은 선명하게 떠오르고 있었다. 무척 딱딱하여 그것은 마치 언젠가 박물관에서 보았던, 원시인들이 생선이나 동물의 뼈를 갈아 만든 낚시용 바늘이나 화살촉처럼 보이고 있었다.

그것이 한때는 어머니의 뼈를 이루고 있었고, 그것이 한때는 어머니의 육신을 이루고 있었고, 그것이 한때는 어머니의 생을 조각조각 꿰매고 깁던 인생의 바늘(針)이었다는 사실이 나는 믿어지지 않았다. 그것을 그곳에 더 이상 놓아 둘 필요가 없었으므로 나는 유골함을 들고 거실을 가로질러 베란다로 나섰다.

베란다의 문을 열자 고층의 아파트였으므로 바람이 쏟아져 들어오고 있었다. 창밖으로 검은 강물이 강변도로에서 내비친 가로등 불빛을 반사하면서 흘러 가고 있는 모습이 보였다.

나는 유골함을 열어 그 안에 들어 있던 골편을 창밖으로 털어버렸다. 유골함까지 던져버리고 싶었지만 그럴 수는 없었으므로 유골함 안이 깨끗해질 때까지 나는 거꾸로 세워들고 있었다. 그리고 나서 나는 다시 서재로 돌아왔다. 서가 맨 위에는 어머니가 머무르고 있던 남한산성에서 가져온 북과 북채가 놓여 있는 게 보였다. 평생을 노래와 춤으로 보낸 기생 어머니가 가장 애용하던 북의 모습이었다. 나는 소리를 죽여 웃으면서 그 북을 꺼냈다. 그 북은 그때 태워 버리지 못하고 뒤늦게 새로 발견된 어머니의 유품이었다.

한때는 어머니와 더불어 소리도 곧잘 하였었다.

어머니가 부채를 들고 소리를 하면 나는 북을 두드리면서 우이, 우이— 추임새도 곧잘 찔러넣곤 하였었지. 어머니가 가장 좋아하던 소리는 '심청가' 중에서도 심 봉사가 사랑하는 딸을 만나 눈을 뜨는 장면이었다. 그 언제였던가. 어머니와의 인연을 끊고 미국으로 유학가서 남남처럼 살다가 10여 년 만에 홀로 남한산성의 초옥으로 찾아갔을 때 어머니는 내게 북채를 주면서 이렇게 말하였었지.

"마마, 북채를 드시와요. 북채를 들고 내가 부르는 한 노래에 쿵더덕 북을 두르려 주시와요, 마마."

쿵더덩—.

나는 두 손으로 낯익은 북을 두드려 보았다. 그러자 온몸으로 광기와 같은 신명이 솟아오르는 것을 느꼈다. 나는 북채로 힘차게 두드리고는 내친 김에 혼자서 잦은몰이로 소리를 하기 시작하였다.

"심 황후 이 말을 듣고 산호주렴을 걷어잡고 버선발로 우르르르 부친의 목을 안고 아이고 아버지 여태 눈을 못 뜨셨소. 봉은사 화주승이 공들인다 하더니만 영검이 덜혀선가. 아이고 아버지 인당수 풍랑 중에 빠져 죽던 심청이 살어서 여기 왔소. 아버지 눈을 떠서 심청이를 보옵소서. 심 봉사 이 말을 듣더니 아니 누가 날더러 아버지라고 혀. 나는 자식도 없고 아무도 없는 사람이오. 내 딸 심청이는 인당수에 죽었넌듸 어디라고 살아오다니 웬말이냐. 이것이 꿈이냐 생시냐. 꿈이거든 깨지 말고 생시거든 어디 보자. 더듬더듬 만져 보며 어찌할 줄 모를 적으 황극전으 두르던 청학 백학 난봉 군중 운무 간에 왕래하던 심 봉사 감은 눈을 휘번쩍—."

"얼씨구."

나는 내가 부르는 노랫가락 속에 추임새를 찔러넣었다. 나는 북받쳐오르는 흥을 가눌 수 없어 벌떡 일어서서 어깨를 들썩이며 덩실덩실 춤을 추기 시작하였다.

그러자 내 마음속에는 견딜 수 없는 기쁨이 솟아올랐다.

—심청이는 아버지 심 봉사 곁에서 십오륙세 때까지 줄곧 살고 있었다. 만약 심 봉사가 딸을 보고 싶은 그리움이 가득하였더라면 그때 이미 눈을 뜰 수 있었을 것이다. 그런데 심 봉사는 공양미 삼백 석이란 하나의 방편을 선택하였다. 과연 심 봉사의 눈을 뜨게 한 것이 공양미 삼백 석이었을까.

아니다.

그 딸마저 잃어버리고 뺑덕어미로부터 버림까지 받고 아무것도 가지지 않은 거지가 되었을 때야 비로소 심청이를 보고 싶은 사랑이 죽음보다 더 절실하게 느껴졌을 것이다. 아아. 심 봉사는 눈을 뜨는 데 평생이 걸렸지만 심청이를 본 것은 한순간의 찰나가 아니었던가.

보려 하였더라면 심청이를 인당수에 빠져 죽이지 않았더라도 볼 수 있었을 것이며, 보려 하였더라면 공양미 삼백 석을 따로 구하려 하지 않았더라도 심청이를 볼 수 있었을 것이다.

나는 휘번쩍— 눈을 뜨고 심청이의 얼굴을 들여다보는 심 봉사처럼 덩실덩실 춤을 추며 노래하기 시작하였다.

"…감은 눈을 번쩍 뜨고 심 황후를 살펴보니 얼씨구나 좋을씨구 지화지화 자자 좋을씨구. 어두운 눈을 내가 다시 뜨고 보니 천지일월이 장관이요, 갑자 사월 초파일날 몽중으로만 보았더니 눈을 뜨고 다시 보니 그때 보던 얼굴이라. 얼씨구나 좋을씨구 얼씨구나 좋고 좋네…."

■ 작가 연보

1945년 10월 17일 서울에서 변호사였던 아버지 최태원(崔兌源)과 어머니 손복녀(孫福女)의 3남3녀 중 차남으로 출생

1951년 1월 6·25 전쟁으로 인해 부산으로 피난

1952년 3월 국민학교 입학. 2학기 때 2학년으로 월반

1953년 서울로 돌아와 영희국민학교에 전학

1954년 덕수국민학교 전학

1955년 아버지 별세

1958년 서울중학교 입학 1961년 서울고등학교 입학

1963년 고등학교 2학년 때 단편 〈벽구멍으로〉가 한국일보 신춘문예에 입선

1964년 연세대학교 문리대 영문과 입학

1966년 11월 공군 사병으로 군 입대

1967년 단편 〈견습환자〉가 조선일보 신춘문예에 당선. 11월 단편 〈2와 1/2〉로 사상계 신인문학상 수상

1969년 단편 〈순례자(현대문학)〉 발표

1970년 단편 〈술꾼(현대문학)〉, 〈모범동화(월간문학)〉, 〈사행(현대문학)〉 발표. 공군을 제대하고 11월 황정숙과 결혼

1971년 단편 〈예행연습(월간문학)〉, 〈뭘 잃으신 게 없으십니까(신동아)〉, 〈타인의 방(문학과 지성)〉, 〈침묵의 소리(월간

중앙)〉, 〈미개인(문학과 지성)〉, 〈처세술개론(현대문학)〉 발표

1972년 단편 〈황진이·1(현대문학)〉, 〈전람회의 그림·1(월간문학)〉 발표. 장편 〈별들의 고향〉을 조선일보에 연재. 〈타인의 방〉, 〈처세술 개론〉으로 현대문학상 신인상을 수상. 연세대 영문과 졸업. 딸 다혜 출생. 단편 〈전람회의 그림·2(문학과 지성)〉, 〈영가(세대)〉, 〈황진이·2(문학사상)〉, 〈병정놀이(신동아)〉 발표. 중편 〈잠자는 신화(문학사상)〉, 〈무서운 복수(세대)〉 발표. 장편 〈내 마음의 풍차〉를 중앙일보에 연재하고, 〈바보들의 행진〉을 일간스포츠에 연재. 장편 《별들의 고향(상·하)》 및 《타인의 방》 간행

1974년 단편 〈기묘한 직업(문학사상)〉, 〈더러운 손(서울평론)〉 발표. 희곡 〈가위 바위 보〉를 극단 산울림에서 공연. 작품집 《바보들의 행진》, 《맨발의 세계일주》, 《영가》 간행. 세계 13개국을 순방. 아들 성재(도단) 출생

1975년 단편 〈죽은사람들(문학과 지성)〉 발표. 《샘터》에 〈가족〉 연재 시작. 작품집 《구르는 돌》, 《우리들의 시대(1·2)》, 《내 마음의 풍차》 간행. 영화 《걷지 말고 뛰어라》 감독

1976년 단편 〈즐거운 우리들의 천국(한국문학)〉 발표. 〈도시의 사

냥꾼〉을 중앙일보에 연재

1977년 단편 〈개미의 탑(문학사상)〉, 중편 〈두레박을 올려라(문학사상)〉, 희곡 〈향기로운 잠(문학사상)〉, 〈다시 만날 때까지(문학과 지성)〉, 〈하늘의 뿌리(문예중앙)〉 발표. 장편 〈파란 꽃〉을 서울신문에 연재. 작품집 《도시의 사냥꾼(1·2)》, 《개미의 탑》, 《청춘은 왕》 간행

1978년 중편 〈돌의 초상(문예중앙)〉 발표. 장편 〈천국의 계단〉을 국제신보에, 〈지구인〉을 《문학사상》에, 〈사랑의 조건〉을 《주부생활》에 각각 연재. 작품집 《돌의 초상》, 《작은 사랑의 이야기》 및 산문집 《누가 천재를 죽였는가》 간행

1979년 단편 〈진혼곡(문예중앙)〉 발표. 장편 〈불새〉를 조선일보에 연재. 작품집 《사랑의 조건》, 《천국의 계단(1·2)》 간행. 미국을 여행(6개월 간 체류)

1980년 장편 《지구인(1·2)》, 《불새》 간행

1981년 단편 〈아버지의 죽음(세계의문학)〉, 〈이상한 사람들(1·2·3, 문학사상)〉, 〈방생(소설문학)〉 발표. 장편 〈적도의 꽃〉을 중앙일보에 연재. 작품집 《안녕하세요 하나님》 간행

1982년 장편 〈고래사냥〉을 《엘레강스》, 〈물 위의 사막〉을 《여성중앙》에 연재. 단편 〈위대한 유산(소설문학)〉, 〈천상의 계곡

(소설문학)〉, 〈깊고 푸른 밤(문예중앙)〉 발표. 〈깊고 푸른 밤〉으로 제6회 이상문학상 수상. 작품집 《적도의 꽃》, 《위대한 유산》 간행

1983년 작품집 《물 위의 사막》, 《가면무도회》 간행. 장편 〈밤의 침묵〉을 부산일보에 연재

1984년 〈겨울 나그네〉 동아일보 연재. 소설로 쓴 자서전 《가족 1》 간행

1985년 〈잃어버린 왕국〉을 조선일보에 연재. 작품집 《밤의 침묵》 간행

1986년 장편 《잃어버린 왕국》, 수필집 《모르는 사람에게 보내는 편지》 간행. 영화 〈깊고 푸른 밤〉으로 아시아영화제 각본상과 대종상 각본상 수상

1987년 작품집 《저 혼자 깊어가는 강》, 소설로 쓴 자서전 《가족 2》 간행. 가톨릭에 귀의(세례명 베드로). 어머니 별세. 〈잃어버린 왕국〉 KBS 다큐멘터리 촬영차 장기간 일본에 체류

1988년 〈잃어버린 왕국〉 다큐멘터리 5부작 KBS 방영. 〈어머니가 가르쳐준 노래(생활성서)〉 연재 시작

1989년 수필집 《잠들기 전에 가야 할 먼 길》 간행. 〈길 없는 길〉 중앙일보에 연재 시작

1990년 장편 〈구멍〉을 《현대문학》에 연재

1991년 〈王都의 비밀〉 조선일보에 연재 시작. 수필집 《사람들 사이에 섬이 있다》 간행

1992년 동화집 《발명왕 도단이》 간행. 중편 〈산문(민족과 문학)〉 발표. 《샘터》에 연재중인 〈가족〉을 200회 기념으로, 가족 1 《신혼일기》, 가족 2 《견습 부부》, 가족 3 《보통 가족》, 가족 4 《이웃》 간행. 영화 〈천국의 계단〉 시나리오 집필. 시나리오 선집 3권 발간

1993년 장편 《길 없는 길(전4권)》 간행. 가톨릭 〈서울주보〉에 칼럼 연재 시작. 〈일본 속 한민족 탐방〉으로 일본 여행

1994년 교통사고로 16주간 치료. 장편 《허수아비》 간행. 동남아, 유럽, 백두산 여행. 중국을 1개월간 답사 여행. 장편 《별들의 고향》 재간행

1995년 장편 《王都의 비밀(전3권)》, 성서묵상집 《너는 나를 누구라고 생각하느냐》와 《너는 나를 사랑하느냐》 간행. 광복 50주년 기념 SBS 다큐멘터리 6부작 〈왕도의 비밀〉 촬영. 중국을 6개월간 여행. 한국일보에 〈사랑의 기쁨〉 연재 시작. 동아일보에 칼럼 집필

1996년 수필집 《사랑아 나는 통곡한다》 간행. 다큐멘터리 6부작

〈왕도의 비밀〉 SBS에서 방영

1997년 장편 《사랑의 기쁨(상·하)》 간행. 〈商道〉를 한국일보에 연재. 희곡 〈어머니가 가르쳐준 노래〉 상연. 〈겨울 나그네〉 뮤지컬 공연. 가톨릭대 국문학과 겸임교수. 장녀 다혜, 성민석 군과 결혼

1998년 장편 《사랑의 기쁨》과 작품집 《지상에서 가장 큰 방》으로 제1회 가톨릭문학상 수상

1999년 장편 《내 마음의 풍차》 재간행. 가톨릭신문에 〈영혼의 새벽〉 연재 시작. 산문집 《나는 아직도 스님이 되고 싶다》 간행. 작은 누님 명욱 교통사고로 별세. 작가 박완서 씨와 15일간 미국 콜럼비아 대학을 비롯하여 여러 대학에서 강연

2000년 묵상집 《날카로운 첫키스의 추억》 간행. 한국일보 연재소설 〈상도〉 완성. 월간잡지 《들숨날숨》에 〈이상한 사람들〉 연재. 《샘터》에 연재 중인 〈가족〉 300회 자축연. 시나리오 〈몽유도원도〉 집필. 큰누님 경욱 별세. 작가 오정희 씨와 15일간 미국의 UCLA 대학을 비롯하여 여러 대학에서 강연. 《상도(商道)(전5권)》 출간. 외손녀 성정원 출생

2001년 중앙일보에 장보고를 주인공으로 하는 〈해신〉 연재. 여섯번째 창작집 《달콤한 인생》 출간. 모교 서울고등학교로부

터 '자랑스 런 서울인상'과 연세대학교로부터 '자랑스러운 연세인상'을 받음

2002년 단편 〈유령의 집〉 문학사상사 발표. KBS와 〈해신 장보고〉 다큐멘터리 촬영차 7개국을 4개월간 취재. 최인호 중단편 전집 (문학동네) 전5권 출간. 장편《영혼의 새벽》출간.《상도》 300만 부 돌파. 일본의 도쿠마(德問)출판사에서《상도》 출간.《몽유도원도》 출간. 윤호진의 연출로 예술의 전당에서 〈몽유도원도〉 뮤지컬 공연

2003년 KBS 신년 특집 프로그램으로 〈해신 장보고〉 5부작 방영.《해신(전3권)》출간. 제8회 현대불교문학상 수상

2004년 1월부터 서울신문에 장편 〈유림(儒林)〉 연재. 가족소설《어머니는 죽지 않는다》출간. 9월부터 부산일보에 가야에 대한 역사 소설 〈제4의 제국〉 연재. KBS 수목드라마 50부작 〈해신〉 방영

2005년 《유림(전6권 중 3권)》출간. 장남 성재(도단), 조세실 양과 결혼.《불새》를 드라마화한 〈홍콩 익스프레스〉 SBS에서 방영. 윤호진의 연출로 국립극장에서 뮤지컬 〈겨울 나그네〉 재공연

2006년 수상록《문장》출간. 장편《지구인》,《겨울 나그네》,《몽유

도 원도》 영화화 결정

2007년 《유림(전6권)》, 《꽃밭》 출간. 친손녀 최윤정 출생. KBS창사특집 다큐멘터리 〈최인호의 역사추적 제4의 제국 가야〉 촬영 차 1년여 동안 중국, 인도, 일본 등 취재. 하명중 감독의 〈어머니는 죽지 않는다〉 영화 개봉

2008년 KBS창사특집 다큐멘터리 〈최인호의 역사추적 제4의 제국 가야〉 방영. 선답에세이 《산중일기》 출간. 장편 《머저리클럽》 출간

2009년 〈가족〉 400회 기념으로, 《가족》(앞모습), 《가족》(뒷모습) 출간

2010년 수필집 『인연』, 『천국에서 온 편지』, 동화집 『빨리 어른이 되고 싶어』 간행

2011년 장편 『낯익은 타인들의 도시』 간행. 제14회 동리문학상 수상

2013년 장편 『할』, 수필집 『최인호의 인생』 간행

9월 25일(음력 8월 21일) 영면

유고집 『눈물』 간행. 은관문화훈장, 아름다운 예술인상 대상, 세상을 밝게 만든 사람, 자랑스러운 연세인상 수상

2014년 1주기 추모집 『나의 딸의 딸』 간행

영인문학관에서 1주기전(一周忌展) 〈최인호의 눈물〉 개최

2015년 법정스님과의 대담집 『꽃잎이 떨어져도 꽃은 지지 않네』 간행

2015년 두 번째 유고집 『꽃잎이 떨어져도 꽃은 지지 않네』, 2주기 추모집 『 나는 나를 기억한다(전2권)』 간행

2017년 세 번째 유고집 『누가 천재를 죽였는가』 간행

2018년 네 번째 유고집 『나는 아직도 스님이 되고 싶다』, 5주기 추모집 『고래사냥』 재간행